隐入山林的女人们

MOUNTAIN WITCHES

YAMAUBA

[美]津野田典子
Noriko Tsunoda Reider

陈梓盛——译

著

浙江大学出版社
ZHEJIANG UNIVERSITY PRESS
·杭州·

图书在版编目（CIP）数据

隐入山林的女人们 /（美）津野田典子著；陈梓盛译. -- 杭州：浙江大学出版社，2025.9. -- ISBN 978-7-308-26365-8

Ⅰ. I106

中国国家版本馆CIP数据核字第2025WF3898号

Mountain Witches: Yamauba by Noriko Tsunoda Reider
Printed by Permission, © University Press of Colorado (2021)
The simplified Chinese translation rights arranged through Rightol Media

（本书中文简体版权经由锐拓传媒取得 Email:copyright@rightol.com）

浙江省版权局著作权合同登记图字：11-2024-159号

隐入山林的女人们

[美]津野田典子（Noriko Tsunoda Reider） 著　　陈梓盛　译

责任编辑	张一弛
责任校对	朱卓娜
封面设计	Violet
出版发行	浙江大学出版社 （杭州市天目山路148号　邮政编码310007） （网址：http://www.zjupress.com）
排　　版	杭州林智广告有限公司
印　　刷	杭州钱江彩色印务有限公司
开　　本	880mm×1230mm　1/32
印　　张	8.625
字　　数	206千
版 印 次	2025年9月第1版　2025年9月第1次印刷
书　　号	ISBN 978-7-308-26365-8
定　　价	59.00元

版权所有　侵权必究　　印装差错　负责调换

浙江大学出版社市场运营中心联系方式：0571-88925591；http://zjdxcbs.tmall.com

献给

布伦特（Brent）、玛丽艾伦（MaryEllen）

和沃里克·莱德（Warwick Reider）

我的家人与我的挚爱

目 录

引 言
隐入山林的叙事：深山中的老妇人

何为山姥？（004）

称呼之别（006）

怪事多发的山（008）

作为原型的山姥（016）

山姥的性别（020）

山姥的特点（023）

1
山姥的二元性：食人与助人

山姥与女鬼（030）

山姥的邪恶面：食人与变形（032）

山姥的良善面：助人与施财（039）

鬼之伴侣（041）

山姥的一体两面：食人与助人（042）

能剧《山姥》：研究的起点（045）

能剧《黑冢》/《安达原》：山姥与女鬼的交汇（049）

2

山姥与纺织：分娩与吸血，纺纱与蜘蛛

山姥崇拜（068）

分娩与吸血（087）

纺织与蜘蛛（089）

从畏惧到崇敬（095）

3

读心术和预言术：《山姥和桶匠》、《山姥的微笑》与《蜘蛛巢城》

读心的山姥与"觉"（099）

读心的传说（103）

《山姥的微笑》（106）

会预言的山姥（114）

《花世姬》中的萨满山姥（115）

《蜘蛛巢城》中的女巫（116）

读心、预言、再创（123）

4

山姥，弥三郎婆，夺衣婆：
女巫的意象，山姥的飞行术，以及原型的再创作

回顾山姥与女鬼（127）

弥三郎婆的传说（129）

夺衣婆和女巫的意象（131）

原型的转变和再创作（136）

山姥媒人：弥三郎婆的变体（142）

5
衰老，失智症，被遗弃的女性：对山姥的一种解读

山姥的反社会行为及失智（149）

暴食的山姥（152）

山姥和"姨舍山"（153）

衰老和健康预期寿命（163）

6
山姥杂谈：当代社会的山姥

山姥和市集（169）

涩谷与山姥辣妹（171）

《千与千寻》中的山姥（178）

《百鬼夜行抄》中的山姥（181）

小说中的山姥（184）

伊藤比吕美诗中的山姥（189）

结　语（195）

注　释（203）

参考文献（233）

致　谢（265）

——引 言——
隐入山林的叙事：深山中的老妇人

在各地文化中，对于无法解释的，特别是神秘且令人生畏的现象，人们总会借助超自然生物来为其存在赋予合理的解释，日本文化和社会也不例外。迈克尔·迪伦·福斯特（Michael Dylan Foster）[①]在《妖怪：日本民俗中的神秘生物》(*The Book of Yōkai*)中写到"在日本文化中，妖怪（怪异而神秘的生物）的存在通常是为了解释用常理难以解释的现象"（Foster 2015, 5）[1]，而山姥（读作 yamauba，也有读作 yamanba 或 yamamba）便属其一，其形象常为山中的女巫或山中的老太婆。在当代日本人的脑海中，山姥以深居山中、啖食人类的丑陋老妇人形象出现。格林兄弟笔下的《汉塞尔与格蕾特》(*Hansel and Gretel*)，以及俄罗斯民间童话中的"芭芭雅嘎"（Baba Yaga）便可视为西方和欧亚文化中的山姥。人们常将山姥描绘为身材魁梧，披肩散发，火眼金睛，一张长嘴裂至耳根（Komatsu 2000, 428）。莫妮卡·贝特（Monica Bethe）和凯伦·布拉泽尔（Karen Brazell）在书中表示，山姥的形象有好有坏，"既似一位神明、一位母亲，亦似一个恶魔、一个骗子，既有充满智慧、乐于助人的一面，又有饱经风霜、居心险恶的一面"（Bethe and Brazell 1978, 8）。无论在哪种描述中，山姥都是一位身居山中的神秘妇人。

山姥所体现出来的"不顺从"性，与约束女性的性别规范和社会对女性形象的期望截然相反，因而在近年来受到了许多女性文学学者的关注（Kobayashi Fukuko 2016, 2）。由此可见，山姥不仅代表神秘的山中

[①] 迈克尔·迪伦·福斯特，美国加利福尼亚大学东亚语言文化系教授，研究方向为日本民俗、流行文化等。著有《类民俗：在流行文化世界中重塑民俗》《喧嚣与游行》等。——编者注

女性，还体现出旧社会日本女性与当代日本女性间的矛盾差别，以及日本文化中对同一原型的创造和再创造的过程。广而言之，出现于《大和物语》中第156段的老妇人，以及《今昔物语集》中《信浓国弃姨山的来历》和《猎人之母变成妖鬼起意啖子》[①]里的老妇人都可被视为山姥，这些意象不仅是当代婆媳之间关系的写照，还反映出社会中的老龄问题和老年痴呆问题。[2]

本研究将山姥置于妖怪和原型的概念中，通过考察山姥的民间故事、文学作品、传说、现代小说、漫画、动画等叙事，对山姥体现出的特征作出解释。我相信对山姥的特征（包括众所周知的和鲜有人知的）进行考察，能让我们对山姥有全面的认识。而研究这些特征随着时间的推移出现在不同文字作品中的方式和原因，将有助于阐明原型的转变和再创作的过程。因此，本研究也涉及传说与意象的形成、传播和转变。

── 何为山姥？ ──

《日本妖怪变化史》的作者，历史学家江马务（Ema Tsutomu, 1884—1979）认为，在室町时代（1336—1573）之前，传说中的妖怪大多数变化为男性的形象出现在人类面前；而在应仁之乱[②]（1467—1477）后，特别是在近代早期，以女性形象出现在人类面前的妖怪数量急剧增加，其数量是男性形象妖怪的2.5倍（Ema 1923, 131）。江马务还在书中写道，出现这一变化的原因是在近代早期创作的传说中，鬼魂和鬼

---

① 译名参考人民文学出版社2008年版《今昔物语集》，由北京编译社译，张龙妹校注。后文中引自《今昔物语集》的故事亦参考这一版本。——编者注
② 应仁之乱是室町幕府后期封建领主之间发生的混战，以京都为战场，分东军、西军，相互厮杀达十一年之久，它被看作日本战国时代的开端。——编者注

怪因怀有爱恋和怨念而在现世游荡徘徊，而爱恋和怨念被视为女性的特征（女性对男性的依恋更为强烈）。起初以动物、植物或工具形象出现的妖怪后来变为女性形象，很可能也是因为女性更容易哄骗和勾引男性（Ema 1923, 13）。

民俗学学者宫田登（Miyata Noburu, 1936—2000）也提出了一种观点，解释女性妖怪数量急剧增加的原因，这一观点体现出对女性的关怀。他认为在传说中，年轻女性作为"信使"连接着此世与彼世，在此过程中，她们便有可能化为妖怪。宫田登认为，年轻女性，特别是社会底层的少女，之所以能成为"信使"，是因为其具有灵力（某种精神层面的力量）；而这种灵力，正是年轻女性化为妖怪的根本原因。人们通常认为女性比男性更能感知精神领域。日本"民俗学之父"柳田国男（Yanagita Kunio, 1875—1962）将这种力量称为"妹力"（妹の力）（Miyata 1987, 117, 248–249）。[3] 如果如他所说，那么在应仁之乱前，是否男性比女性更能感知精神领域？我认为此问题答案的关键在于影响日本女性地位的社会变迁。传说中女性妖怪数量激增的时期，与女性社会地位衰落的时期不期而遇。

近代早期常被描述为日本女性的黑暗时代（Hayashi R. 1982, 325），那个时期女性的活动受到严格限制（Fukuda M. 1995, 257）。甚至在近代早期前，女性的社会地位就一直在下降。"传统上，在十四世纪，女性'嫁入男方家'（嫁入り婚）这种婚姻方式成为主流，嫁妆的交付和离婚形式（追い出す，将妻子赶出家门）便是佐证。此外，较之过去，妻子愈发被视为丈夫的财产。"（Farris 2006, 156）在这一背景下，被社会及文化规范约束和压迫的女性唯有诉诸魔鬼般的可怕形象以宣泄她们的情感；同样地，男性对女性的愧疚感和同情也可能催生出数量众多的女性妖怪。[4]

一　称呼之别

日语中的"yamauba"、"yamanba"和"yamamba"三种读法都以相同的汉字"山姥"表示，许多日本人也交替地使用它们。然而，一些字典会根据使用情景加以区分："yamauba"通常用于传说或民俗故事中，而鼻音化的读法"yamanba"和"yamamba"则见于能剧和歌舞伎表演文本中。[5] 由于本研究建立在民俗故事与传说的基础上，因此文中主要使用"yamauba"。

虽然在现代"yamauba"主要写作"山姥"，但在前现代时期，人们也使用其他的文字来指代山姥。例如用"山優婆"（山優婆，指住在山中的温柔而丑陋的老妇人）描述能剧中的山姥（十五世纪初），这种用法通说起源于世阿弥（Zeami，1363—1443）和御伽草子的《东胜寺鼠物语》（1537）。[6] 弘治二年（1556）发行的日语字典《节用集》将"uba"即"優婆"定义为"普通的老妇人"（Sasaki R. 2008, 203）。战国武将、诗人一色直朝（Isshiki Tadatomo，卒于1597年）在《月庵醉醒记》（Isshiki 2008, 84）中也使用了该词表示居住在山中的温柔而丑陋的老妇人。而在能剧中，"yamanba"也写作"山祖母"（山中祖母）、"山婆"（山中老婆婆）、"山伯母"（山中老伯母）（Sasaki R. 2008, 203）。

"yamauba"最初见于室町时代的文学作品中（Komatsu K. 2000, 428; Orikuchi 2000, 300）。根据早期描述山姥的作品，包括前面提到的能剧《山姥》以及禅僧瑞溪周凤（Zuikei Shūhō, 1391—1473）的日记《卧云日件录》1460年6月的记录，"yamauba"应该出现于应仁之乱前。"yamauba"没有出现在第一本日语辞典《倭名类聚抄》（ca. 930s）和室町时代编撰的百科全书《壒囊抄》（ca. 1446）中。然而，由一位基督教传教士编撰并于1603—1604年左右出版的日葡辞书则收录了"yamauba"的词条，注释为"没人知道山姥长什么样；人们通常认为山姥居住在山中"（Doi et al. 1980, 809）。数年后，"yamauba"又出现在《当代记》1609 年 4 月的条目中，该书的作者被猜测为松平忠明（Matsudaira Tadaaki, 1583—1644），他是德川幕府创始人德川家康（Tokugawa Ieyasu, 1543—1616）的外孙。在该条目中，"yamauba"出现在京都东山区东福寺的一场表演中："她一头白发，双眼血红。她吃东西时狼吞虎咽。身居高位者和凡夫俗子都看到了她。如果你仔细听，你会发现她是一个全身发白的疯子，我也听到了。"（Zoku Gunsho Ruijū Kanseikai 1995, 149）

更有意思的是，在百科全书《和汉三才图会》中，"yamauba"被解释为生活于中国广东和广西的一种动物，这种动物长有一条腿、三根脚趾，每只手上长有三根手指，在夜晚向人们乞讨食物。但是该书的作者寺岛良安（Terajima Ryōan，生于 1654 年）对日本的"yamauba"只字未提。然而我也想指出，三根脚趾和三根手指通常出现在对鬼（恶魔、食人魔、怪物）的描述中。可以看出，"yamauba"和鬼有着千丝万缕的联系。

十七世纪日本著名知识分子山冈元临（Yamaoka Genrin, 1631—1672）认为，"yamauba"的"uba"即"姥"，和龙田姬（竜田姫，秋季的女神）与山姬（山神）中的"姬"相对应，"uba"不仅代表老妇人，还应有更广泛的含义（Yamaoka 1993, 46）。该说法和柳田国男的观点不谋而合，他认为"山姥"（yamauba）和"山姬"（yamahime）最初是（村民）用来指代深居山中的神秘老妇人的委婉语（Yanagita, 1978—1979, 1:255）。同样地，民俗学家今野圆辅（Konno Ensuke, 1914—1982）解释道，居住在山中类似妖怪的生物常被认为属于"山姬"；如果这些生物较为年老，则被称为"yamauba"或"yamahaha"（山母）。许多人认为"hime"指的是"年轻女性",而"uba"指的是"老妇人",因此"yamahime"和"yamauba"分别为年轻的和年老的,但究其根源,两者指的很可能都是"奇异的山中女性"。

今野圆辅将女性妖怪分为三类:"山姥"、"雪灵"(雪の精)、"海怪"(海の怪)(Konno, 1981, 221; 223–266)。[7]大庭美奈子(1930—2007)在其短篇小说《山姥的微笑》(1976)中写道:"诚然,这些老女巫(山姥)不会自打出生就是满脸皱纹的老太婆……但出于某种原因,我们从没听过有年轻女巫住在山中。"(Ōba M. 1991, 195)

— **怪事多发的山** —

日本文学学者丽贝卡·柯普兰(Rebecca Copeland)写道:"要展现出不受约束、饥渴贪婪的女性身上所蕴含的危险,恐怕没有比'山姥'更合适的意象了。"(Copeland 2005, 21)如丽贝卡·柯普兰所言,山姥所体现出的饥渴贪婪,特别是食人的习性,正是山姥最大的特点。小松崎进(Komatsuzaki Susumu)和小松崎达子(Komatsuzaki Tatsuko)进行的一项调查显示,"孩子们无论年龄,无关男女,对山姥的印象都大同小异"。孩子们在调查中表示:"山姥会吃人并改变外貌;她对山了如指掌;她住在山里,以迷路者为食;她还会吃牛和马;她是一个令人毛骨悚然的老太婆"(Komatsuzaki and Komatsuzaki 1967, n.p.)。[8]虽然该研究认为可能是广为流传的民间传说造就了孩子们对山姥的刻板印象,但是儿童读本的插图和漫画带来的影响也不可忽视。

比较文学学者水田宗子(Mizuta Noriko, 1937—)强调,"山姥的特征对应于'山'的主题"(Mizuta 2002, 13)。在许多文化

《化物尽绘卷》(化物之繪)中的山姥,北斋季亲(Hokusai Suechika)绘(国际日本文化研究中心提供)

中,山是神圣的地方,日本文化也不例外。宗教研究学者宫家准(Miyake Hitoshi, 1933—)对此也提出了几种解释,其中两种与本研究的主题密切相关,分别为"山被视为逝者和祖先灵魂的栖息地,坟墓便被修建于山中"和"山被视为连接着此世与彼世的交界之地;山能通往天堂;而山洞是通往彼世的入口"(Miyake 2001, 78–79)。

将山视为"逝者和祖先灵魂的栖息地"与日本昔话(过去的故事,民间传说)中的《姨舍山》——将老人特别是老妇人遗弃在山中的故事——似乎有所关联。虽然没有证据表明农业社会时期人们会遗弃老人,但此类故事仍在许多信息媒介中流传不息。民俗学学者大岛建彦(Ōshima Tatehiko, 1932—)认为日本昔话和"姨舍传说"与日本的丧葬习俗密切相关,例如风葬(風葬)和两墓制(両墓制)。所谓的两墓制,指的是一位逝者有两座坟,一座是用于埋葬尸体的坟墓,另一座则是由死者家属搭建的墓碑，用于祭拜和祈祷。在"姨舍"的传说中，老妇人被遗弃之地对应于尸体埋葬之地或风葬时尸体的实际所在（或遗弃）地。有学者认为"姨舍"（姨捨）一词来源于"初濑"（オハツセ），原指"埋葬地"。换言之，"姨舍"指的是曾经名为"长谷"（オハセ）或"初濑"的墓地。长谷寺和京都的初濑都位于村庄（里）和山之间的分界线上，这意味着那里曾经是墓地（Ōshima 2001a, 4–5; Miyata 1997, 20）。

在现实中，将山作为葬地的例子数不胜数，其目的是通过山的灵力使逝者的灵魂得以安息（Saitō 2010, 274）。在能剧《山姥》中，山姥在她的歌中描绘了一幅死者的山景："沟壑深沉，震慑不已；墓园深处，凶灵恶煞；捣骨哀嚎，恸惋生时；墓碑跟前，献上鲜花；魂灵鼓舞，愉悦不已。"（Bethe and Brazell 1978, 217; *SNKBZ* 1994–2002, 59:575）历史学家和民俗学家和歌森太郎（Wakamori Tarō, 1915—1977）认为，《姨舍山》展现了"某种怪诞的存在徘徊于山中或者附近的山谷底部"这一信念。他怀疑这种信念出现的原因是过去村民进入山里时遭遇了不寻常的或致人迷失的经历，包括出现幻觉，见到类似人类的生物。也许在很久之前，村民就认为有人被推下深谷或被逼入深山而惨遭杀害，这些英年早逝者的怨灵由于不能往生，便徘徊于山中骚扰进山的村民（Wakamori 1958, 215）。虽然和歌森太郎写的是关于"姨舍"的传说，但其中的怪诞生物很容易被解释为老妇人，即山姥。由此可见，山中存在怪诞生物的信念基础已经存在，因而山姥出现于中世纪时期的基础自古代便已建立。[9]

日本诗人和批评家马场晓子（Baba Akiko, 1928—）断言"应该承认，这些'说话'（せつわ，属故事文学或叙事文学，包括神话、传说、民间故事、轶事等）已经作为一种现实流传至今。[10] 也就是说，人们相信有奇怪的老妇人（如与'山父'相对的'山母'）居住在山中，并对其抱有恐惧……这些女性从未想过离开深山,去外面生活"(Baba Akiko 1988, 279)。马场晓子从菅原孝标女(Lady Sarashina,菅原孝标的女儿,b. 1008)在足柄山与三位伶人相遇的描述中发现了有关山姥起源的线索。菅原孝标女留下了名为《更级日记》(Sarashina nikki,成书于约十一世纪)的自传。根据该自传,菅原孝标女曾在十二岁时去往足柄山,那个时候的她对外界发生的事情格外敏感:"我们停在山脚下,害怕迷失于无月之夜的浓重黑暗中。从这黑暗中的某处,突然出现了三位女性伶人,年长的约五十岁,剩余两位则约二十岁和十四岁……我们被她们的外表所吸引,而当婉约灵动、响遏行云的歌声从她们的嘴边传入我们的耳中时,震惊之情更是无以复加……当看着她们消失在可怖的山中时,我们的心中充满了失落。"(Sugawara no Takasue no musume 1971, 47; *SNKBZ* 1994–2002, 26:287–288)马场晓子认为这些伶人住在山中,当她们白首垂暮,便成了山姥,而能剧《山姥》便揭示了这些神秘女性的存在(Baba Akiko 1988, 276–277)。

柳田国男也提出了几种假设,解释此种传统的起源:人们相信在过往今昔,深山中都有山姥的存在(他创作该文章时是 1925 年);有一些女性凭自身的意志进入山中生活(Yanagita 1968, 378–380)。菅原孝标女所遇到的女性无疑是后者。

室町时代的山姥

为何山姥出现在室町时代?在日本的古代和中世纪时期,人们将对于未知或怪诞事物的恐惧以鬼的形式表现在叙事中,如《今昔物语集》。一个名为《某女子赴南山科分娩遇鬼得逃》的传说便描写了老妇人吃婴儿的故事[11]:一个年轻的孕妇为了偷偷生下孩子而借住在山中一位慈祥老妇人的简陋木屋中，不料老妇人实际上是打算吃掉婴儿的鬼。如果山姥一词在十二世纪已经存在，那么这一故事中的老妇人无疑会被称为山姥。[12]

我猜测"山姥"一词之所以出现在室町时代，是因为在当时，山中的女性（无论是真实存在或是仅为臆想）更多地出现在村民和旅者，包括修道者的视野中。也许因为这些山中女性展现出能够帮助他人的积极要素（与吃人的负面要素相反），人们无法笼统地用"鬼"一词来称呼她们。随着旅者和村民不断遇到，或者臆想出热心善良的山中女性，人们需要一个新的称谓将她们和鬼加以区分。

根据威廉·法里斯（William Farris）所言，在1280年到1450年间，日本人口从600万膨胀到1000万——相当于从中世纪早期到1450年，日本的人口膨胀了67%（Farris 2006, 128）。十四世纪是日本的一个转折点，体现在以下方面：工业、农业、航运技术、贸易的发展，家庭结构的变化和人口膨胀。威廉·法里斯写道："特别是从1368年动乱平息到1420年发生大饥荒的半个世纪里，日本进入了可称为'室町盛世'的时期，当时室町幕府正处于全盛时期，社会经济发展极具活力。"（Farris 2006, 94–95）在日本的南北朝时期，贸易得到极大发展，"甚至连军营都变成了市场……高野山见证了八个市场诞生于当时日本最繁华的地区——纪伊……和尚以及当地的农民也在这些地方买卖商品"（Farris 2006, 143）。

法里斯还写道："在足利义满时期（1358—1408），随着旧首都人口急剧膨胀，宗教和政府建筑大规模扩建，商人们离开首都，去往遥远的外地寻觅货物也就不足为奇了。其中，飞驒、美浓、四国是商人们的首选地。"（Farris 2006, 149）越来越多的人踏足当时尚为人迹罕至的山区，或是砍柴狩猎，或是前往新兴市场，或是运输货物，或是朝圣，或是单纯地进山生活。在这一过程中，人们会遇到许多奇特的生物，也会想弄清楚这些生物到底是什么。

此外，白根治夫（Shirane Haruo）写道，包括村庄（人类居住地）和山（周围的山丘）的里山（さとやま）地区从十二世纪开始便进入人们的视野。自此，里山地区便充满着各式各样的神明，其中的许多神明掌管着农业、狩猎和捕鱼，而里山周围的山（有时还包括大树和岩石）也被视为神明的居所（Shirane 2012, 114–116）。里山随着经济和技术的发展而不断扩张，"稻农们普遍相信山神（山の神）会在初春时以农神（田の神）的身份降临，到了秋天便再回到山中；山脚通常会建有神社"（Shirane 2012, 116）。村民看到周围的山上的神秘女性时，也许会认为该女性和山神有关，或者她本人就是山神。

山姥与山伏

各种各样的人充满好奇地谈论着他们在山脚和山中游荡时遭遇的奇特经历，这让我猜测山伏（山中的苦行者，修验道的信徒）扮演着非常重要的角色。山姥的出现和山伏的世俗化同处一个时期。山伏在中世纪最为活跃，也最具影响力，他们历经严酷修行，漫游于吉野、熊野、白山、羽黑山、英彦山及其他灵山中，诵咒祈祷，驱魔辟邪。在战时，他们的足迹遍布全日本，时而作为驱魔师和治疗师受雇于特定的氏族，时而成为间谍（Miyake 1978, 5; 44–47; Murayama 1970, 18）。山伏参与政治和军事斗争最为频繁的时期是在日本内战的六十年间，即从后醍醐天皇（1288—1339）密谋反对镰仓幕府，到1392年南北朝统一（Murayama 1970, 224）。德永誓子（Tokunaga Seiko）称，从中世纪的角度看，"修验道"（包括佛教的显说与密说）的成立可以追溯到十三世纪末与十四世纪初。她还写道,通过穿越山林以获得神通的"修验"(shugen)一词直到十二世纪后才出现,而修验道则是出现于十三世纪末(Tokunaga 2015, 86)。

"先达"(Sendatsu,山伏或修验者的指导者)将全国各地的"檀那"(布施者),包括当地寺庙和神社的僧侣与尼姑(或神职人员)、家人、武士的随从、庶民(如农民和商人)带到了熊野,而檀那的宗教和借宿需求则由其同行者——御师(oshi)来安排。不难想象,在穿越山林长途跋涉的过程中,甚至在短途差旅的过程中,人们会遇到神秘的山中居民,而这些山中的居民也许会被视为山灵、死者的灵魂或者阻碍信徒和其他人前行的恶灵。如前文所说,随着人们更加频繁地穿过山林,遭遇奇特生物的情况也不可避免地增加,而这些人回到自己的村子后,多半会向其他村民讲述自己的奇特经历。虽然先达这一群体出现于十五世纪,但是"御师"在更早的文献中——1109 年藤原致忠(Fujiwara no Munetada)前往熊野的朝圣记载——已有记录(Miyake 2001, 14; 18–23)。不难想象,室町时代定居于村庄的山伏为了消遣而向其他村民讲述了喜闻乐见或许还带着神秘感的故事,其中就包括了与山姥有关的故事(Murayama 1970, 304)。

山伏降伏山姥

日本文学学者德田和夫(Tokuda Kazuo)在其作品中写道,中世纪文献中记载的民间传说《山姥和石饼》讲述了山中圣地一件不可思议的事。在《山姥和石饼》(*Yamauba to ishimochi*)中,山姥因为吞食了被烧得滚烫的石头而死亡。[13]德田和夫认为,宗教信徒降伏鬼的故事框架早已存在并根植于许多地区的神山中[14],伯耆国(今鸟取县)的《大山寺缘起卷》(ca. 1320年代早期）便是另一个例子（Tokuda 2016c, 43），伯耆国的大山自古便被视为修验道的圣地。

根据《大山寺缘起卷》记载，曾有一位伟大而著名的先达和苦行者种智金刚房居住在大山的南光院中，他指导着众多山伏在此修行。但是从某天开始，一位面目狰狞的优婆夷（梵文 *upāsikā* 的音译，意为"忠实的佛教在俗女信徒"）总会不时地出现在马头洞附近，骚扰众山伏修行。某天夜里，这位优婆（由原先的优婆夷演变而来）再次悄无声息地出现在圣火旁，为自己的胸脯取暖。金刚房见到这一情景后非常吃惊，他认为正是这位优婆带来了诸多麻烦，于是便在内心默诵火焰咒，随后又询问了优婆的名字，并让其速速离开。这位"鬼婆"告诉金刚房她的胸部受了伤，因而在此取暖，并向金刚房索要疗药。于是金刚房将一块烧得滚烫的圆石头扔给她，告诉她这就是药，优婆毫不迟疑地吞了下去。这样的情景重复了两三次后，金刚房又给了优婆一碗油，并告诉她糖水（这碗油看起来像糖水）很适合一起服用。鬼婆刚喝下油，火焰便从她的口中喷出。在金刚房持续不断的咒声中，痛不欲生的鬼婆慌不择路地奔向一个山谷，在其中化为灰烬。从此以后，山伏们便继续心无旁骛地修行（Kondō and Miyachi 1971, 198–199）[15]。这一故事的结尾称颂了真言宗佛教徒咒语的神通，并赞美了具有此神通的信徒所具有的美德。有意思的是，那位面目狰狞的优婆夷先是被称为优婆，后又被称为鬼婆。

优婆夷指的是那些接近僧侣，聆听僧侣布道，向僧侣布施，并照顾僧侣日常生活的女性。优婆夷也意味着照料或服侍（Hirakawa 1972, 244）。在前述的山姥传说中，优婆夷或优婆是以邪恶角色出现的，这种描述正符合佛教徒对女性的看法。虽然从《大山寺缘起卷》可以看出，从十四世纪早期开始，优婆夷或优婆就被视为山伏的敌人，并被认为是鬼婆，但是在差不多七十年后的室町时代开端，根据《伯耆国大山寺缘起》（创作于 1389 年），鬼婆开始被记为山姥。代指山姥的汉字是"山優婆"——"山"加上"優婆夷"并减去"夷"。如果分别翻译"山優婆"的每个汉字并将这些意思组合起来，那"山優婆"则意味着"山中的温柔老妇人"[16]。《伯耆国大山寺缘起》中的情节和更早的记录是一致的：一位伟大神通的苦行者种智金刚房生活在大山的南光院中，他在大山的马头洞指导山伏们修行时，遇到了一位向他索要胸部疗药的山姥；他将一块烧得滚烫的圆石头给了山姥，并称石头就是药；山姥一吞下石头，火焰便从她的嘴中喷出，将山姥烧成灰烬；从此以后，山伏们便继续修行而不受打扰（Hanawa 1959, 213; Tokuda 2016c, 42）。[17]

也许有人会推测，"山姥"在十四世纪晚期被使用（甚至创造）于宗教故事中，以提升其教派的影响力。骚扰修验道信徒的邪恶存在首先被象征性地称为鬼婆和优婆夷，然后变为山姥。本书的第 1 章将会深入探讨，在能剧《山姥》中，尽管出于宗教目的，穿越山林的表演者将山姥视为鬼婆，但主人公却对此感到可悲，鬼和山姥的混合意象正契合了上述叙述。

— 作为原型的山姥 —

根据民俗学学者五来重（Gorai Shigeru）的解释，从修验道的视角来看，山伏所侍奉的山神的起源和根本性质可以解释为过去住在山脚的逝者的灵魂。这些灵魂在死后进入并停留于山的另一领域。他们化为先灵，保佑和爱护其后代，或对有过者施以惩罚——体现出二元性（Gorai 1984, 13; 30; 43）。

山姥作为山神也有象征着丰饶的一面，一个较为典型的例子便是长野县下伊那郡的一个传说：一个山姥一口气生了 7800 个孩子。神话学者吉田敦彦（Yoshida Atsuhiko, 1934—）解释道，山姥在分娩时遇到困难，于是向正巧在山中打猎的大山祇神（大山津見神）讨水喝，由于其帮助山姥生下了 7800 个孩子并为他们起名，作为回报，大山祇神收获了大量猎物。根据柳田国男提出的理论，妖怪即为衰落后的神明（即从神明堕落成妖怪），顺着这一观点，吉田敦彦断言，山姥曾作为女性神明受到崇拜，而对山姥的崇拜及崇拜仪式的痕迹在日本各地都能见到（Yoshida 1992, 31–41）。[18]

宗教学者堀一郎（Hori Ichirō, 1910—1974）写道："在农村地区，人们普遍相信山神是每年会产下十二个孩子的女性神明，因此也称其为'十二山神'，而十二个孩子象征着一年的十二个月。"（Hori I. 1968, 167）前述提到的十五世纪的日记《卧云日件录》中有记载，"当年夏天雨水丰沛的原因是山姥生了四个孩子，分别名为'春吉'（はるよし）、'夏雨'（なつさめ）、'秋吉'（あきよし）、'冬雨'（ふゆさめ）"（Tokyo Daigaku Shiryō Hensanjo 1961, 125）。禅僧瑞溪周凤认为，那一年的丰沛雨水正是山姥多产带来的，而四个孩子的名字似乎也映射出对更高力量的崇敬和对来年美好天气的希冀。原型指的是"一种象征，常为一种意象，在文学作品中反复出现以至于可以代表整个文学经验中的某种元素（Frye 2006, 331）"。[19] 由此，山姥既可被视为女性神明，也可被视为代表四季的原型——"在神域中，最为重要的过程或发展即为死亡与重生……神的活动通常被视为或者常关联于一个或多个自然循环"（Frye 2006, 147）。

日本文学学者和民俗学家折口信夫（Orikuchi Shinobu, 1887—1953）写道，山姥最初是一位侍奉山神的少女；虽然人们通常将"うば"

(uba)和汉字"姥"（老妇人）联系在一起，但"うば"（uba）实与"小母"（oba）共通，后者指无血缘关系的成年女性。最初，这位少女照顾山神待其恢复健康，后来少女便成了山神的妻子。折口信夫猜测，因为这位少女很长寿，因此人们开始将"うば（uba）"和老妇人联系在一起（Orikuchi 1995, 363）。至于后来为何"山神是女性神明"这种观念会流传开来，民俗学家山上伊豆母（Yamakami Izumo, 1923—）称在民俗学研究中，由于山神的宗教仪式是由女性主持，于是男性神明的性别便与女性主持的性别相混淆。然而，山上伊豆母又写道，山姥的原型是山龙或雷神的圣妻，因此只有在神话世界中才能探明山姥的由来（Yamagami 2000, 374–375）。

马场晓子（1988）认为山姥的传说代表了国津神（大地之神）的衰落，后者在天神谱系中跌落到低位。由此观之，马场晓子似乎继承了柳田国男的衰落理论（1968）。此外，吉田敦彦又写道，山姥的起源可以从日本的许多女性神明身上看到，如由皇室赞助编撰最古老的日本神话 – 历史编年史《古事记》（汇编于712年）中的"大宜都比卖"，以及日本第二古老的编年史《日本书纪》（原名《日本纪》，汇编于720年）中的"保食神"；他们都利用身上不同的部位制作出食物。吉田敦彦还断言，山姥的真实身份就是日本人从绳文时代（公元前14000—前300）开始便一直敬奉的"母神"（Yoshida 1992, iii; 108–112）。

人类学家和妖怪文化的权威学者小松和彦（Komatsu Kazuhiko, 1947—）认为，在民间故事研究中，人们通常从山神和女性神明中探寻山姥过去的形象或起源；即是说，山姥的骇人特征来源于她从山神或女性神明衰落后的形象。小松和彦警告称，衰落理论仅仅是一种推测，而文学和传说中的山姥都体现出山姥的二元性——善与恶。这种二元性正是山姥的特征，而善与恶哪一面更为突出，则取决于山姥和个人或和时代利益的关系（Komatsu K. 2000, 429–430）。与柳田国男认为"妖怪是从神明衰落而来"不同，小松和彦认为受到敬奉的超自然存在即为神明，反之则为妖怪（Komatsu K. 1994, 283）。从系谱上看，在一半的传说中，山姥属于女性神明，在另一半传说中则属于鬼（Komatsu K. 2000, 432; 1994, 297–304）。诚然，既然存在山姥被视为山神的传说，那么必然也同时存其被视为鬼的传说（我们会在本书中一探究竟），这并不是说，山姥在过去贵为神明，而现今从高位衰落，并随着时间的推移堕落到邪恶的一方；而是对于当时的人，至少对于首都的人，山姥自中世纪出现开始就已经作为鬼一类的存在被人们所接受。

根据荣格派心理学家山口素子（Yamaguchi Motoko, 1954—）所言，山姥已经作为一种原型深植于日本人的集体潜意识中；该原型被视为独特的日本式的"伟大的女性神明"——这是一种广泛存在于人类想象中的原型（Yamaguchi 2009, 44）。这位"伟大母亲"既带来了丰饶与财富，也带来了死亡与毁灭，就如同神话－宗教人物伊西斯和迦梨[①]一样。在中世纪的欧洲，始终具有二元性的"伟大母亲"的异教徒原型在基督教文明的影响下并没有被简化——其光明面为基督教崇拜的圣母玛利亚，黑暗面则堕落为女巫——被排斥于圣母的形象之外，并维持着其作为异教徒所带来的影响（Franz 1974, 105, 195）。[20]荣格派心理学家河合隼雄（Kawai Hayao, 1928—2007）将观音视为日本"伟大母亲"的光明面，并将出现在童话里的食人女巫山姥视为其黑暗面（Kawai 1996, 27–66）。

山姥这一意象包含着善与恶两面。尽管山姥的起源可以追溯到古代女性神明，但我相信她是中世纪时代思潮的产物。对于既崇敬又恐惧深山的人而言，山中的奇特女性象征着山灵和季节的显现。山姥的名

[①] 伊西斯（Isis）是古埃及神话中掌管生育的女神，被视为伟大的母亲、自然和魔法的守护神。迦梨（Kali）则是印度教中的女神，象征时间、力量与死亡。——编者注

字和特征是中世纪时期的产物,她融合了各种因素——积极的和消极的——最终成为一个原型。

一 山姥的性别

除了神秘性和二元性,山姥最重要的特征便是与山的关系和其作为女性的性别。在接下来的章节中,我们会看到,山姥常与女鬼(女性魔鬼)混淆在一起。事实上,由于女鬼可以自由地变幻,因此女鬼也可以变成男鬼;而山姥的性别——身为许多孩子的母亲——只能是女性。在这里我用强调"生物属性的性别"(sex)来指代其生物属性,并用强调"社会属性的性别"(gender)指代其社会地位、行为和表现。

在这里也许需要简短解释一下鬼的性别。在古代,鬼是无形的。在阴阳道发展早期,"鬼"一词指的是为人类带来疾病的无形恶灵(Komatsu K. 1999, 3)。[21] 高桥昌明(Takahashi Masaaki)认为鬼是带来传染病的神(Takahashi Masaaki 1992, 4),而熊濑川恭子(Kumasegawa Kyōko)将鬼解释为个人或社会的黑暗面(Kumasegawa 1989, 204)。汉字中的"鬼"字指的是无形的灵魂或死者的精神,既可指祖先的,也可指邪恶。在前述提到的《倭名类聚抄》(ca. 930s)中,"鬼"(oni)被解释为"おん"(on,隐)的变体,"躲藏在物体后面,不希望出现……死者的灵魂或精神"(Takahashi Masaaki 1992, 41)。[22] 彼得·奈契特(Peter Knecht)认为,在平安时代(794—1185)的宫廷文学中出现的"心魔"表现了鬼多面性中的一面,"在这种情况下,鬼为难以表达的和无形的心智性格赋予了具体的形态,即心中黑暗而邪恶的一面,例如对人类同胞怀有邪恶的或恶意的想法和感情。据说这种鬼藏在人内心中的黑暗角落,而且难以控制。然而,如果有外力的介入,这种鬼便有可能被扯入意识中,并展现出其有害的一面"(Knecht 2010, xv)。因此,无形的鬼与性别无关,我认为日本人将鬼的负面性格归结为愤怒、凶残的思想和行为、冷血等——与任何特定的性别分开,直到其在某一角色上表现出来。

现在,鬼通常被描绘为男性形象,我认为这种关于性别的假设来源于鬼的画像。根据日本艺术史学者小杉一雄(Kosugi Kazuo, 1908—1998)所言,日本的鬼最迟于十二世纪左右借用了中国"鬼神"的外形(Kosugi 1986, 205)。通常而言,鬼被描绘为肌肉发达,衣衫单薄,仅穿着虎皮制成的缠腰布;身上长满毛发,通常长有一根或多根角;有的在前额中央还长有第三只眼睛,皮肤颜色也不一而足,通常为黑色、红色、蓝色或黄色;通常长有一张大嘴,里面长满了瘆人的犬齿。[23]

林镇代(Hayashi Shizuyo)研究了出现于《大声朗读(古老的传说)》(読みがたり,2004–2005)传说中鬼的性别,发现大部分的鬼都为男性,而当女性鬼出现在故事中时,她们通常会带有年龄特征,例如"oni–baba""oni–banba""oni–basa",它们都代表年老的女鬼或鬼老太婆(Hayashi S. 2012, 78)。[24] 然而男鬼却没有这类能指,林镇代推测这是因为《大声朗读(古老的传说)》中所有的女鬼都样貌衰老,而她们衰老的样貌与面目狰狞的男鬼相似(Hayashi S. 2012, 79)。此外,当暗示出现的是男鬼时,"鬼"这个词是独立使用的,不带有任何后缀;换而言之,为了描述出现的鬼为女性,必然会添加女性的后缀。在前面提到的《今昔物语集》中的《某女子赴南山科分娩遇鬼得逃》中,故事中出现的女鬼没有用"女鬼",而仅仅用"鬼"来指代。正如经常出现于文学作品中那样,女鬼可能由男鬼变化而来。

说到这个,在中世纪时期,人们将"鬼"这一标签用于指代存在超过一百年的家庭器物（如工具和容器等）化为的妖怪。这些被遗弃的人造器物——九十九发（九十九髪，也称付丧神）——对人类怀有怨恨。[25]在日本，家庭器物并没有性别之分，因此到底是"他""她"还是"它"，则需要视情况而定，某些情况下还会被认为是反性别的。

与鬼性别的模糊不定相比，山姥的性别则一直都是女性。女性这个词可能会唤起一种象征性的外在形象或他者的形象。[26]克莱尔·R. 法莱尔（Claire R. Farrer）引用了西蒙娜·德·波伏娃（Simone de Beauvoir）《第二性》中的一段话来解释，"定义和区分女人的参照物是男人……她是附属的人，是同主要者相对立的次要者。他是主体，是绝对，而她则是他者"（Farrer 1975, xiii）。如波伏娃所说，女性作为他者的形象对社会的影响非常有限（Farrer 1975, xiii），尤其是在像前现代日本这样的父权社会。然而，山姥却不会如此受缚于传统、风俗、针对女性的社会规范，而这正是山姥在近年来受到女性文学学者关注的主要原因。

从性别研究的角度出发，水田宗子表示山姥是超越性别的。村庄是一个可以保护村民并隔绝山中危险的地方，水田宗子将山姥和生活在村庄里的女性进行了对比。根据水田宗子所述，生活在村庄中的女性是理想和标准化的——她们是好母亲、好妻子，纯洁而谦卑，她们对她们的父亲和丈夫言听计从（Mizuta 2002, 10–12）；山姥则与之相反，她完全不为常理所束缚。虽然山姥有超常的生育能力，但她缺少村中女性所具有的女性特征，即贞洁、顺从和同情心。水田宗子表示，适用于村中女性的社会规范并不适用于山姥，因为山姥的基本特征是如此模糊而多义，以至于让这些社会规范无法发挥作用。换而言之，山姥存在于村庄的性别系统之外（Mizuta 2002, 12–15）。她拒绝被指配任何一个家庭角色，如母亲或女儿，她也不会受到束缚。水田宗子强调，虽然村庄里的女性一辈子固定生活在同一个地方，山姥却是相对自由的，她穿梭于深山中,出现在不同地方,这些地方通常远离村庄的边界(Mizuta 2002, 10)。山姥随心所欲地四处移动。山姥作为生活在山中神秘而不可思议的生物,其共同特征便是——山姥都是女性。

— 山姥的特点 —

在口头相传和文字记载的传说中,山姥有什么特点?山姥最众所周知的特点是:生活在山中的食人女性;有善的一面,也有恶的一面;能够自我变化,既可以变成丑陋的老太婆,也可以变成美丽的少女。无形的山姥也是存在的。一些山姥是神婴的母亲。山姥鲜为人知的特征包括:能够飞行和吸血。宫田登写道,山姥分娩的意象潜藏在山中女性的黑暗面中(Miyata 2000, 189)。在一些传说中,山姥能够预言未来,也能看穿人类内心所想。还有学者指出了山姥与蜘蛛和纺纱的关系:如同山姥有很强的生育能力,蜘蛛也有很强的繁殖能力。如一些叙事所述,"土蜘蛛"妖怪袭击武士带来了蜘蛛的灭亡;同样的,山姥袭击人类也适得其反。这些特征是如何形成的,具有什么意义?是否存在现代的解释来阐释山姥的一些行为?山姥常被视为女鬼的一种类型,用于描述二者的词也总是交替着使用,那么,山姥和女鬼的差别究竟在哪儿呢?据说"山姥是日本最著名的妖怪之一"(Foster 2015, 144),那么山姥的魅力在哪里,山姥对当今社会的我们又有什么要说的?这些正是本书将要阐释的内容。

* * *

第1章"山姥的二元性:食人与助人"考察了山姥常见的特点,特别是山姥的二元性,以及山姥与鬼或女鬼的关系。虽然出现在《不吃饭的媳妇》、《牛方山姥》和《三个护身符》等民间传说中的邪恶山姥,与出现在《姥皮》、《米福粟福》和御伽草子的《花世姬》(创作于十六世纪末或十七世纪初)等传说中的善良山姥形成鲜明对比,但事实上,邪恶山姥和善良山姥间存在着互补的关系,她们的传说也有着互补的叙事形式。这一章将继续阐释山姥的特点是如何以及为何形成的。除了能剧《山姥》对于认识中世纪及其他时期的山姥有非常重要的作用,我也认为以"外貌禁忌"(taboo of looking)为主题的能剧《黑冢》(创作于十五世纪中期)对山姥意象的形成起到了非常重要的作用。

第 2 章"山姥与纺织:分娩与吸血,纺纱与蜘蛛"讨论了山姥作为神婴的母亲或具有神力的婴儿的母亲。我认为山姥的母性在现代早期通过传说、民间故事、文学作品、木版画和表演艺术而广为人知,如前文所述,宫田登曾写到山姥具有分娩的意象;而我推测,山姥吸血的特点则来源于鬼意象的残留。这一章考察了山姥与纺线、纺纱和纺织的关系。在最典型的山姥传说《不吃饭的媳妇》中,主人公媳妇的真实身份其实是一只蜘蛛,她以高超的纺纱技巧而闻名。我推测山姥与蜘蛛的联系也来源于山姥与鬼的共性。

第 3 章"读心术和预言术:《山姥和桶匠》、《山姥的微笑》与《蜘蛛巢城》"通过考察民间故事《山姥和桶匠》及其前身,以及大庭美奈子的现代短篇小说《山姥的微笑》来研究山姥的读心能力。本章将会对山姥读心能力的起源以及大庭美奈子是如何获得小说中的想法或灵感做出推测;此外,这一章还将讨论山姥预言未来的能力,有这种能力的山姥出现在《摘山梨》等传说,以及黑泽明的电影《蜘蛛巢城》(*Throne of Blood*)中。《蜘蛛巢城》中的女巫与莎士比亚的《麦克白》(*Macbeth*)中的三个女巫相对应,而《蜘蛛巢城》也正是基于《麦克白》创作的。

《蜘蛛巢城》中的女巫也预言了两位野心勃勃的大将的命运。

第 4 章 "山姥，弥三郎婆，夺衣婆：女巫的意象，山姥的飞行术，以及原型的再创作" 考察了山姥的典型意象和山姥的飞行能力。在一些民间故事或传说中，山姥被描绘为会快速穿越深山以寻找其猎物。最近，我读到了一种基于弥三郎婆传说的描述，在该传说中，弥三郎婆居住在新潟县的弥彦山中，而这座山里有能在天上飞的山姥。山姥是否真的能像女巫一样飞行？弥三郎婆是谁，她和山姥又有什么关系？弥三郎婆的传说以及妙多罗天（弥三郎婆的神名）的雕像让人联想到守候在三途河对岸、褫取死者衣服的夺衣婆（顾名思义，脱去罪人衣服的老太婆）。山姥、弥三郎婆、夺衣婆之间是否存在某种关系？本章将会对这些问题进行探讨，并进一步研究涉及弥三郎婆的古典和民间故事。

在过去，人们认为极长寿的生物，甚至是器物，会变成鬼怪。出现在《花世姬》中的山姥比她的后代活得更久，且永远住在山里，成了鬼的同伴；尽管她并不吃人，但她却被视为鬼怪。长寿者与山姥或鬼怪之间存在着某种联系。第 5 章 "衰老，失智症，被遗弃的女性：对山姥的一种解读" 提出了一种现代的解释，并通过《姨舍山》传说来考察老龄化和家庭冲突的问题，与姨舍山相关的叙事在当代老龄化的日本仍旧非常流行。

第 6 章 "山姥杂谈：当代社会的山姥" 研究了对山姥和 "类山姥" 的现代描述，例如 "山姥辣妹"，这种时尚潮流在 1998 年到 2000 年席卷日本，特别是东京涩谷。民俗学家仓石忠彦（Kuraishi Tadahiko）认为，考虑到山姥倾向于出现在乡村市场，"山姥辣妹" 的风潮出现于涩谷也就显得合情合理了（转引自涩谷经济新闻编辑部，2002）。本章还研究了各种类型的文学和媒介（包括电影和漫画）对山姥的当代描述。

— 1 —
山姥的二元性：
食人与助人

山姥的典型特征包括：深居山中的食人女；兼具善恶两面，既能带来死亡与毁灭，也能带来财富与丰收；有变形能力，能以丑陋的老太婆或美丽的女性形象出现在人类面前（见 Takashima 2014, 116; Murakami 2000, 345）。柳田国男写道，出现于日本说话中的山姥通常凶恶且会吃人，就像女鬼（女恶魔、食人魔、怪物），并会受到残酷的惩罚；但当山姥作为"当地的存在"出现在传说中时（例如当村民提到"一位山姥很久以前便居住在某座山中"），人们对山姥的态度却是崇敬的（Yanagita 1978–1979, 1:248; 2014, 167）。山姥有着善的一面，例如作为山神帮助人类；也有着恶的一面，例如像女鬼一样吃人，这种兼具善与恶的二重特性在昔话①中可见一斑（SNKBZ 1994–2002, 58:565）。

然而，不难发现在上述的特点中，只有"食人"这一最明显的特点属于山姥二元性中恶的一面。本章将讨论山姥的常见特点，解释对立的特点是如何同时存在于山姥身上的，其中将重点关注山姥和鬼/女鬼的范式，因为我认为带来毁灭的食人山姥和施与恩惠的助人山姥实际上是一体两面，其善与恶的互补性通过"鬼"这一媒介得以实现。此外，本章还解释了上述山姥特点形成的原因和方式，以及阐明山姥和女鬼的本质区别。

能剧《山姥》和《黑冢》对于认识中世纪时期的山姥以及山姥意象的形成至关重要。此外，出现在昔话和《黑冢》中的"看的禁忌"（do

---

① 昔话（むかしばなし）指口口相传的民间传说，一种口头的文学形式。——编者注

not look）也会被视作连接山姥和女鬼的纽带而加以考察。

一 山姥与女鬼 一

如引言所述，"山姥"一词最初见于室町时代的文学作品中（Komatsu K. 2000, 428; Orikuchi 2000, 300）。早期的文学作品将人们在山中遇到的类似女巫的神秘女性描述为鬼或女鬼（Foster 2015, 147）。[1] 小松和彦解释道，日本人将他们敬奉的超自然神灵称为"神明"，反之则称为"妖怪"，其中具有强烈负面要素的妖怪称为"鬼"（Komatsu K. 1979, 337）。同样地，迈克尔·福斯特也写道，当那些恶意的情绪、意图或行为属于"反社会的和反道德的"，它们便与鬼有关（Foster 2015, 118）。

因此，食人这种令人憎恶的反社会行为被认为是鬼的主要特点也就不足为奇了（见 Reider 2010, 14–29）。正如"鬼一口"典故所描述的，鬼能一口将人吃掉（见 Gorai 1984）。《伊势物语》（ca. 945）第六话便讲述了一位男子无可救药地爱上了一位社会地位比他高得多的女子，两人相约私奔，而就在他们私奔的那个夜晚，突如其来的雷暴雨让两人不得不在一幢残破的库房中躲避，男子站在门口警惕外面，女子却被鬼一口吃掉了（SNKBZ 1994–2002, 12:117–118; McCullough 1968, 72–73）。恶鬼食人的故事在日本正史中也屡见不鲜，据《日本三代实录》（编纂于 901 年）记载：在 887 年第 8 个月的第 17 天，三位美丽的女子走在武德殿（皇宫中的一栋建筑）旁边时，遇到了一位容貌俊俏的男子站在一棵松树下，这位男子走到一位女子面前和她攀谈了起来。当另外两位女子回头看向松树时，她们惊恐地发现女子已经被肢解了。她的肢体散落在地上，头却不知去向。在那时，人们相信鬼会变成俊美的男子来接近并吃掉女性（见 Fujiwara T. et al. 1941, 464）。我认为在"山姥"一词出现时，山姥便继承了吃人的特点。

上述《日本三代实录》的记载不仅展现了鬼会吃人的一面，还刻画了鬼不寻常的变形能力。狡猾的鬼利用自己能够在怪诞模样与英俊男子之间变换的能力来引起目标女性的兴趣并获得其信任，从而轻而易举地吃掉女性。鬼既可以变成男性，也能够变成女性。山姥的变形能力也许来源于鬼，但据我所知，从未有山姥变为男性来引诱其目标（通常为男性）。在接下来将会提到，山姥通过变成年轻的女性来吸引男人。

虽然山姥和女鬼有许多共同的特点，但两者并不一样。迈克尔·福斯特解释道，"不应该把所有的女性鬼怪混为一谈，女鬼的特点通常是因妒生怨——事实上，正是这种怨念让普通女性变成恶魔。怨念也是许多能剧中女鬼'般若'面具的特征。女鬼与男鬼的特征类似——头部长有犄角。相比之下，大多数对山姥的描述都没有出现犄角，而且山姥的怪异也并非出于嫉妒或性欲"（Foster 2015, 147; 或见 Li 2012, 173–196; Tanaka T. 1992, 256）。

虽然上述山姥与鬼的区别很普遍，但也有例外存在。在许多民间传说中，女鬼并没有展现出嫉妒或怨恨；而《花世姬》和其他一些文学作品中出现的山姥头上长有犄角。[2] 我想补充的是，山姥和鬼的主要区别在于山姥的主题是山（如引言所述），而鬼则不需要山这一特定的主题——她可以出现在田野、乡间、城市或者宫殿；此外，山姥的性别是女性，而鬼则性别不定，可以根据情况变成男性。

山姥的邪恶面：食人与变形

食人展现出山姥二元性中恶的一面，这一特点可能是连接山姥与鬼的最强烈要素，或者说，是将山姥作为鬼的延伸的最重要因素。事实上，在昔话中，鬼婆、鬼和山姥被交替地用于称呼以食人者形象出现的山姥。由于山姥的食人形象频繁地出现在昔话中，接下来我会列举有山姥食人出现的三类民间传说，并考察在这些故事中对山姥最常用的称谓——山姥、鬼婆或鬼。研究主要参照了关敬吾（Seki Keigo，1899—1990）的《日本昔话集成》（见 *NMT* 1978-1980）。

《不吃饭的媳妇》

日本人耳熟能详的民间传说《不吃饭的媳妇》（食わず女房）刻画了一个典型的食人山姥[3]：一位男子总是喃喃自语（在一些版本中是向朋友发牢骚）想娶一位不吃饭的媳妇，而不久后，一位美丽的年轻女子便出现在他的家门前。她告诉男子自己从不吃饭，希望能成为他的妻子。于是，男子娶了这位女子为妻。[4] 然而，这位看似理想的妻子其实有着可怕的一面——她的后脑勺长有第二张嘴。男子在家时，她从不吃任何东西；而男子一旦外出，她就用第二张嘴狼吞虎咽地吃掉备好的食物。[5] 男人发现真相后，女子便露出她山姥的真面目。她将男子扔到一个桶里，头顶着桶飞奔上山。男子在路上侥幸逃脱，藏身在菖蒲与艾蒿丛中。山姥后来虽然找到男子，却无法抓到他——因为菖蒲与艾蒿对山姥有毒。最终，男子通过将菖蒲与艾蒿扔向山姥成功将其杀死。这个故事在近世早期广为人知。而在那个时代著名的学者山冈元临所写的《古今百物语评判》（创作于1686年）中记载着这么一件事，他的学生问道,"人们常说'山姥会夺走人的生命,在一些故事中,山姥还能将自己变为一位妻子',山姥真的是一位女性吗?"(Yamaoka 1993, 46)。[6] 可以看出,这个故事肯定激起了十七世纪城市中人们的好奇心。山冈元临学生问的问题就和故事本身一样,揭示了山姥的另一特点——变形能力(一开始以年轻女子的形象出现)。同样重要的是,虽然山姥在故事中并没有警告她的丈夫"不要看",但故事仍体现出了"看的禁忌"这一主题,后面将会对该主题详细讨论。

虽然《不吃饭的媳妇》是山姥的代表性故事,但在这类故事中,鬼作为主角出现的次数比山姥更多——鬼出现在28个故事中,山姥出现在18个故事中,9个故事的主角是鬼婆,1个故事中的鬼则被称为鬼妻(意味着虽然是鬼,但还没有老到称为鬼婆;或身为人,但成了鬼的妻子)。因此,即使不算上鬼妻的故事(因为不确定她是否属于鬼),仍有37个故事中出现的食人角色是鬼(或鬼婆),而食人角色为山姥的只有18个故事。有意思的是,蜘蛛作为主角出现得最为频繁——出现在43个故事中。[7] 荣格派心理学家河合隼雄指出,在《不吃饭的媳妇》的许多版本中,山姥在偷吃被发现时,或在追逐男子时都会变成蜘蛛(Kawai 1996, 30)。[8] 第2章将会研究山姥为什么会变成蜘蛛,或者蜘蛛为什么会变成山姥,而故事中形态的改变无疑凸显了山姥的变形能力。[9]

《不吃饭的媳妇》引人入胜的地方在于,看似理想的妻子在自己的秘密——丑陋的外表——暴露后变成了恶魔,这让人想起了伊邪那岐在阴间遇到伊邪那美的故事。据《古事记》中的日本创世神话记载,日本的母神伊邪那美死后,其夫,即日本的父神伊邪那岐因无比思念她,便前往阴间想要带回妻子,但是伊邪那美告诉他,自己已经吃了黄泉的饭食,因此无法返回阳间。人们相信一旦吃了阴间的饭食就会彻底成为阴间的鬼魂,阻止其回到阳间(NKBT 1957–1967, 1:64n2)。[10] 伊邪那美让

《绘本百物语：桃山人夜话》中的"二口女"[11]
（西尾市岩濑文库图书馆提供）

伊邪那岐等她一起回到阳间，但是等待的期间不能够看她。"看的禁忌"是民俗学中的一个常见主题——主角无法抵挡诱惑，于是打破了禁忌。果不其然，伊邪那岐违背了不能看伊邪那美的约定，就像希腊神话中，俄耳甫斯将欧律狄刻带回阳间时所做的那样——就在俄耳甫斯回头确认欧律狄刻有没有跟上来的一瞬间，美丽的欧律狄刻永远地坠回了亡灵的世界。当伊邪那岐看向伊邪那美时，他发现伊邪那美变得丑陋无比，蛆虫遍布，身上缠绕着八个雷神。伊邪那美因丈夫打破约定/禁忌而羞愤交集，于是攻击伊邪那岐，声称他让自己遭受了"永远的耻辱"。伊邪那岐看到这个情景后非常害怕，转身便逃往阳间，而伊邪那美则派阴间

的黄泉丑女（泉津丑女）去为她报仇雪耻。¹²

有意思的是，河合隼雄认为伊邪那美体现出的羞耻感揭示了日本人羞耻感的形成性经历（原体验）。此外，他指出日本传说中"看的禁忌"这一特点强调了被看到的羞耻感，而不是违反禁忌的罪恶感（Kawai 1975, 683; 1996, 23）。石桥卧波（Ishibashi Gaha）援引了十八世纪日本本土主义学者本居宣长（Motoori Norinaga, 1730—1801）的观点，认为黄泉丑女是日本鬼怪的起源（Ishibashi 1998, 4）。黄泉丑女由女性神明所生，该女性神明因自己丑陋的外表被揭露而感到羞耻，但又不顾自己的外表攻击她的丈夫（即不知羞耻）。虽然昔话中没有做出相关描述，但是不吃饭的媳妇也许也是因为其不堪的一面被丈夫看到而感到羞耻。如果确实如此，那么该媳妇‑山姥则与鬼有着相同的起源，毕竟，鬼是山姥的主要来源。事实上，山上伊豆母断言，从神话学的观点来看，伊邪那美是山姥二元性的原型，山姥正是由这一原型发展而来并被戏剧化的（Yamagami 2000, 383; 或见 Hulvey 2000）。

虽然民间传说《不吃饭的媳妇》揭示了"小心你的愿望"和"外表具有欺骗性"等道理，但藤城有美子（Fujishiro Yumiko）将《不吃饭的媳妇》的主人公与进食障碍，特别是暴食症联系在一起——在丈夫面前是理想的妻子，但背地里实际上食欲旺盛（Fujishiro 2015, 55–63）。暴食症的特点是反复性的暴饮暴食和自我诱呕。据统计，有1%的年轻女性患有暴食症（美国饮食失调协会 2017 年数据）。同样地，山口素子也发现了年轻女性与神经性食欲缺乏的联系，这是一种饮食失调症，特点是患者体重下降，担心体重增加，以及限制饮食（Yamaguchi 2009, 85–88）。昔话中隐含了对女性以美丽形象出现的潜在期望（从而更能取悦和吸引男性），并能被公众（包含男性和女性），特别是男性所接受。这个传说似乎也反映出，女性在通过外表取悦男性上所承受的压力。

《牛方山姥》

另一则强调了山姥食人属性的民间传说是《牛方山姥》。与《不吃饭的媳妇》中试图向丈夫隐藏自己巨大胃口的山姥不同,《牛方山姥》中的山姥从故事一开始便肆无忌惮地吞下所有她得到的食物。在这一传说中,山姥先是接近正在用牛车将鱼运回村子的年轻男子,并向男子索要牛车上的鱼和拖车的牛。在吃掉牛和所有的鱼后,山姥又打算吃掉男子。男子逃到森林里一幢孤零零的房子中,殊不知那正是山姥的居所。幸好在那里住着的一位年轻女子帮助了男子,让男子最终打败了山姥。[13]

在《日本昔话集成》同类型的传说中,有 47 个传说将山姥刻画成食人的角色,鬼婆有 20 个,鬼则只有 12 个。[14] 在这里,"山姥"、"鬼婆"和"鬼"再次被交替使用。上述居住在山姥家并帮助男子的年轻女子并没有出现在这个故事的全部版本中,有时男子仅靠自己便杀死了山姥。尽管如此,这一神秘的年轻女子仍饶有意味——为什么她会在山姥的家中?也许她是从某个村庄被拐来的,就像出现在《鬼之子小纲》中的女子一样,后续我们将会对此进行讨论。

出现在《不吃饭的媳妇》和《牛方山姥》中的山姥都有很旺盛的食欲。梅拉·维斯瓦纳坦(Meera Viswanathan)写道,"食人女鬼的形象在日本的传说和前现代叙事中都很常见……刻画出这些贪婪的形象体现了人们对女性进食所带来的危险以及化解这种威胁的必要性有着广泛的关注。颇有讽刺意味的是,这让我们不得不怀疑这些食人角色的产生与其说是源于女性的抵抗意识,倒不如说是出于男性对阉割的忧虑"(Viswanathan 1996, 242–243)。"胃口很大"也可能意味着村庄有着关于饥荒的记忆。在冈山县流传的《不吃饭的媳妇》传说中,有一位农民想娶一位妻子,但是时值饥荒肆虐,他希望自己娶的妻子不需要吃饭（*NMT* 1978–1980, 6:197）。巨大的胃口也可能意味着女性对食物的欲望，并且这种欲望是受到克制的。食欲是一种基本的生理欲望，但是无论在日本的农村还是城市中，食欲过旺（特别是女性）都是不受待见的缺点。山姥不顾脸面、肆无忌惮地追逐她的猎物正体现了对这种社会期望的藐视。

《三个护身符》

另一个家喻户晓的传说《三个护身符》中也出现了食人的角色，且同样内含"看的禁忌"的主题。一座小山庙里的老和尚为了给淘气的小和尚上一课而将他赶出寺庙（在一些版本中是小和尚自己坚持要去捡栗子），在小和尚离开前，老和尚给了他三个护身符以备不时之需。小和尚在山上捡栗子时，一位老妇人出现在他面前并邀请小和尚到她的家中。夜里，小和尚偷偷窥探房间，发现老妇人竟然变成了怪物的样子，并准备吃掉他。小和尚利用老和尚给的三个护身符成功逃脱——每个护身符都拖慢了山姥的步伐，但山姥最后还是追到了寺庙前。就在山姥进入寺庙的时候，老和尚猛地将门关上，将山姥夹死了。在有的版本中，山姥追到寺庙后要求老和尚交出小和尚，老和尚则提出要挑战山姥的变形能力。山姥先是嘲笑老和尚提出这个挑战，然后就变成了豆子，此时老和尚一口将豆子吃到了肚子里。[15] 这个传说又一次展示了山姥的变形能力，她能随心所欲地改变自己的外形——既能变成一个大巨人，也能变成一颗小豆子。但对山姥而言，卖弄变形能力的结果就是给自己带来死亡。这一传说同样揭示了山姥的头脑简单。

在同类故事的食人角色中，有 36 个被称为鬼婆，14 个为山姥，13 个为老妇人，11 个为鬼。[16] 根据柳田国男的《日本昔话改订版》，这一传说中的食人角色也被称为山姥,但是在结尾处却突然改称为鬼婆(Yanagita 1960, 67)。而在流传于秋田县的同类传说中,山姥假装是小和尚的姑妈,邀请小和尚到她的家中,而小和尚将老和尚给他的警告抛在脑后,跟着她回了家。"姑妈"让小和尚先去睡觉,她自己则去做一顿大餐来"款待"小和尚。小和尚先是按照"姑妈"说的去睡觉,但是不一会儿便偷偷溜到"姑妈"的房间,惊恐地发现"姑妈"变成了山姥,正站在一个蒸汽腾腾的大锅旁磨刀。小和尚用老和尚给的护身符拖慢了山姥的步伐,侥幸逃回山庙里。不久后,山姥也追到庙里,但是老和尚提出要挑战她的变形能力,就在山姥变成一颗豆子的瞬间,老和尚一口将豆子吃到肚子里。但是被吞下的山姥并没有善罢甘休,她不断地敲打老和尚的肚子,让老和尚非常难受。最后,老和尚忍不住放了一个屁,山姥便顺着屁一起飞出来,回到山里去了(Yanagita 1960, 65–67; 英译版 Yanagita 1966, 58–60)。该传说中山姥被老和尚吃到肚子里,并用力敲打老和尚肚子的部分让人联想到另一个家喻户晓的民间传说《一寸法师》——一寸法师在鬼的肚子里用刀刺伤了它。[17] 不管怎样,山姥和鬼之间的互换性都是不可忽视的。

  小和尚将护身符一个一个地丢出去以拖慢山姥追赶他的步伐,从而侥幸逃到安全的地方,这和伊邪那岐从阴间逃回阳间的情节相似——伊邪那岐丢出随身携带的东西来拖延追赶者,即黄泉丑女和雷神们的脚步。首先他解下绑住头发的黑色葡萄藤丢到地上,葡萄藤立即结出葡萄;在黄泉丑女吃葡萄的时候,伊邪那岐便继续逃跑。当黄泉丑女快追上他的时候,他又扔出了梳子,梳子马上变为竹笋;趁着黄泉丑女吃竹笋,伊邪那岐继续趁机逃跑。又一次,山姥的根源可以从作为鬼的起源的黄泉丑女或伊邪那美身上找到。

一 山姥的良善面：助人与施财

虽然上述讨论的传说凸显了山姥邪恶的一面，但山姥也具有助人并带来财富的一面，就像格林兄弟笔下的"霍勒大妈"①一样，这正是山姥二元性中的良善面，也是我所认为的"山姥"一词出现于室町时代的原因。但正如引言所述，山姥助人的良善面难以和反人类的鬼的意象联系在一起。[18] 山姥的良善面可能来源于其作为女性神明的原型，当山姥帮助人类或为人类带来财富时，没有任何传说使用与鬼相关的称呼（如鬼婆、女鬼、鬼）。即便如此，山姥也无法完全切断与鬼的联系，因为她们通常会住在鬼宅中。人们常引用以下两个传说来凸显山姥的良善一面——《米福粟福》和《姥皮》。

《米福粟福》

《米福粟福》是一个关于继女的故事。米福的继母让米福和粟福上山捡栗子，她给了米福一个破的袋子，却给了自己的亲女儿粟福一个好的袋子。日落后，她们在山里迷了路，好不容易找到一幢房子，却发现那是山姥的房子。山姥不情愿地让她们俩进去后，告诫她们要躲起来，因为这里是鬼的住处。就这样，山姥救了两姐妹的命。[19] 山姥还让她们帮她把头发里的虱子捉出来，米福顺从地照做了，但粟福却不愿意帮忙。到了两姐妹离开的时候，山姥给了米福一个百宝箱，又给了粟福一些烤豆子。后来，继母带着粟福去看戏剧表演，却让自己的继女待在家里帮忙挑水和干其他粗活。幸运的是，米福得到了一位云游禅僧和一只

---

① 在《格林童话》中，霍勒大妈帮助了被继母刁难的善良的姑娘，赠与她很多金子，也惩罚了她的坏姐妹。——编者注。

小麻雀的帮助,很快便干完继母指派的活,然后穿上从山姥给的百宝箱中发现的漂亮衣裳,也到戏场去了。戏场中的一位年轻男子对米福一见钟情,并向米福求婚。虽然继母居中说媒希望男子能娶粟福,但男子最终还是娶了米福。由于粟福也盼望着结婚,继母便用臼装着粟福,出门寻找合适的对象去了。不幸的是,母女俩不小心掉到一条小河中,双双变成了河里的田螺(*NMT* 1978–1980, 5:86–111; Seki 1966, 111; Mayer 1986, 44–46)。

在《日本昔话集成》的《米福粟福》同类故事中,有 17 个故事将山姥描绘为给予好孩子财富与衣服的角色,其中 7 个将帮助了两姐妹的角色描述为老妇人,而其中 4 位老妇人居住在鬼的住处,她们都将两姐妹藏起来使其免受鬼的伤害。[20] 作者没有使用"鬼婆"或"鬼"的字眼来称呼山姥。值得一提的是,山姥并不是一视同仁地给予财富,她会对人做出判断——只有对品性善良的人,山姥才会给予他/她财富。山姥选择性地给予财富满足了读者对正义感的追求。

《姥皮》

《姥皮》也是一个关于继女的故事。一个继母因为讨厌自己的继女而将她赶走了。这位继女是原本要嫁给大蛇的新娘,但她成功地逃走了。她在山里发现了一幢孤零零的房子,里面住着一位老妇人,这位老妇人告诉她这里是鬼的住所,并帮助她藏了起来。这位老妇人就是山姥。她对女孩的遭遇充满同情,于是给了她一块姥皮(老妇人的皮),只要披上这块姥皮,就会变得看起来邋遢而衰老。继女披上这块姥皮,作为烧饭女佣受雇于一个财主家。然而,财主的儿子无意中看到了独自待在房间里的继女的真面貌,患上了相思病。算命先生告诉财主,他儿子的病是因为爱上了宅邸里的一位女性。于是，宅中所有的女性一位接着一位到财主儿子前献茶递药，但都被财主的儿子拒绝了。直到披着姥皮的继女出现，财主的儿子霎时眉开眼笑，喝下了继女递过来的茶。继女于是脱下了姥皮，与财主的儿子结为夫妻（Mayer 1986, 48–49; *NMT* 1978–1980, 5:173–187; Seki 1966, 114–115）。

在所有《姥皮》的同类传说中，有18个传说中的老妇人是青蛙，它曾被继女的父亲所救；只有2个传说将帮助了继女的老妇人称为山姥。[21] 该传说也没有使用"鬼婆"或"鬼"的字眼来称呼帮助了人类的老妇人/山姥。和《米福粟福》一样，许多传说中助人的老妇人/山姥都住在鬼宅中，但她们并不认为自己是鬼。那么，昔话中住在鬼宅中给予主角帮助的老妇人到底是谁呢？

— 鬼之伴侣 —

住在鬼宅中的神秘老妇人和鬼之间的关系，以及山姥与鬼住在一起的原因从未得到解释——可能她原本是人类，后来才变成了山姥，就像《花世姬》中的山姥一样（后文将会讨论）；也可能她是被山姥诱拐而来，被迫住在那里。昔话中《鬼之子小纲》的相关传说有助于我们认识人类女性是如何成为鬼的伴侣，并为鬼产下小孩的。在《鬼之子小纲》中，一个女孩被鬼抓走，成了鬼的妻子。女孩的父亲（也可能是哥哥或丈夫）前去寻找女孩，却遇到了女孩的孩子——小纲。小纲带着他来到鬼的住处，见到了女孩。女孩将父亲（或哥哥/丈夫）藏了起来。当鬼回到家里时，闻到了人的味道[22]，但是女孩告诉他这是因为她又怀上了孩子。听到这个消息的鬼欣喜若狂，不久便喝得烂醉如泥。趁着鬼睡着，女孩和她的父亲（或哥哥/丈夫）及孩子一同逃了出来。虽然没过多久就醒来的鬼在后面穷追不舍，但最终他们还是安全地回到了家中（Seki 1966, 47；日文文本见 *NMT* 1978–1980, 6:253–267）。

这一传说和柳田国男笔下的另一个传说有共通之处——一个农民的女儿上山采栗子后再也没回来，她的父母以为自己的女儿已经死了，于是为她举办了葬礼。但是两三年后，同村的一个猎人上山打猎时竟然遇到了女孩，他们见到彼此时都惊讶万分。从女子口中，猎人了解到了她的经历，她被一个可怕的男子抓上山后，因为过于害怕，没有逃走。虽然她曾产下几个孩子，但他们不是被男子遗弃就是被杀死，因为男子觉得这些孩子都不像他（Yanagita 1978–1979, 1:230–231）。柳田国男认为，除了离开家后变成山姥的成年女性，还有另一些女性从出生开始就住在山里（Yanagita 1978–1979, 1:255）。和山姥有关的昔话揭示了山姥（深居山中的女性）全貌的一部分。《鬼之子小纲》和柳田国男笔下的传说解释了女性是如何留在山中，并成为鬼的伴侣和鬼之子的母亲的。

── 山姥的一体两面：食人与助人 ──

虽然在诸如《不吃饭的媳妇》等昔话中，邪恶的山姥经常与出现在《姥皮》和《米福粟福》中帮助人类的山姥形成对比，但实际上，她们是同一枚硬币的正反两面——她们不仅通过鬼联系在一起，还具有互补的叙事形式。在前述三个恐怖的传说中，山姥从一开始便（在她家之外的某个地方）寻找和接近她的猎物，因此她是主动的。在《不吃饭的媳妇》中，男子在家外面的时候，山姥出现在他面前，明确表示自己不用吃饭，想成为男子的妻子；在《牛方山姥》中，山姥先和正在赶牛车回村子的男子说话；而在《三个护身符》中，山姥出现在正在山中捡栗子的小和尚面前，告诉他自己是他的姑妈。

与之相反，在《米福粟福》和《姥皮》中，是女儿（们）主动接近身处自己空间（即山姥在山里的住处）里的山姥——她们在山中迷路，于是在孤零零的房子前（山姥的居所）寻求借宿，而山姥满足了她们的要求，因此山姥是被动的。食人山姥想要吃掉人类，而助人山姥则从其同居者——食人鬼口中拯救了故事中的主角。可以看出，助人和食人是一枚硬币的正反两面。

对此的一种解释是，当山姥在自己居住的地方时是善良的，而当山姥变成主动外出寻找食物或从人类手里夺取食物时是邪恶的。虽然山姥、鬼和鬼婆三者混淆在一起的一个主要原因是她们都有着共同的鬼的起源，但是父系社会的影响，特别是封建父权制的影响也不可忽视。室町时代出现"山姥"一词的时期，恰与父权式家庭普及和女性地位衰退的时期相重叠。

山姥助人的一面在其他文学领域（如御伽草子）、表演艺术和传说中更为普遍。值得注意的是，虽然山姥有着助人的一面，但是她与鬼仍具有密切的联系，而且山姥常被描绘成与鬼类似的形象，其中的原因在后文中将会解释。

御伽草子中的《花世姬》

御伽草子中的传说《花世姬》以其深刻的民俗要素而广为人知，该传说与《米福粟福》《姥皮》以及其他民间传说都有着相通之处（见 Reider 2016, chap. 6）。在这个传说中，山姥扮演着助人者的角色（和《米福粟福》与《姥皮》中的山姥一样），其叙事模式也相同。《花世姬》中的山姥居住在一座山的山洞中，遭到继母欺凌的善良花世姬在一个夜晚来到了山姥的住处；山姥住的山洞同时也是鬼的住处，山姥告诉花世姬自己的丈夫是鬼，然后将花世姬藏了起来，以保护花世姬不被鬼吃掉；之后，山姥为花世姬指明离开的方向，并将自己的宝物赠予她，而这些宝物在关键时刻救了花世姬。

山姥从未自称为鬼，叙事者也未将山姥称为鬼，但故事中的主要角色（以及作者和读者）却将山姥作为鬼来看待。一种主流观点是，人们会为逝去祖先的灵魂举行宗教仪式，使后代得到先灵的加护；而被生者遗忘的灵魂则会游荡于世间，加害生者。高桥真理子（Takahashi Mariko）认为，在《花世姬》传说中，由于没有人祭奠山姥，因此山姥被认为是鬼；只有在花世姬一家为山姥举行追悼仪式后，山姥才能得以安息（Takahashi Mariko 1975, 30; 或见 Yanagita 1988）。

山姥的身体特征与鬼也很相似——她的外表令人畏惧。在这个传说中，当花世姬第一次见到山姥时，被山姥可怕的外表吓哭了。山姥"长着一张方脸；眼窝深陷，眼珠子却异常突出；嘴巴很大，下颚的尖牙几乎碰到了鼻子；鼻子像鸟喙，额头紧皱；头发看起来就像是不久前在头上戴了一个碗……头骨有十四或十五个小角状的凸起"（*MJMT* 1987–1988, 10:530–531; Reider 2016, 181, 183）。花世姬从山姥的外貌判断出山姥就是鬼。山姥像鬼一样的外表，以及关于鬼会吃人的认知让花世姬无比绝望。人们可能会得出这样的结论：叙事者或作者，以及那个时代的读者，都将山姥等同于鬼，或具有鬼的外观。

一 能剧《山姥》: 研究的起点

花世姬初见山姥时的反应（恐惧而绝望）与能剧《山姥》中的百万山姥（Hyakuma Yamanba）如出一辙（SNKBZ 1994–2002, 59:564–582; Bethe and Brazell 1998, 207–225），而能剧《山姥》的剧本最早使用了"山姥"一词，它展示了山姥虽然外表骇人，但会帮助他人（以及自我反省），同时也揭示了山姥的形象与鬼的形象是多么深刻地交织在一起。能剧《山姥》的作者通常被认为是世阿弥，我认为该能剧是一个基础但极具影响力的文学文本，该文本在创造山姥的意象上起到了非常重要的作用。

在第一幕中，以在京城中表演山姥的歌舞而出名的百万山姥和她的随从们一起前往善光寺。当她们穿过群山时，天色突然暗如黑夜，山姥（前仕手，即第一幕的主角）以老妇人的形象出现在众人面前。第一幕的山姥是主动的，她主动公开地接近百万山姥一行人，为她们提供夜宿的地方，并请求她们唱山姥的歌谣和表演山姥的舞蹈。山姥认为正是自己成就了百万山姥的声名，因此百万山姥应该向她表示敬意，同时她还希望该表演能够作为一种祈祷，为她带来救赎。[23] 山姥向众人现出真身后便遁去身形，而第一幕也至此结束。在狂言（幕间休息时表演的短剧）中，天色复明，百万山姥的一个随从询问当地的一个村民山姥是谁，但是没有得到答案。在第二幕中，山姥（后仕手，即第二幕的主角，戴着山姥面具）以其原本的形态在夜晚起舞，述说着自己季复一季在群山中轮转，默默地帮助人类，随后再次消失无踪。

山姥的鬼怪意象

山姥展现出她真实的面貌时,百万山姥看到了"发如荆棘覆雪,眸似灼灼星辰,面若赤红烈焰——檐脚蹲伏着一尊恶魔石像"(Bethe and Brazell 1998, 218; *SNKBZ* 1994–2002, 59:576)。百万山姥因害怕自己会像《伊势物语》中的女子一样被吃掉而呆若木鸡,她低吟道:"古谣中的恶鬼,在雨夜一口将少女吞下 / 惊雷乍响,嘶吼可怖 / 那一夜少女曾问:'这是什么?是晚钟吗?' / 莫非这也是我的命运?"(Bethe and Brazell 1998, 218–219; *SNKBZ* 1994–2002, 59:576)山姥骇人的外表让百万山姥将其视为古老传说中吃人的鬼怪。能剧中演员穿戴的山姥面具和假发与上述对山姥的描述一致。山姥从第一幕中的普通妇人形象变为第二幕中自己原本的形象,体现了她具有变形能力(山姥的特征之一)。《山姥》是 1429 年至 1600 年间第四出最常表演的剧目(Nose 1938, 1314),这意味着该剧目呈现的山姥形象很大程度上影响了中世纪人们对山姥的普遍认知。

从村民对山姥由来的荒谬描述中就可以看出,当时的人们对山姥的确切形象一无所知。当山姥询问百万山姥的一位随从"真实的山姥是什么样子"时,那位随从根据百万山姥舞蹈中的山姥形象来回答"是居住在山中的女鬼",这也许就是当时作为叙事者的百万山姥和人们对山姥的看法(与《花世姬》中的山姥一样)。山姥又反问道:"女鬼是女性的鬼怪吗?哎,不管是鬼还是人,既然你说的是一位住在山中的女性,那不正是我吗?"乐师齐唱:"轮回天定,妄念云集,尘埃片片,聚相狰狞,山姥现出,女鬼之形"(Bethe and Brazell 1998, 213, 225; *SNKBZ* 1994–2002, 59:570, 581)。[24] 山姥自我展现的强烈渴望让她以女鬼的形象出现,虽然山姥听任其他人将自己视为女鬼,但她从不自称为女鬼。

相比于其他人所认为的，山姥强调自己与自然的关系和居住在山中的事实更为重要。

在能剧表演的五种类型系列中，《山姥》属于第五类。[25] 在这类能剧中，恶魔被驱逐后，通常都会出现庆祝的情节。在第二幕中，节奏随着鼓声响起而渐快，到结束时又慢下来。马场晓子认为，将山姥视为鬼最重要的原因是她完全不认为有与人互动和参与定居生活的需要（Baba Akiko 1988, 281）。

《山姥》层层笼罩着宗教和哲学的潜台词，如"善恶无别，是非如一"（Bethe and Brazell 1998, 207），其核心理念为非二元论的先验哲学，这种哲学集中体现在最著名的佛教文本《般若心经》中。从"色即是空，空即是色"的角度来看，佛、人、山姥，都是无垠时空中微不足道的存在（Baba Akiko 1988, 284–285）。剧中山姥如此唱道，"让歌舞音乐的妙音成为佛的圣礼，如此一来，我也能摆脱轮回之苦，回到极乐净土去了吧"（Bethe and Brazell 1998, 213; *SNKBZ* 1994–2002, 59:571）。世阿弥基于当代哲学和时代精神创作了该剧中的山姥——她漫游于群山中，寻求大彻大悟，直到妄念消亡，从而脱离转世轮回的苦海。[26] 马场晓子认为，"能剧《山姥》为我们呈现了山姥传说的哲学，它是女性鬼怪哲学中的典范"（Baba Akiko 1988, 284）。

胁田晴子（Wakita Haruko）认为，《山姥》的主题非常清晰，烘托出一种深山幽谷的氛围；剧中的主角是山神，映射出城市住民脑海里山神化身的形象（Wakita 2002, 45）。这一描述也许正符合白根治夫提出的"第二自然"，他指出，柳田国男解释山姥起源理论中的要素在中世纪时期就已经存在，而这些要素中的一部分成了山姥的基础。根据能剧中的描述，胁田晴子将山姥视为灵鬼（人死后化为灵鬼），山姥在山间的轮转与人在六道中的因果轮回类似。山姥相信只要百万山姥通过舞蹈为她举行追悼仪式,她就能摆脱轮回,去往极乐之土(Wakita 2002, 46)。山姥包含了山中逝者的灵魂,这与《花世姬》中的山姥相似,并与当代日本人对山的观念相一致。如莫妮卡·贝特和凯伦·布拉泽尔所描述,"山姥游走于山间,与自然相通,沉浸于自然流转之美;事实上,山姥可被视为自然本身"(Bethe and Brazell 1978, 8–9)。山姥的这种特点也许正对应于胁田晴子所说的"城市住民脑海里的山神化身"和白根治夫提出的"第二自然"。

山姥助人

山姥通过突出自己的积极面来抵消其黑暗面,例如,她帮助人类搬运木材和纺织。山姥如此吟诵,"偶见织女忙,化莺入绮窗,引线穿机杼,暗助纺车旁。然闻窃窃语:此乃无形之魍魉"(Bethe and Brazell 1998, 223; *SNKBZ* 1994–2002, 59:580)。《古今集》(《古今和歌集》的略称)序言写道"鬼神无形,亦有哀怨",山姥哀叹自己帮助人类,人们却无法看见她,因为她是不可见的鬼怪(Bethe and Brazell 1998, 223n25; *SNKBZ* 1994–2002, 11:17)。虽然我主要关注的是山姥叙事中的二元性,但山姥的这一特性无疑存在于更广泛的领域,例如纺造织布——经编和纬编——也隐含着自然的二元性;其他能剧中表演的重复性工作,例如割草,也揭示了存在的二元本质——生命的重复运动为宇宙赋予了秩序。[27]

山姥参与织布和纺纱的民间信仰可能早已存在,并通过能剧反映出来;也可能是能剧《山姥》将山姥和纺织联系在一起,从而提升其正面的形象。无论是上述哪种原因,该意象因另一能剧《黑冢》而得到了加强。

一 能剧《黑冢》/《安达原》：山姥与女鬼的交汇

相比于哀叹自己被认为是鬼怪的山姥，能剧《黑冢》中的主角则是名副其实的女鬼，她具有上述山姥的全部要素。该能剧在不同流派间有着不同的名称——宝生、金春、金刚和喜多派①称其为《黑冢》，而观世派②称其为《安达原》。这一能剧的作者不详，但根据马场晓子所述，作者可能是世阿弥或世阿弥的女婿金春禅竹（Konparu Zenchiku, 1405—1470），他继承了世阿弥深奥玄妙和多用影射的创作风格（Baba Akiko 1988, 258）。

虽然"山姥"一词没有出现在能剧《黑冢》中，但我认为《黑冢》是"山姥"、"女鬼"和"鬼"范式的关键所在。《黑冢》第一幕主角（前仕手）扮演的女性展现了《米福粟福》、《姥皮》和《花世姬》中山姥助人的正面形象；第二幕主角（后仕手）扮演的追逐山伏的女鬼对应于《不吃饭的媳妇》、《牛方山姥》和《三个护身符》中追逐猎物的食人山姥。《黑冢》展现了能剧《山姥》中的诸多要素，它是一个交汇点，将山姥和女鬼的种种要素与意象杂糅混合，同时将其广泛传播，影响着各种体裁的作品。

在第一幕中，一群山伏在安达原一幢孤零零的房子前寻求夜宿之所[28]，房子的主人是一位老妇人，她不情愿地接受了山伏们的请求。这群山伏领头的名叫东光坊祐庆（Tōkōbō Yūkei），他注意到屋里有一台纺车，便让老妇人转纺车给他们看，老妇人遂转起了纺车，随后在上山砍柴之前告诉山伏们不要进入其中一个房间。在狂言中，山伏的一位侍

---

① 宝生、金春、金刚、喜多都是能乐师的姓氏，代表不同的能剧流派，也称"宝生流""金春流""金刚流""喜多流"。——编者注

② 观世是能剧的最大流派，与古典能乐的两位创始人观阿弥和世阿弥有着密切的联系，也称"观世流"。——编者注

《能乐图绘：山姥》中的山姥（立命馆大学艺术研究中心提供）

《能乐图绘：黑冢》中的女鬼（立命馆大学艺术研究中心提供）

从抵挡不住诱惑，打开了那个房间的门，发现里面竟然都是尸体。山伏们意识到他们身处的正是当地流传的鬼宅。在第二幕中，山伏们飞快地逃离女鬼的房子，而女鬼则现出真身，在后面穷追不舍，但终究敌不过山伏的咒语而被赶走。

安达原女鬼传说

一提到安达原，日本人脑海里马上就会浮现安达原鬼婆的传说——东京一个贵族家里有一个五岁的女儿，她生了一种怪病，自出生以来从未开口说话，所有的医生都对这种怪病束手无策。有一天，一个算命先生告诉贵族家的人，只要让女孩吃孕妇肚子里胎儿的生肝就能治好这种病。于是，贵族女儿的奶妈在为自己的亲生女儿留下一枚护身符后便独自出发去寻找生肝了。她一路漂泊到了安达原，决定留在这里，守在一间简陋的小屋中，等待怀孕的旅妇经过。多少年过去了，她终于等来了一位寻求夜宿的怀孕女子。奶妈邀请女子进去后，待其不注意将女子捅死，然后取出了胎儿的肝脏。在处理尸体的时候，奶妈蓦然发现女子身上带着一枚护身符，意识到杀死的正是自己的亲生女儿。悲痛万分的奶妈变得精神错乱，最终化身成鬼婆。自此，她便不断袭击并吃掉途经此地的旅人。[29]

有必要说明的一点是，能剧《黑冢》出现于安达原鬼婆这一广为流传的（邪恶）传说之前，而该传说以《黑冢》为出发点，将多种要素糅合于其中，例如石枕传说（石枕説話）和鬼子母神（きしぼしん）崇拜（Kamata 2002, 26–27）。[30] 小松和彦推测安达原鬼婆传说出现于能剧《黑冢》后，其创作时可能参考了酒吞童子的故事以及其他人类战胜鬼怪的传说（Komatsu K. 2004, 49–50）。[31] 事实上，马场晓子将能剧《黑冢》的主角视为安达原鬼婆的原型（Baba Akiko 1988, 260）。

《黑冢》(《安达原》)、鬼及女性

该能剧的名字"黑冢"或"安达原"是现日本北部福岛县的一个地名，该地名与鬼之间的联系来源于平兼盛（Taira no Kanemori，卒于990年）的一首诗，平兼盛被誉为"三十六歌仙"[①]之一，他也是皇族成员，并于950年左右被降臣籍、赐平姓（Matsuoka S. 1998, 85），该诗如下：

> みちのくの
>
> 安達が原の
>
> 黒塚に
>
> 鬼こもれりと
>
> 聞くはまことか
>
> In Michinoku
>
> On the moors of Adachi
>
> Within the Black Mound
>
> Some demons live in hiding
>
> They say, but can this be true?
>
> (Shimazaki C. and Comee 2012, 301)

[①] "三十六歌仙"指收录于平安中期歌人藤原公任的《三十六人撰》中的平安时代三十六位和歌大师。——编者注

> 陆奥安达原，
>
> 有地黑冢村。
>
> 有鬼据此守，
>
> 此言当可信？

这首诗见于《大和物语》（成书于十世纪中期）第五十八段的故事中[32]，平兼盛将此诗赠予贞元亲王（卒于910年）之子的女儿们，贞元亲王是清和天皇（850—881，第56代天皇）的第三个儿子；此外，该诗也见于《拾遗和歌集》（或《拾遗集》，约成书于1005年）的第559首，而根据该和歌集，此诗被赠予伟大诗人源重之（Minamoto no Shigeyuki，卒于1000年）的姐妹们，源重之是贞元亲王的外孙。[33] 无论是哪种记载，贞元亲王的（外）孙女们都住在陆奥安达原的黑冢中。在诗中，可以看到平兼盛将她们戏称为鬼。

《源氏物语》（约成书于1010年）的帚木篇中也能见到将女子描述成鬼的例子：式部省的判官提起他曾与一位秀外慧中的女子有过一段风流韵事，但头中将听到后却说道："根本没有这个女子！你遇到的肯定是恶魔（鬼），这太怪异了！"（Murasaki 2001, 34; SNKBZ 1994–2002, 20:88）马场晓子指出了《堤中纳言物语》（成书于十一世纪中期到十二世纪早期）中《虫姬》（虫めづる姫君）①里的一句格言："鬼和女人都最好别被人看见。"（Backus 1985, 55; SNKBZ 1994–2002, 17:409）在过去，人们认为鬼是不可见的。马场晓子写道，平兼盛爱怜地将源重之的姐妹们称为鬼，从而为不应被社会规范淹没或埋葬的人（包括平兼盛自己）带来慰藉（Baba Akiko 1988, 27）。此处的"鬼"不含有任何食人的要素。

---

① 《堤中纳言物语》是成书于平安时代后期的短篇小说集。《虫姬》是其中最有名的一篇，也是宫崎骏导演的《风之谷》的原型。——编者注

从这首诗的创作到能剧《黑冢》出现的约 500 年间，文学中没有出现任何关于安达原女鬼的传说（Matsuoka S. 1998, 83）。《黑冢》将女子等同于真正的鬼，与原本诗中将鬼视为一种饱含爱意的表达相区别，它是《黑冢》独创的全新意象。

女鬼的两面

在《黑冢》的第一幕中，一个老妇人坐在孤零零的房子旁，干着自己的活，就像一位助人的山姥，但这幢房子无疑就是鬼的住所——因为其中一间房堆满了尸体。随后，作为正面角色（如《米福粟福》、《姥皮》和《花世姬》的年轻女主角）的山伏一行人突然造访，并向老妇人寻求夜宿的地方。老妇人虽然不情愿，但还是打开门让他们进去了，就像一位助人的山姥所做的。虽然她没有给予山伏们物质上的财富来帮助他们脱离窘境，但还是通过转纺车来取悦他们，并打算取来柴火帮助他们度过寒冷的夜晚。为此，山伏的随从也不断地称呼她为心地善良的女性。担柴和纺纱的情景也与剧中的山姥有关，山姥唱道，"山径花荫重，归樵偶憩息。幽然现山姥，负薪暂解劳。林深同戴月，路远共归村"（Bethe and Brazell 1998, 222; *SNKBZ* 1994–2002, 59:579）。从《黑冢》中女性角色的行为可见，山姥会为村民（樵夫和织女）提供帮助。

老妇人在上山前（山姥的套路），告诫山伏一行人不要进入其中一个房间（看的禁忌），在得到了肯定的回答后方才离开。然而，和其他许多传说一样，这种禁忌通常都会被打破。就像《不吃饭的媳妇》中丈夫发现了妻子的秘密——后脑勺藏着巨大的嘴；以及《三个护身符》中小和尚偷看房间里的"姑妈"，却发现她的真面目是骇人的山姥。山伏的随从抵挡不住诱惑，打开了房间的门，发现里面堆满了人骨和流着脓血的腐烂尸体,见此情景的山伏们立即逃离了这个鬼宅。

在第二幕中,老妇人意识到山伏们打破了约定,看到了房间中骇人的尸体,于是化为女鬼【在这段戏中,主角戴着"般若"(即梵文中的prajna,意为智慧)面具或"颦"面具】,在后面穷追不舍,就像《不吃饭的媳妇》《牛方山姥》和《三个护身符》中的山姥一样。般若面具有两个犄角和一张大嘴,代表嫉妒的女鬼;颦面具没有犄角,但嘴巴大张似在嗥叫,代表将被战胜的(倾向于男性的)恶鬼。戴着般若面具或颦面具的女鬼展现了真正的形态,而她从普通的老妇人变为女鬼则体现了其变形能力。与受伊邪那美命令追击伊邪那岐的黄泉丑女不同,女鬼是根据自身意志行动的独立存在。但即便如此,《黑冢》中追逐山伏们的女鬼还是被佛咒击败(就像昔话中的食人山姥一样),最终消失了。《黑冢》的女鬼正是食人和追人山姥的原型。

在能剧史上,仕手戴着般若面具的重要能剧有三出,分别为《葵上》《道成寺》和《黑冢》,统称为"女鬼三部曲"。般若面具象征着女性的怨念和极度的爱恋,其特征是头顶有两个犄角,一张大嘴几乎裂至耳根,双眼闪着金光,"似乎有一种极其深沉的悲哀笼罩着面具,当戴面具者略微垂头的时候,这种悲哀更是明显"(Shimazaki C. and Comee 2012, 302; 或见 Takemoto 2000, 5)。人们相信,正是极度的愤怒、怨恨和嫉妒,让女性变成了女鬼。米歇尔·奥斯特菲尔德·李(Michelle Osterfeld Li)写道,"女性化为女鬼的可悲趋势主要出现在中世纪,因为当时的女性在精神层面上有着成长的潜力。尽管她们化身成危险的鬼怪,但这种变化的原因和潜力开始受到人们的关注"(Li 2012, 173)。[34]《葵上》和《道成寺》的仕手在情节之初还是人类,后来由于强烈的嫉妒和怨念变成了女鬼;《黑冢》中的仕手则打从一开始就已经是女鬼,但以人类的形象出现(Oda 1986, 81; Shimazaki C. and Comee 2012, 302)。不过，考虑到第一幕中女鬼的人性化和令人同情的一面，《黑冢》的后仕手戴上般若面具的原因也就不难理解了。[35]

《黑冢》中的山姥

能剧《山姥》的影响始终贯穿着《黑冢》，其中一个例子便是剧中隐含了《伊势物语》第六段中的食人鬼意象。在能剧《山姥》中，百万山姥因害怕自己会像《伊势物语》第六段中的女性一样被吃掉而惊恐万分；在能剧《黑冢》中，后仕手扮演的女鬼追赶山伏们时，她引用了《伊势物语》中一段著名的描写来描述自己的行为（在这段描述中，鬼一口吃掉了女子）：

鳴神稲妻天地に満ちて
空かき曇る雨の夜の
鬼一口に喰はんとて
(*SNKBZ* 1994‑2002, 59:471)

Thunder and lightning fill both heaven and earth
The sky is overcast, black as a rainy night,
The fiend comes to swallow the victims in one gulp
(Shimazaki C. and Comee 2012, 329‑330)

闪电惊雷天地间
阴霾密布，仿若雨夜
可怜女子被恶鬼一口吞下

《黑冢》中的老妇人在房间里藏了许多人类的遗骸却没有解释原因，但根据《伊势物语》同类故事以及鬼会吃人的认知，能够推断她打算吃掉山伏。此外，《山姥》第二幕中百万山姥通过唱歌来取悦山姥，而《黑冢》的第一幕中则是女鬼展示纺纱来取悦山伏，因此人们可能会觉得《黑冢》的女鬼就像是百万山姥的镜像。

《黑冢》和《山姥》的另一个联系在于《黑冢》的女鬼和《山姥》中的百万山姥都表达出与鬼有关的强羞耻感。在《山姥》中，百万山姥认为自己被鬼吃掉是一件极其耻辱的事情，她唱道：

浮世語りも恥ずかしや
（*SNKBZ* 1994‑2002, 59:576‑577）

To become the subject of a woeful tale told throughout the world—how shameful!
（Bethe and Brazell 1998, 219）

若此事流传世间，该是何等羞耻啊！

在《黑冢》中，女鬼因自己的秘密（吃人的行为和邪恶的外表）被山伏发现后而感到极其羞耻：

黒塚に隠れ住みしも
あさまになりぬ
あさましや

恥ずかしの我が姿や

(*SNKBZ* 1994‑2002, 59:473)

Her abode, the Black Mound, the secret hiding place,

has now been exposed.

"Oh, how disgraceful!

Odious even to myself [literally, shameful]

is the sight of me!"

(Shimazaki C. and Comee 2012, 334)

住处藏于黑冢

此间暴露无遗

吾身何等可耻

吾身何等可憎

　　马场晓子认为,《黑冢》中的老妇人之所以变成鬼,是因为自己布满脓血的房间被山伏们发现,女性的强烈羞耻感一瞬间使她丧失了理智;"由于这残忍的背叛（山伏们打破了约定）,由于山伏们发现了她最隐秘的地方——藏着大量祭品以满足她的需求的房间,她感到了强烈的羞耻,这种羞耻感将她变成了鬼"（Baba Akiko 1988, 258–259; 264）。河合隼雄也完全赞同马场晓子的观点:"能剧《黑冢》表达了一种由于打破了'不能看'的禁忌而引发的极端羞耻感……虽然女人是因极度怨恨而不顾一切地想要杀死男人,但关注的重点仍是女性的羞耻感。"（Kawai 1996, 23）此外,他还提到《黑冢》是为贵族创作的戏剧,因此在最后,怨恨因佛咒而消散也就不难理解了（Kawai 1996, 24–25）。

对于羞耻感，马场晓子提出了深刻的见解："日语中有个词'愤死'，意思是死于愤怒。而相比于死于愤怒，难道一个人不会死于由愤怒产生的耻辱感所引发的内心挣扎吗？"（Baba Akiko 1988, 197）马场晓子的观点也能够解释《源氏物语》中六条御息所对光源氏的正妻葵之上的情感冲动。我认为百万山姥和《黑冢》中的老妇人都有着同样的耻辱感，百万山姥害怕自己将要死去，她的这份害怕也因强烈的耻辱感而加重，而这种耻辱感源于担心自己被鬼吃掉的事变得尽人皆知。《黑冢》中老妇人的真实外表和食人行为被发现后，她感到极度的耻辱（和强烈的憎恨）。我认为在将人转变成鬼上，憎恨或愤怒起到了与羞耻同样重要甚至更为重要的作用。毕竟，正是憎恨和愤怒让她在山伏们身后穷追不舍。正如河合隼雄的观点，强烈的憎恨（鬼的另一种炽烈而暴力的表达）与贵族般的优雅敏感正相反。在《黑冢》中，山伏们的真诚祈祷让鬼重新产生了人类的羞愧感。也许耻辱和憎恨正是伊邪那美让黄泉丑女去杀死伊邪那岐的原因，而无须顾虑贵族观众感受的山姥则像《黑冢》中追逐山伏们的鬼一样，不断地追逐着自己的猎物而无需产生任何羞愧。

现在让我们讨论一下"看的禁忌"。临床精神分析家北山修（Kitayama Osamu）认为，在"不能看"主题的传说中，打破约定的结果是暴露人类的生理行为，如分娩、哺乳和排泄。这会为看者和被看者带来决定性的分离感（Kitayama 1993, 8–9, 68）。根据北山修的观点，看到秘密的人会感到生理上的恶心／厌恶【德国文学学者小泽俊夫（Ozawa Toshio）提出的概念】。小泽俊夫比较了许多国家跨物种婚姻的各种民间故事，他断言在"不能看"禁忌中，有动物配偶的人会产生强烈的排斥——直觉上的恶心／厌恶，而这个禁忌就是为了防止这种排斥而产生的（Ozawa T. 1979, 28, 126–127, 129）。从根本上说，北山修认为，羞耻感与看者和被看者之间的期望差距密切相关——简而言之,在伊邪那岐和伊邪那美的传说中,这种羞耻感是由两人在期望上的巨大差距造成的(Kitayama 1993, 61–62)。

北山修还提出了一个与河合隼雄相似的观点,他认为,相对于擅闯者(看者)的排斥态度,如果我们重点关注被暴露者的感受,就能理解他们为何会产生羞耻感了。事实上,北山修提到,许多带有"不能看"禁忌的故事都以被看者的离开而结束,而伊邪那岐/伊邪那美传说的不同寻常之处在于,当禁忌被打破时,伊邪那美对伊邪那岐表现出的是愤怒(Kitayama 1993, 62)。[36] 虽然北山修将被看者与女性角色联系起来,但男性角色也会遭遇禁忌的打破,其中一个例子便是三轮山传说。在《日本书纪》中,大物主神在妻子倭迹迹日百袭姬命的请求下,变回一条美丽小蛇出现在妻子面前。大物主神与妻子约定,只要她答应不表现出害怕,他就愿意向她展示真身,但倭迹迹日百袭姬命在看到大物主神的真身后尖叫了出来,于是大物主神便离开了她(*SNKBZ* 1994–2002, 2:283)。这类女性角色更多出现在日本神话、传说、童话和文学作品中。不过,应该指出的是,尽管许多女性角色属于被看的一方,但她们同时也是命令别人不要看的一方。[37]

比较神武天皇的祖母丰玉姬和伊邪那美也颇有意味。在日本神话中,丰玉姬在海边即将分娩时,告诉她的丈夫火折尊(或名火远理命)在分娩期间不能看自己,但是火折尊还是违背了约定,偷看了自己的妻子。他发现自己的妻子变成了一头大鳄鱼(*SNKBZ* 1994–2002, 1:135–137; Philippi 1969, 156–158)。打破了"不能看"的禁忌后,丰玉姬的丈夫火折尊以及伊邪那岐都做出了同样的举动——他们都表现得震惊且厌恶,然后逃走了(*SNKBZ* 1994–2002, 1:47, 135)。但是丰玉姬和伊邪那美却做出了不同的反应——伊邪那美攻击她的丈夫,而丰玉姬则单纯地离开了，她甚至还让自己的妹妹当新生儿的养母。那么为什么会出现这样的差异呢？

我认为这和情感的表达（言语化）以及情感发泄的方向有关。丰玉姬说"我非常羞愧"（*SNKBZ* 1994–2002, 1:136），她对自己的外表感到羞耻，因此责怪自己的外表；她的情感是内向的，即她内化了自己的情感。丰玉姬将自己封闭了起来——事实上，她也关闭了连接海洋与陆地的通道。与丰玉姬相反，伊邪那美则说"你使我蒙羞"，她首先责怪的是自己的丈夫。她用言语表达了自己的愤怒，然后便攻击自己的丈夫——她的愤怒是外向的。换而言之，与丰玉姬的"我非常羞愧"相反，伊邪那美将自己的情感发泄到他者身上："你使我蒙羞。"《黑冢》中老妇人一边追着山伏们，一边说"卧房深掩，本我私密之境／你却窥探，擅破此间幽隐／而今我来——报此蒙羞之恨"（Shimazaki C. and Comee 2012, 328; *SNKBZ* 1994–2002, 59:470–471）。她的愤怒是向外发泄的（向着她的对手，违背约定的人），因此她攻击了山伏们。然而，当她与山伏们战斗时，可能因为山伏们进行了祈祷，她的力量被削弱了；随后她感到羞愧，便消失了。以小蛇形象出现的大物主神对自己的妻子说"你使我蒙羞"后便离开了，他还补充说自己也会以同样的方式来羞辱她（*SNKBZ* 1994–2002, 2:283–285; Aston 1956, 158–159），因此倭迹迹日百袭姬命"瘫坐下来后，用一根筷子刺向自己的阴部，结束了自己的生命"（Aston 1956, 159）。

在许多传说中，女性角色最后都会单纯地离开或者消失。河合隼雄解释道，"当男人窥探了禁忌的房间后，女人必须消失，从而以哀伤来成就美感，这已经成为日本文化的范式"（Kawai 1996, 22）。由此可见，默默地离开或消失的行为是日本社会文化所鼓励的。换而言之，像邪恶的山姥一样将愤怒借由言语表达出来是不受大众待见的。但也许正因为山姥与这种社会期望背道而驰，不断回归，她才变得如此有吸引力。

能剧《黑冢》中的老妇人纺纱（立命馆大学艺术研究中心提供）

让我们回到《黑冢》和《山姥》间的联系上。第三个联系是山姥纺织和转纺车的意象。当能剧（《山姥》）中的山姥唱着她缠绕纺线和待在纺纱房时，舞台上并没有出现纺织的道具，而纺车却是《黑冢》的主要道具（舞台上仅有的两个道具之一），并成了主角的工具。应领头山伏的请求，《黑冢》中的老妇人一边转起纺车，一边唱起缅怀过往的歌谣《线段》（糸の段）。小松和彦说道，"在中世纪时期，山姥的叙事中常常会出现纺纱的要素。这使我不禁想到，'山姥转着纺车'的意象被投射到了安达原的女鬼身上"（Komatsu K. 2004, 50–51）。这一意象不只被投射到女鬼身上，它也因此而得到加强。我猜测，能剧《黑冢》推动了"山姥与纺线（或者至少是与纺车）"意象的传播。

1 山姥的二元性：食人与助人

* * *

本章主要通过几个代表性的昔话、御伽草子和能剧文本研究讨论了山姥的一个主要特性——二元性，并谈及山姥的另一特性——变形能力。虽然邪恶的山姥和善良的山姥看似互不相容，但实际上她们是一体两面，而且她们的传说也具有互补的叙事形式。

在强调邪恶与食人特性的昔话中，特别是当食人和山作为主要要素出现在故事中时，"山姥"与"女鬼"是可以互换的；而当该女性角色因自己的外表和行为而感受到强烈的羞耻时，则更偏向于用"女鬼"来称呼，并且她的情感强度会影响整个故事的主要基调。食人的邪恶山姥注定会被得到社会认同的角色打败（高僧、丈夫或其他男人），她的古老起源是黄泉丑女，她可怕却可悲的意象则可能来自《黑冢》中的老妇人。当叙事强调了山姥的正面要素——助人、带来财富和丰收时，则只使用"山姥"来称呼。世阿弥笔下的山姥虽然有着骇人的外表（女鬼），但却会自我反思，而且热爱自然。如同《花世姬》或其他昔话中的山姥一样，山姥一直生活在山中。山以及与自然的联系将山姥与女鬼区别开来，毕竟，山姥的主题是山。"山姥"、"女鬼"和"鬼"的各种用法可能源于"山姥起源于鬼"，但对于行为主动的山姥，"山姥"和"女鬼"的可互换性表明了父权制的影响——男性限制女性进入权力阶层。山姥的主要特点是她生活在山中；既能带来死亡与毁灭，也能带来财富与丰收；兼有善恶的二元性；有变形能力，能以丑陋的老太婆或美丽的女性形象出现在人类面前。

到十七世纪，在表演艺术的文本中，即使对于善良的山姥，"山姥"和"女鬼"的界限仍然模糊不清。在《僧人公平巡山》（公平入道山めぐり，创作于1680年代初）中的山姥是虚构的天生神力的公平的祖母，但也是一个女鬼。她身长十尺，一头白发，具有神秘的力量。虽然这个角色的措辞很大程度上受到能剧《山姥》的影响，但这个故事中的山姥自始至终自认为是女鬼。有的山姥头上还长有犄角。在近松门左卫门（Chikamatsu Monzaemon，1653—1725）的净琉璃和歌舞伎《嫗山姥》（创作于1712年）中，近松门左卫门都使用了能剧《山姥》和《黑冢》的措辞。在《嫗山姥》中，著名的武士源赖光（948—1021）手握太刀面对山姥（原是名妓荻野屋八重桐）时，山姥头上长出新月般的犄角，双眼冒着青光。这些故事都揭示了山姥和鬼（或女鬼）之间强烈而深刻的关系。

― 2 ―

山姥与纺织：
分娩与吸血，纺纱与蜘蛛

自"山姥"一词首次出现在文字记录中，山姥与分娩和生育的联系就已存在，这两个特点展示了山姥作为山神的一面。如引言中所提到的，根据禅僧瑞溪周凤的日记《卧云日件录》记载，在1460年6月初，一位山姥生下了四个孩子："当年夏天雨水丰沛的原因是山姥生了四个孩子，孩子的名字分别为'春吉'（はるよし）、'夏雨'（なつさめ）、'秋吉'（あきよし）、'冬雨'（ふゆさめ）。"（Tokyo Daigaku Shiryō Hensanjo 1961, 125）禅僧瑞溪周凤认为，那一年的丰沛雨水正是山姥的多产所带来的。大分县流传着一个类似的传说《山姥报恩》：一位即将分娩的山姥来到一个村庄里，向一对夫妇寻求庇护，善良的夫妇同意了山姥的请求；山姥产下孩子后，便请这对夫妇为她的孩子们起名字；夫妇感到很荣幸，于是给第一个孩子起名"夏吉"，给第二个孩子起名"秋吉"，给第三个孩子起名"冬吉"；作为回报，山姥给了夫妇两个盒子——一个能够像变戏法般不断变出金子，另一个装满了纺线（Miyazaki K. 1969, 428–430）。三个孩子的名字似乎映射出对更高力量的崇敬和对来年气候美好的希冀。

儿童文学家和著名日本传说收集家松谷美代子（Matsutani Miyoko, 1926—2015）根据流传于秋田县的一个传说写出了《山姥的织锦》（发行于1967年）：常福山上，山姥在一位老妇人的帮助下产下了一个健康强壮的婴儿，令人惊奇的是，这个婴儿一出生就能够奔跑。为了感谢老妇人的帮助和村民给予的年糕，山姥给予老妇人一卷永不褪色的黄金织锦，并承诺保佑村民的身体健康。于是，这位山姥便被尊为常福山的山神。山姥给予人类数不尽的纺线和神奇织锦，正印证了她与纺织的联系。在十五世纪早期的能剧《山姥》的文本中，就出现了山姥帮助人类纺织和编织的情节。山冈元临解释道，山姥"与纺织和编织联系在一起，正如《曲舞》所展现出的一样"（Yamaoka 1993, 46）。[1] 早在近代早期（1600—1867），山姥与纺织的联系就已经存在。

然而，即使是作为母亲的山姥，也不可避免地包含着邪恶面。宫田登猜测，山姥、矶女（海边的女妖）、姑获鸟（产女）等女性妖怪会通过吸食人血来弥补她们在分娩时的出血（Miyata 2000, 192）。山姥的吸血特性或许也和鬼有关，本章将研究擅长纺织、作为母亲的山姥及她和蜘蛛的联系。第 1 章也有指出，在版本不同的《不吃饭的媳妇》中，不吃饭的媳妇后来变成了蜘蛛，而蜘蛛的最大特点是吐丝和织网，因此我猜测，媳妇和蜘蛛的联系来源于山姥和蜘蛛的共同点。

— **山姥崇拜** —

堀一郎写道，"在农村地区，人们普遍相信山神是每年会产下十二个孩子的女性神明，因此山神也被称为'十二山神'，而十二个孩子则象征着一年的十二个月"（Hori I. 1968, 167）。在许多地区流传的传说中，都有山姥生育孩子的故事（见 Yanagita 1978–1979, 1:239–255; Yoshida 1992, 29–55），而其中格外有趣的，则是柳田国男所描述的秋叶山山姥。

根据柳田国男所述，在远江国（今静冈县）奥山乡久良幾山[①]上的

[①] 在不同地区的传说中，也有久良畿山、仓木山等说法。本书以柳田国男所述版本名称为准。——编者注。

明光寺后方的山顶上，有一块名为"子产岩"（子生岻）的巨石，据说在天德年间（957—961），一位山姥在此处养育了三个孩子——大儿子名为"龙筑坊"，是龙头峰之主；二儿子名为"白髭童子"，是神之泽某座山之主；小儿子名为"常光坊"，是山祇内殿之主。因此她在许多地方都受到人们的敬奉（Yanagita 1978–1979, 1:248–249）。柳田国男还补充道，根据《远江国风土记传》（成书于1789年），平贺和矢部的祖先曾受命讨伐山姥；但根据秋叶山祇的早期近代史，人们猜测他们后来达成和解，且平贺和矢部的后代侍奉着同一位神明（Yanagita 1978–1979, 1:248–249）。那么，为什么三位神明的母亲，在许多地方都受到人们敬奉的山姥，会成为讨伐的对象呢？内山真龙（Uchiyama Matatsu, 1740—1821）的《远江国风土记传》提供了一个解答：山姥曾伤害了村民。

神子之母与食人

《远江国风土记传》的记载如下：一位老人曾说过，在天德年间，有一位山姥住在久良幾山上，她帮助村民纺纱织布（就像能剧《山姥》的主角一样）；不久后，她生下三个男婴，而她生子的地方被称为"子产岩"，位于明光寺后方的山顶上；三个男婴的名字分别为"龙筑坊"、"白髭童子"和"常光坊"，与柳田国男的描述一致；就在生下男婴后不久，山姥伤害了村民；平贺中务和矢部五藤左卫门受命讨伐山姥，于是山姥便逃到秋叶山去了。现在，人们认为山姥生活在浅间山上，到了每年的春分，人们便供奉山姥。供奉山姥的遗址至今仍在秋叶山上（Uchiyama 1969, 400）。

虽然《远江国风土记传》的描述中出现了"山姥伤害了村民"，但是并没有指明具体发生了什么，但在《静冈县磐田郡史》（成书于1921年）和《静冈县传说昔话集》（成书于1934年）的记载中，山姥吃掉了孩子。

《静冈县磐田郡史》记载着其他关于山姥的信息：960多年前，有一位善于用紫藤织布的山姥住在久良幾山上，她常常到福泽、和泉和落居等地方，用那里的织布机织布。也许是因为山姥常常帮助女性分娩，因此人们建了一座名为"落居产婆"的路边神龛来纪念她。在福泽住着一户姓日向的人家，山姥常常去日向家，一边用紫藤织布，一边帮忙照看婴儿和看家。然而有一天，山姥吃掉了一个孩子；日向家为了报仇，便将烧得滚烫的石头混在饺子里，让山姥吃了下去。肚子被烫得生疼的山姥请求日向家的人给她水喝，但日向家的人却给了她一碗油，山姥将这碗油喝下后，肚子更是疼痛难忍，逃到落居和釜川后便死去了。而根据另一个版本的《静冈县磐田郡史》，当村民前去向山姥寻仇时，山姥逃到了久良幾山，那里漆黑得伸手不见五指【故称为久良幾（kuraki）山，与漆黑的（kurai）山发音相近】，因此村民没能抓到山姥。村民请求当地的大名讨伐山姥，于是平贺中务和矢部五藤左卫门受命前往。然而，武士和村民最终也没能追到山姥，后者逃到秋叶寺去了。根据传说，山姥有三个孩子——一个名为"白髪童子"，供奉在户口山；一个名为"龙筑坊"，供奉在惠光院；还有一个名为"常光神"，供奉在常光寺（Iwatagun Kyōikukai 1971, 1025–1027）。山姥住在久良幾山的时间为"大约960多年前"，按《静冈县磐田郡史》的出版时间倒推，那么山姥住在久良幾山的时间应该是公元960年左右，正与天德年间相对应，如内山真龙和柳田国男所述。

《静冈县传说昔话集》中的传说也类似，区别在于山姥逃到了天龙川而不是釜川，以及她从久良幾山逃到了秋叶山而不是秋叶寺

(Shizuoka-ken Joshi Shihan Gakkō Kyōdo Kenkyūkai 1934, 3-4）。此外，《静冈县传说昔话集》中没有提到山姥的神子，但山姥的助产能力仍受到人们的崇敬[2]，该传说也可以被视为引言中提到的《山姥和石饼》的变体。在能剧《山姥》中，山姥纺织和让天空变暗的行为似乎也被投射到这些山姥的传说中。讨伐逃到山中的山姥让人联想到酒吞童子的传说：酒吞童子是住在大江山的妖怪首领，专门食人肉饮人血；他自诞生之地被放逐后便逃到了大江山，并定居于此；皇室派出两名大将——源赖光（Minamoto no Raikō，948—1021）和藤原保昌（Fujiwara no Hōshō，958—1036）讨伐酒吞童子等一众恶鬼；在"四天王"【渡边纲（Watanabe no Tsuna，953—1025）、坂田金时（Sakata no Kintoki，卒于1011）、平贞道(Taira no Sadamichi/Usui no Sadamitsu，又称为碓井贞光，约954—1021）、季武（Taira no Suetake/Urabe no Suetake，又称为卜部季武，约950—1022）】的帮助下，得到神明相助的源赖光和藤原保昌成功地退治了酒吞童子和一众恶鬼。[3] 现存最早的酒吞童子文本为《大江山绘词》，创作于十四世纪；而到了十五世纪，酒吞童子的相关传说才丰富起来（第4章将会详细论述）。和酒吞童子相似——山姥住在山中，并且会吃小孩；由于不能待在最初的地方，所以逃到了秋叶山；当时的政府也派人讨伐山姥。不难看出，山姥的传说和故事是由几个传说整合而成的。无论如何，即使是受到人们崇敬的山姥，也不能将食人这一特点剥离，而上述山姥传说的地点则指向了秋叶山。

秋叶山的山姥传说

以防火为特点的秋叶崇拜在江户时代（1603—1867）盛极一时。秋叶崇拜始于信浓国（今长野县），一位修验道信徒在死后被尊为秋叶大权现（秋叶大神）。这位信徒在户隐山修行，居住在越后国（今新潟县）一个名为"三尺坊"的僧人家中。田村贞雄（Tamura Sadao）考察了秋叶神社和秋叶寺相关的许多文献后，认为研究修验道对秋叶崇拜至关重要（Tamura, 2014, 22）。根据秋叶山本宫秋叶神社网站主页上的资料，在明治时期（1868—1912）前，该神社被称为秋叶大权现，作为所有秋叶神社的起源神社而受到全国的崇敬。[4] 始建于 709 年的秋叶大权现在明治时期以前是神道教和佛教的融合地，直到政府实行神佛分离政策，以及明治时代早期兴起反佛教运动。位于秋叶山山顶的秋叶神社正是在这一时期建成的（Tamura 2014, 19, 354），时至今日，秋叶山及其周边已经建有数座秋叶神社和秋叶寺。

田村贞雄写道，"秋叶"最初于 1569 年出现在远江北部的历史文献中，但这一文献并不可靠，因为该文献后来可能经过润饰。声称秋叶神社建于奈良时代（710—794）或镰仓时代（1185—1333）的文献则都是杜撰的。山姥出现在天德年间以及她生有三个孩子的传说可能也是为了吸引更多的游客和朝圣者前往秋叶山，在中世纪晚期或近代早期才被创作出来的。

柳田国男写道，村庄和路边的大部分神社及寺庙可能都是由巡游的巫女（神社女祭司、萨满）和云游僧人于武士时代（1185—1868）建立的（Yanagita 2015, 286）。正如引言中提到的，云游的修道者，如山伏、行脚僧、云游巫女，包括熊野比丘尼，很大程度上促进了中世纪晚期和近代早期山姥传说的创作和传播。

秋叶山的山姥也展现出与纺织的密切联系。秋叶山本宫秋叶神社内有一座较小的路边神龛，被称为"山姥神龛"。根据《远州秋叶山本地圣观世音三尺坊大权现略缘起》（成书于 1717 年），古时秋叶山并没有水，秋叶寺的住持因此日夜向菩萨和神明祈水；住持的祈祷得到了回应,一条激流出现在秋叶山上,激流中有一只蛤蟆,它的背上有着"秋叶"的字样,秋叶寺便以此得名。宽永年间(1624—1644),一个山姥来到井边,用自己的织布机织布,因此该井也被称为"机织井"(Takei 1983, 424–425)。虽然《远州秋叶山本地圣观世音三尺坊大权现略缘起》记载的是山姥向寺庙住持提供织物,但根据秋叶主社的传说,山姥是向秋叶神社的秋叶神提供织物,自此之后,秋叶神社会仿照古代举办供奉织物的仪式来敬奉秋叶神(Yamamoto 2003, 32)。虽然两则传说在细节上有出入,但它们都指出山姥在井边用织布机织布,并奉献给更高的存在,这展示出山姥与纺织的联系。

折口信夫认为,山姥原本是一位侍奉山神的少女,他猜测由于这类侍神的少女通常会活很长时间,因此人们认定她是老妇人(Orikuchi 1995, 363)。另外,也可能是被神选中的少女不敌岁月而老去,而此类(老)处女的故事与中世纪山姥纺织的信仰糅合,从而造就了秋叶山的山姥传说。毋庸赘言,自古代起,纺织对女性就非常重要。在《日本书纪》中,太阳神天照大神曾"参与纺织众神的衣物"(Aston 1956, 41)。[5]

日本文学学者三谷荣一(Mitani Eiichi,1911—2007)写道,神明造访村庄的传说深植于日本民俗传说中。昔日的人们深信神明从极遥远之地或地平线外而来造访村庄,而村民们则会选出一名处女为神明织布。三谷荣一继续写道,以少女欢迎神明的意象见于《机织御前》和《大师之井》(空海之井)的传说中(Mitani 1952, 472–473)。[6]秋叶山机织井的传说似乎与《机织御前》传说有所联系,在《机织御前》中,织工将自己织的布献给神明;而在《大师之井》中,井水因神力而奇迹般地涌出。

柳田国男认为,"山姥原本是在水底用织布机织布的水神,但现在知道这一点的人已经寥寥无几了"(Yanagita 1970a, 187)。虽然柳田国男没有详述，但根据引言中提到的柳田国男的衰落理论，可以推测他的观点为山姥曾经是山神（但被人们认为是水神），后来从神坛衰落。对于住在平原的农民而言，山神即是水神，同时也是稻神。日本民俗研究有一个著名的假说：山神交替地住在山里和稻田中。在春天，山神降临在稻田中，成了稻神；丰收过后，它又回到山中的永住之地，再一次成为山神；山神同时也是水神，因为它能带来雨水，湿润土壤，使土地肥沃（Gorai 2000, 67-68）。山姥是居住在山中的神秘女性，能够生育神子，与纺织有所联系；她的起源深植于鬼，但同时她也是神圣的山（女）神。山姥的这种二元本质包含着善恶两面，既引人恐惧，也让人敬畏，正因如此，才引人入胜。

《山姥物语》：本宫山山姥传说

在二宫（今爱知县犬山市）的本宫山上有一座大县神社，神社内殿旁有一座不起眼的山姥神龛。本宫山山姥的各种传说被统称为"山姥物语"，内容大致为福富新藏射伤了一个有孩子的山姥。根据深田正韶（Fukada Masatsugu，1773—1850，尾张地区的档案及书物专员）所撰的《尾张志》（尾张即现在的爱知县），文明年间（1469—1486），在一个月夜，一个名为福富新藏（Fukutomi Shinzō）的武士正在本宫山羽黑川上游打猎，他突然发现在本宫神社旁边站着一个三十英尺高的山姥，正梳着她的长发，新藏心想这就是人们所说的住在山中的山姥，于是用弓箭射伤了她；受伤的山姥立即逃跑，而新藏则循着她的血迹，来到了他的友人小池与八郎（Koike Yohachirō）的住处，新藏询问与八郎他的妻子在哪儿，与八郎发现自己妻子的卧室空无一人，妻子不知去向，但他却发现两首用血写的诗，分别留给自己和他们的儿子；他们的儿子长大后，建了一座寺庙来纪念他的母亲（Fukada 1999, 23–24）。泷喜义（Taki Kiyoshi）认为，这便是当地不同版本的《山姥物语》的原型（Taki 1986, 85–87）。

在《山姥物语》中，妻子（山姥）消失的方式（留下丈夫与儿子）与狐妻传说《信太妻》《葛叶》（葛の葉）】极其相似。在《信太妻》中，信太森林中的一只狐狸被安倍保名（虚构人物）所救，为了报恩，狐狸化为一位美丽的女性葛叶，成为保名的妻子，并为他生下一子；某天，由于狐妻无意中现出真身，于是留下一首表明自己身份和住处的诗后便消失了；相传她的儿子就是著名的阴阳师安倍晴明（约921—1005）。狐妻传说可追溯到九世纪初的《日本灵异记》（约成书于822年，见 *SNKBZ* 1994–2002, 10:26–28; Nakamura Kyoko 1997, 104–105），尽管在《日本灵异记》中并没有出现男人的具体名字和他与妻子相遇的具体地点。[7]《信太妻》传说自江户时代早期开始流行，常被用作戏剧和小说的题材。木偶剧/歌舞伎《芦屋道满大内鉴》（初演于1734年）中包含了安倍晴明是狐母之子，其母亲留下一首和诗便离去的情节，该情节也被称为"葛叶"（第四幕），是剧中的高潮之一。《芦屋道满大内鉴》由竹田出云（Takeda Izumo，卒于1747年）创作，风靡一时，使得有关安倍晴明身世的传说最终成形（Orikuchi 1995, 253）。[8]《信太妻》传说在近代早期非常流行，特别是在竹田出云创作出《芦屋道满大内鉴》后，更是盛极一时，而《山姥物语》包含了《信太妻》传说中的要素这一事实，意味着《山姥物语》可能创作于十八世纪早期。

流传于现在爱知县丹波区大口町的《山姥物语》与《尾张志》有着相同的故事情节，但描述更为详尽：当福富新藏在本宫山的羽黑川上游狩猎时，他发现本宫神社的方向有微弱的光线；他向光线的方向走去，发现一个三十英尺高的山姥正在六英尺高的灯旁梳头；在山姥旁边，还站着一个身高差不多的男性；看到这一幕后，新藏心想"她一定就是人们所说的山姥，据说她专门迷惑不义者的心灵"，之后便一箭射向她的胸部；一瞬间，油枯灯灭，山川震眩（NDT 1982–1990, 7:157–159）。在这个版本的传说中，出现了山姥的负面描述"专门迷惑不义者的心灵"；而且还强调了她的超自然性，她被射伤的瞬间"山川震眩"。此外，山姥出现时的情景（在灯前梳头，男子将其射伤）和《山姥和纺车》昔话故事类型相似，再一次显示出山姥与纺织的密切联系。

在《山姥和纺车》中，一个猎人在夜归的路上发现一个白发苍苍的老妇人（有时是美丽的年轻女性）在一棵树前，正借着灯光纺织。[9] 猎人感觉很奇怪，便用猎枪射向她，但她并未受伤，只是朝着猎人大笑；当猎人回家后，将这件事情告诉了邻居——一个老者，老人告诉猎人应该射向灯的下方；到了第二天晚上，猎人按照老人所说射向灯的下方，突然间灯熄灭了，同时还传来了某个东西掉落的声音；而女人的尸体变成了一只巨大的猫头鹰（NMT 1978–1980, 7:28–31; Seki 1966, 51）。虽然《山姥和纺车》的标题中出现了山姥，但在关敬吾所著《日本昔话集成》的所有现存的故事中，纺织者后来都变成了某种动物，如猴子、狸猫或蜘蛛，没有任何一个版本保持了女性的样子。这个传说似乎突出了猎人高超的射击本领或动物的变形能力（最终为其带来死亡）。有一点也值得注意，每当动物变成山姥时，都必然会出现纺车，这也暗示着山姥和纺织的联系。在大口町的《山姥物语》中，山姥没有纺织，而是在灯前梳头，福富新藏高超的射击本领则同样得到了强调。[10]

胡庐坊卧云（Korobō Gaun）所著的《山姥物语实纪》出版于1777年，该作品对山姥的描述更为详尽。泷喜义（1986）认为《山姥物语实纪》是胡庐坊卧云收集和研究了各地山姥传说后的大成之作，传说的背景追溯到镰仓时代。泷喜义还写道，《山姥物语实纪》是尾张的山姥传说

和美浓国（今岐阜县）各务原市苧濑（おがせ）池龙女传说的结合。[11]

《山姥物语实纪》大致讲述了在1262年羽黑山山脚下，一个山姥变为一位倾国倾城的女子出现在小池与九郎（小池与八郎之子）面前；她自称为玉（たま），是京都纱线商人之女，她告诉小池与九郎自己在去往朝拜的路上途经爱宕山，但不小心迷失在山中；一位相貌不凡的修验者出现在她眼前，带着她一同飞行，最后将她留在羽黑山中便离去了；于是与九郎将她带回自己的住所，并娶她为妻（Taki 1986, 156–163）。在近代早期，人们相信天狗（穿着山伏服装的长鼻子妖怪）会伪装成修验者诱拐人类。此外，人们也相信山姥会变成一位美丽的女性，正如《不吃饭的媳妇》中的山姥。故事接着写道，到了1272年，福富新藏在一个月夜前往本宫山上打猎时，看到了一个可怕的山姥披着一头长长的银发，正在将自己的牙齿染黑；新藏心想这就是人们所说的住在山中的山姥(作者在此解释道，山姥是某种蛇或者蝎子，有时以鬼的形象出现，有时则以美丽女子的形象出现以便勾引男人）；因此新藏一箭射向山姥的胸部；灯突然熄灭，皎月也不知所终，山峰山谷震动不息，夜风也咆哮不止；山姥的血迹带着新藏来到了小池与八郎（即与九郎，他继承了父亲的名字）的住处；当福富新藏询问小池与八郎妻子何在时，与八郎发现寝室空无一人，仅留下了两首和诗给他和他的儿子，和诗写道由于自己的真身暴露，因此不得不离开；血迹一直延伸至苧濑池，此时他们意识到玉就是龙女（Taki 1986, 164–176）。

正如泷喜义所言，由于作者将苧濑池传说与山姥传说相结合，山姥才显现为龙女。而山姥（或与八郎之妻）自称为京都纱线商人之女则可能源于人们相信山姥与纺纱存在着联系。此外，山姥声称自己迷路的爱宕山则被认为是天狗和鬼的住所，也是众多修验者修行的地方。随着时代的发展，该传说糅合了各种其他的传说、信仰、传言、轶事，变得更加生动细致。由于主人公（同时也包括作者和读者）将民俗传说中的山姥视为邪祟之物，因此传说中作为一个母亲的本宫山山姥不得不放弃幸福的婚姻生活而离开，可见即使是受到敬奉的母亲山姥，也无法避免染上负面的意象。

作为金太郎之母的山姥

作为母亲最广为人知的山姥应是金太郎之母。金太郎是传说中坂田金时的乳名，也是上文中提到的源赖光"四天王"之一。他天生具有神力，在民俗传说、歌舞伎和木偶剧、儿童读物和儿歌中也经常出现，甚至还出现了同名糖果"金太郎饴"。金太郎最为人熟知的形象是穿着红色的肚兜（日本称"腹挂"），肚兜上写着"金"字。日本人将5月5日定为"男孩节"，在这一天，人们通常会摆放金太郎的人偶，希望自己的孩子能够像金太郎那样勇敢、强壮、健康。十七世纪初，人们普遍认为金太郎的母亲是一个山姥。在许多传说中，金太郎在山中长大，常与动物相扑。他被源赖光发现后，成为其家臣，并改名为坂田金时。[12]后来，源赖光与"四天王"一同消灭了大江山的酒吞童子和土蜘蛛。

根据鸟居文子（Torii Fumiko）的说法，净琉璃（木偶剧）的剧本《金平诞生记》（创作于1661年）是现存最早将坂田金时描述为山姥之子的作品（Torii 2002, 32）。《金平诞生记》中写道，"坂田金时是山姥之子。某年，源赖光在一座山上的女鬼家中发现了他，自此他便成了源赖光的家臣"（Muroki 1966, 192）。鸟居文子在考察了不同的净琉璃剧本后，认为坂田金时是山姥之子的普遍认知在江户时代之初就已存在（Torii 1993, 8）。既然在中世纪时期人们就已经相信山姥是许多普通孩子和天生异能的孩子的母亲，那么到了近代早期，山姥被认为是一位讨伐恶鬼的强大武士的母亲也就不足为奇了（见 Reider 2010, chap. 4; 2016, chap. 1）。

鲜有作品提到山姥的伴侣或坂田金时的父亲，但流行于江户时代的史话《前太平记》（约出版于 1692 年）记载着山姥为赤龙或雷神的伴侣。年过花甲的山姥向源赖光解释道，差不多二十一年前，当她在足柄山山顶睡觉时，她梦到自己与一条赤龙结合；突然一声惊雷将她惊醒，她惊讶地发现自己竟然怀孕了，不久后便诞下一个天生神力的孩子；几年后，源赖光在前往首都的路上途经足柄山，发现了这个孩子，于是为他取名坂田金时并收为家臣（Itagaki 1988, 325–328）。柳田国男提到："在《前太平记》出现前，山姥的主要居住地并不一定在足柄山。在信浓国（今长野县）金时山上有洞穴和池塘，相传山姥和坂田金时就居住于洞穴中，金时第一次洗澡就是在山上的池塘里……这和传说中山姥总在山中巡游的描述一致。但当记载着足柄山山姥是坂田金时母亲的《前太平记》出现后，人们便开始普遍认为足柄山是山姥的居住地。"（Yanagita 1978–1979, 1:248）虽然过去也存在山姥与足柄山的传说，但可以说，正是《前太平记》的流行，决定了山姥和足柄山之间的联系。

如今，足柄山所在的神奈川县南足柄市也大力宣传金太郎的传说。南足柄市的官网上写着："金太郎就是'足柄山的金太郎'，而'金太郎的故乡'就是南足柄市。"（Minamiashigara City 2014）南足柄市通过设计金太郎标志、建设迎宾塔、建造青铜雕像、举办金太郎主题庆典等方式，积极将金太郎主题和城市相结合，从而吸引游客前来游览。与金太郎相关的地点集中在南足柄市的地藏堂地区，吸引了许多游客，帮助重振地方经济。但值得注意的是，在这里，山姥并不被视为金太郎的母亲。

《绘本赖光一代记》中的山姥，创作于1796年，作者为冈田玉山（Okada Gyokuzan，1737—1808）（国际日本文化研究中心提供）

南足柄市官网将一位富商的女儿八重桐描述为金太郎的母亲，并发布了一篇金太郎的简传：很久以前，地藏堂地区住着一位富人，名为足柄兵太夫，他的女儿八重桐嫁入酒田一族；为了躲避酒田一族的内部纷争，她回到了地藏堂，并生下了坂田金时；坂田金时出生后，在地藏堂附近的夕日瀑布下第一次洗了澡；随着年龄的增长，他变得越来越强壮，常与庭石为伴，与山中的动物为友，整个足柄山都是他的后院；不久后，金太郎成了无人不晓的腕力惊人的足柄山青年；某天，金太郎在足柄山遇到了源赖光，并成了他的家臣，改名为坂田金时；他与源赖光一同前往京城，创下了讨伐大江山酒吞童子的功绩，作为源赖光的"四天王"之一成为日本家喻户晓的人物；源赖光死后，坂田金时为他守灵三个月，随后便离开京城回到了自己的故乡足柄山；自此以后，他再也没出现在人们的视野中（Minamiashigara City 2014）。

在官网的信息中，"山姥"一词仅粗略地出现过一次，"地藏堂（供有地藏王菩萨雕像或画像的寺庙）中有一座山姥的雕像（金太郎的母亲）"¹³，因此读者可能会将八重桐想象成山姥或类似的存在。在地藏堂中有两块巨石，分别名为"太鼓石"和"头盔石"，据说金太郎曾在此处玩耍。在金太郎诞生的地方，许多铺路石呈方形排列，解说牌示上写着金太郎的母亲是八重桐。"金太郎的母亲是八重桐"这一传说应创作（或重新编改）于江户时代中期，它出现在近松门左卫门创作的家喻户晓的净琉璃/歌舞伎作品《妪山姥》（创作于1712年）之后。¹⁴

《妪山姥》中的山姥是最为重要和最有影响力的母亲山姥之一，她与前述的一些神秘而美丽的山姥一样引人注目。此外，与《花世姬》中的山姥一样，《妪山姥》中的山姥最初也是人类——一位美丽的名妓八重桐，这一名字来源于一位当代著名女形（歌舞伎舞台上扮演女性角色的表演者）荻野八重桐（Ogino Yaegiri）。在该歌舞伎中，八重桐的丈夫、坂田金时的父亲是一个名为坂田时行（Sakata Tokiyuki）的武士。¹⁵出现在南足柄市传说中的八重桐很可能正是来源于此剧。南足柄市的解说牌示上也写道，坂田金时的身世和出生地有几个不同的版本。

近松门左卫门的《妪山姥》是一出情节复杂的奇幻剧，该剧中有关山姥的情节可简要概括为：坂田时行为报父仇离开了八重桐，伪装成烟草商源七，但他并不知道父亲的敌人已经被自己妹妹的恋人所讨伐；坂田时行/源七和八重桐在源赖光未婚妻的宅邸偶然相遇，八重桐将他妹妹成功复仇的事告诉了源七，并谴责他没骨气，源七也因为极度羞愧而自杀，誓要报复陷害了源赖光的清原高藤（Takafuji）（源赖光当时躲藏了起来，部分原因是他从高藤手中保护源七的妹妹和其恋人）；源七向八重桐发誓，在他死后，如果八重桐怀孕，那么她将获得神力，他们未来的孩子将会帮助源赖光向高藤复仇；源七让八重桐离开世俗的生活，到与世隔绝的山中抚养他们的孩子；八重桐很快便获得了神力，在进山前轻易地击退了阻挠她的武士；时光飞逝，源赖光和"四天王"中的其他三人在足柄山上遇到了山姥和天生神力的金太郎；源赖光对金太郎的神力感到非常惊讶，他也明白了山姥的愿望，于是将金太郎命名为坂田金时，并使他成为"四天王"之一；随后源赖光和"四天王"便开始讨伐威胁首都的鬼怪。

山姥与源赖光有关她巡游于山的对话来源于能剧《山姥》，而坂田金时作为山姥之子的故事则来源于《前太平记》和《金平诞生记》。梅拉·维斯瓦纳坦写道，"在《姫山姥》中，山姥变成了一种完全不同的存在，没有了令人敬畏的超自然特性，相反，她首先是母亲和妻子，满怀爱和忠诚，还有些可怜；她的邪恶特性并非与生俱来，而仅仅是插手男性事务的不幸结果；她不得不牺牲自己以解决政治和道义等更大的问题"（Viswanathan 1996, 252）。如果八重桐-山姥具有任何邪恶的特性，那么这种特性体现在她还身为人的时候——她的嫉妒和欲望是她人类本性的一部分。然而，她更确实地带有爱和体贴的特性，她是一位好母亲，也是一位对丈夫忠诚的好妻子。她成为山姥后性格上的变化，特别是对丈夫的忠诚，在一定程度上反映了那个时代日本社会对女性的期待。

江户时代是日本女性的黑暗时代（Hayashi R. 1982, 325），女性的社会活动极其受限（Fukuda M. 1995, 257）。有许多资料表明当时的日本女性社会地位很低，在男性面前扮演着从属的角色。例如，当时的女子训诫书《女大学宝箱》（1716年）中写道，"女性的缺点包括不愿屈从、脾气恶劣、怨恨嫉妒、诽谤他人和愚昧无知，十个女性中就有七到八个有上述缺点"（Ishikawa 1977, 46）。书中将女性与"阴"联系起来，"'阴'是黑夜，相比于男性，女性无知且愚昧，连发生在眼前的事情都无法理解"（Ishikawa 1977, 54）；儒家学者贝原益轩（Kaibara Ekken，1630—1714）也在《女子教育法》（女子を教ゆるの法，作于1710年）

2 山姥与纺织：分娩与吸血，纺纱与蜘蛛

中提出了指导女性行为的女性"三从"，即"未嫁从父，既嫁从夫，夫死从子"，在当时非常流行（Ishikawa 1977, 12）。男人可以有情妇，离婚也是丈夫单方面的特权，只要由丈夫写一封"三行半"的简短离婚书即宣告离婚。[16] 虽然女性可以拥有财产，但一旦结婚，女性的所有嫁妆就归丈夫所有。[17]

源七为了替父亲报仇，在离开八重桐前给了她一封"三行半"的离婚书，即使是在这种情况下，八重桐-山姥仍应对丈夫忠诚。《女大学宝箱》列出了七个丈夫与妻子离婚的理由，其中一个就是"嫉妒"（Ishikawa 1977, 34）。正是嫉妒使源七遭到唾弃，也是嫉妒使八重桐不再能感受婚姻的温暖。代替死去的丈夫达成愿望补偿了她的冲动行为。通过锐利的言语和超自然的神力赋予女性力量让女性观众受到感染，许多江户时代的女性无疑在心底里期望能像八重桐一样，却发现现实中的社会期望和习俗让她们举步维艰。虽然八重桐拥有的神力能够征服男

《滑稽洒落狂画苑》中的山姥，作者为牧墨仙（1775—1824）
（国际日本文化研究中心提供）

性，破坏社会秩序，但她最终还是选择完成丈夫的遗愿，全心全意地养育金太郎，正如当时的社会所期望的。由此，破坏社会秩序的潜在威胁因素得以受到控制。讽刺的是，在剧中熟练地扮演八重桐的演员本身也是男性。

《妪山姥》中山姥作为母亲的一面催生出了一种歌舞伎的子类型——山姥舞踊。鸟居文子写道，在该类舞蹈作品中，山姥总是以一位美丽女性的形象出现（Torii 2002, 67）。第一部山姥舞踊作品是创作于1785 年的《四天王入大江山》（Kokonoe 1998, 257–258），作者为濑川如皋（Segawa Jokō，1739—1794）。在该作品中，作者通过"对我来说他是如此的珍贵……想笑就笑吧，我的一切都为了他"等句子来强调山姥对孩子的母爱（Kokonoe 1998, 332–333）。剧中的山姥由著名女形三代目濑川菊之丞（Segawa Kikunojō Ⅲ，1751—1810）扮演。由一位魅力十足的男性演员来扮演对自己的孩子有着至死不渝母爱的美丽山姥，不难想象这对后来浮世绘版本妩媚动人的山姥产生了某种程度的影响——歌舞伎演员是浮世绘的常见题材，他们的形象出现在海报上，就像现在的明星一样。

在宽政年间（1789—1801），浮世绘中的山姥被描绘成成熟的迷人母亲，她对金太郎（坂田金时）百般宠溺。最出名的山姥浮世绘作者是喜多川歌麿（Kitagawa Utamaro，1753—1806），他创作的有关山姥和金太郎的作品多达四十部（Shimizu 1990, 231）。喜多川歌麿笔下的山姥丰满而性感，一头乌黑长发倾泻而下，肌肤雪白而剔透，让人朝思暮想；其母爱充分体现在《山姥与金太郎 延年舞》和《山姥与金太郎 元服》等作品中。喜多川歌麿创作的山姥还隐含性的表达，如《山姥与金太郎 剃刀》表现了一个高大的山姥细心地为金太郎剃头，而她自己的头发却不修边幅，且胸部若隐若现，仿佛要引起人的感官反应；又如《山姥与

金太郎 乳房》则描绘了金太郎一边吮吸着母亲硕大的乳房，一边用手触摸着另一侧的乳头。山姥雪白的肌肤和凌乱的长发展现出一种无所拘束的性感之美。

喜多川歌麿笔下的山姥给江户时代的人们留下了深刻的印象。鸟居文子认为，在喜多川歌麿之前，画册上的山姥是面目狰狞的女鬼，而喜多川歌麿将山姥变成了年轻的美丽女性（Torii 2002, 61–67）。[18] 喜多川歌麿画笔下的山姥和在他之前创作的山姥有着鲜明的差别，包括他的老师鸟山石燕（Toriyama Sekien，1712—1788）笔下的山姥。鸟山石燕在他的《画图百鬼夜行》（创作于1776年）中将山姥描绘成山中一个疲惫不堪、风烛残年的女人。

长泽芦雪（Nagasawa Rosetsu，1754—1799）笔下的山姥被称为宫岛町严岛神社的宝物，她也是一位白发苍苍的老妇人，总是以怀疑的眼光审视旁人。这些画中的山姥都是顶着一头凌乱白发，神色狐疑（也许只是疲惫）的老妇人，即昔话中的山姥形象。一方面，能剧中扮演山姥的演员都戴着老妇人的面具和白色假发，这种形象与性感美丽相去甚远；此外，在乡村地区，由于当地的传统和信仰与城市的文化和潮流难以相适应，因此山姥保留了许多本地的意象——生育能力强的母亲，孤独的女性或贪吃的老太婆。另一方面，出于商业考虑，为了表现得性感以吸引观众，净琉璃/歌舞伎剧场、文学作品和浮世绘中的山姥则强调青春的情欲和其母亲的身份，因此更侧重肉欲表现。由于"远离人群，于是人们只能通过想象力来补全对其的认知"，故山姥属于被边缘化的异类（Komatsu K. 1995, 178）。山姥的形象因个体的想象而异，它会根据人们的不同需求，基于原型意象而发生改变。

《山姥与金太郎 贴面》，1796年，喜多川歌麿绘

受到鸟居清长（1752—1815，江户中期浮世绘大师）画风的影响，喜多川歌麿在"大首绘"（描绘人物的上半身，尤其注重面部表情的浮世绘类型）的创作上取得了巨大的成功，但一个面目狰狞、年事已高的山姥并不适合这种类型的作品，没有哪位读者会愿意掏腰包欣赏这样一幅作品。因此喜多川歌麿笔下的山姥都有着理想而具有美感的外形（特别是从男性的角度看），一头乌黑长发，樱桃小嘴和雪白的肌肤。喜多川歌麿将山姥变成了一位性感的母亲，一件让观众钟情的商品画。帕威尔·梅德维德夫（Pavel Medvedev）表示这种体裁的画是"将现实的某一部分以画的形式表现出来……这种体裁反映了现实社会生活的变化，这种变化让人们重新审视既往经验，带来了不同类型的言论、社会活动和文学"（Morson and

Emerson 1990, 275–277）。综上，正是社会、政治和经济因素的共同作用，催生出了上述风情万种的山姥。

— 分娩与吸血 —

虽然在近代早期，出于商业目的，一些歌舞伎作品中和喜多川歌麿笔下的山姥不再具有食人的一面，或食人的一面被神奇地无害化了，但昔话和一些传说中的山姥仍然有吃人肉的嗜好，而吃人肉也意味着喝人血。宫田登引述了今野圆辅书中的故事，他写道，有些山姥会吸食人血，而这些山姥和山女包含着分娩的意象（Miyata 2000, 187, 189）。熊本县流传着一个传说，一个猎人的母亲在山中遇到了一个山姥，山姥看到这位母亲后，开始狂笑不止（据当地的传说，山姥发笑意味着她要吸人血）；母亲害怕地尖叫起来，尖叫声反而让山姥不知所措，于是山姥便逃走了；但这个母亲仍然被吸了血，不久后就死去了（Konno 1981, 229）。另一则类似的传说则流传在熊本县和宫崎县的交界地区：在山中劳作的人们在山里的一间小屋中睡觉时，一个山女闯了进来，并吸了他们的血（Konno 1981, 231）。宫田登认为后一则传说中的山姥就像吸血鬼德古拉一样。山姥的行为确实和德古拉很像，如果在故事的背景中加上雪，那么山姥可能还会被拿来和出现在今市子（Ima Ichiko）的《百鬼夜行抄》漫画中的雪女比较。[19]

宫田登推测，女性妖怪之所以吸血，是为了补充在分娩时流失的血（Miyata 2000, 192）。不过，就山姥而言，吸血则似乎更多来自其鬼的起源，或者源于其女鬼和山姥的双重意象，就像第 1 章讨论的能剧《黑冢》中的老妇人。吸血是鬼的特性，其中一个例子就是酒吞童子：酒吞童子很喜欢喝酒，他也会喝人血，亦称其为美酒。

有一个非常有趣且类似昔话的故事类型"跳蚤和蚊子的起源"，这类故事中的吸血者通常是鬼。[20] 酒吞童子死后，其尸体的各部分仍会吸人血。岩手县流传着一则传说：在酒吞童子死后，他的头被砍下，四处飞溅的血变成了跳蚤，燃烧后的灰烬变成了马蝇和蚊子，没被烧成灰的关节则成了吸人血的水蛭（Mayer 1986, 278）。在酒吞童子被讨伐之前，人们畏惧他吃人肉喝人血的残暴行径，但即便在死后，他也仍然威胁着人类。青森县流传着一则传说：酒吞童子宣告自己即便在死后也要吃人肉，他的血变成了跳蚤，而被肢解烧焦的身体则变成了虱子（*NMT* 1978–1980, 1:367）。在岩手县的远野，流传着一则传说，一个类似《鬼之子小纲》中主人公的鬼孩在木屋中将自己烧死了，尸体的灰变成了吸人血的马蝇和蚊子（见 *NMT* 1978–1980, 1:366–368）。[21]

在佐渡岛流传着一则类似于《三个护身符》（见第 1 章）的昔话《山姥变成了跳蚤》：山姥变成一只跳蚤，被和尚打死了（Hamaguchi 1959, 181–182）。虽然这个传说中的山姥在死后没能变成吸血动物，但她仍与吸血联系在一起，同时也展现了与鬼类似的变形能力。在这里，鬼或女鬼的意象在山姥身上得到了体现。

在许多传说中，山姥纺织或神奇的布料和纺线也与鬼联系在一起。柳田国男叙述了一则故事：住在山里的一户人家发现了山姥的"つくね"（麻纱球的方言），这个纱球能够无穷无尽地拉出纱线（Yanagita 1978–1979, 1:240），这户人家也因此变得富裕起来，但不久后，年轻的妻子生下了头上长有两个犄角的鬼孩。山姥与鬼的关系似乎总是难以割裂。

— 纺织与蜘蛛 —

麻纱球和鬼孩又让我们回到了山姥与纺织和蜘蛛（《不吃饭的媳妇》中主角的特点）的联系。正如第 1 章所述，《不吃饭的媳妇》是山姥的代表性故事。为什么蜘蛛出现在大多数的故事中？河合隼雄写道，"蜘蛛的特点是织网。在德国，蜘蛛被称为'die spinne'，显然与'spinnen'（纺织）有联系。从这里我们不难看出，蜘蛛与编织命运之布的命运之神有关，因此山姥与纺织的密切联系也就不足为奇了"（Kawai 1996, 31）。

柳田国男推测，在过去，蜘蛛是水神的临时化身，《不吃饭的媳妇》中的食人角色原本是一只蜘蛛，而不是一个山姥（Yanagita 1969, 150–152）。柳田国男引证了几个"水 - 蜘蛛"的传说，在这些传说中，蜘蛛将一整个人，甚至是整棵大树拖到水底。例如：一个男子在池塘边钓鱼，一只蜘蛛从池塘里出来，用丝线缠住男子的一只脚，然后回到池塘中；不一会儿，蜘蛛又出来，将另一根丝线缠到男子脚上，又回到了池塘中；这样的过程重复了许多次，缠住男子的丝线逐渐变得粗厚结实；然而，男子将丝线从脚上取下，缠在旁边的一棵树上；不一会儿，蜘蛛开始从水里拉丝线，直到整棵大树被连根拔起，全都拉到了池塘中（见 Yanagita 1969, 152–154; 1960, 52; 1966, 46–47; Seki 1962, 88; Yanagita and Suzuki 2004, 159–160; Kawai 1996, 31）。《净莲瀑布的络新妇》也是一个类似的故事（*NDT* 1982–1990, 7:221–222）：一只巨大的络新妇（也称"女郎蜘蛛"，是可以幻化成女性形象的雌性蜘蛛）住在净莲瀑布下，这只络新妇将一个樵夫拉到了瀑布底下。由于山姥也有着类似的特征，也可能因为中世纪晚期和江户时代山姥影响力的提升，或者人们对山姥认知的深入，山姥取代了蜘蛛的位置。如前文所述，柳田国男认为山姥是在水底用织布机纺织的水神。如果是这样的话，那么山姥和蜘蛛便是通过水神联系起来的。

此外，我猜测《不吃饭的媳妇》中出现的蜘蛛是山姥与蜘蛛的混合，她们有很多相似的特征——具有善恶二元性；善于织网，可能以网捕获的猎物为食；有些会将后代背在背上养育，有些则会以同类为食；生育能力都很强；以及，妖怪蜘蛛（土蜘蛛）和山姥一样有变形能力，且和鬼有着深刻的联系。

山姥和蜘蛛的相似性

山口素子写道，蜘蛛以繁殖能力强著称，据说有的蜘蛛会将后代背在背上养育，这类行为象征着生育力强的母亲深情哺育子女的积极一面；另一方面，蜘蛛织网捕获猎物，并吸食猎物的血（Yamaguchi 2009, 90）。与山姥一样，蜘蛛也有着截然相反的善与恶的两面。

文学作品中出现过各种各样的蜘蛛，但在古代，蜘蛛通常象征着好兆头，因为它预示着等候之人的到来（SNKBZ 1994–2002, 2:119; Sudō 2002, 70–71）。现存最早的例子出现在《日本书纪》的一首诗中，该诗由衣通郎姬（Sotoori Iratsume）于允恭天皇即位第八年的第二个月所写（Sudō 2002, 70）。该诗前有一段注释：

> 天皇到了藤原宫，偷偷地观察着衣通郎姬。那天晚上，衣通郎姬独自立于月下，心中充满着对天皇的思念。不知道天皇就在身边的她作了一首诗：
> わがせこが
> 来べき宵なり

2 山姥与纺织：分娩与吸血，纺纱与蜘蛛

ささがにの

蜘蛛の行ひ

是夕著しも

（*SNKBZ* 1994 - 2002, 2:11）

This is the night

My husband will come

The little crab—

The spider's action

Tonight is manifest

（Aston 1956, 320）

月色正当时

今夜到藤原

问妾何所知

明月映蛛丝

威廉·乔治·阿斯顿（W. G. Aston）写道，"人们相信当一只蜘蛛黏附在衣服上时，亲密之人将会到来。小螃蟹（little crab）即蜘蛛的别名"（Aston 1956, 320）。

在《吉备大臣入唐绘卷》（创作于十二世纪末，吉备大臣即遣唐使吉备真备）中，一只蜘蛛帮助吉备大臣解了难（见 Reider 2016, 102-108）。唐朝官员给吉备大臣设下的一个挑战是破译《邪马台》。[22]

> 吉备被要求在皇帝面前读诗。就在他看向诗句时，一阵头晕目眩让他难以集中精力，读字解诗都困难无比；这时，受自己的信仰驱使，他转身面向日本所在的方向，向日本的神明和佛陀，特别是住吉神社的神明和长谷寺的菩萨祈祷；于是，吉备的眼睛又恢复了清明，他又能看清诗句了，但他还是不明白诗句的顺序；突然，不知道从哪里出现的蜘蛛将一根蛛丝留在诗上，顺着这根蛛丝，吉备终于正确地读出了诗（Reider 2016, 107）。

这些善良的蜘蛛（从人类的角度）是如假包换的真正的蜘蛛——它们的外表和普通的蜘蛛无异。

但是古代的"土蜘蛛"则是人类。"土蜘蛛"是对与朝廷不和的原住民（蛮族或违抗朝廷的人）的蔑称。在中世纪时期，土蜘蛛以妖怪的身份出现在《土蜘蛛草纸》（约创作于十四世纪早期）和《平家物语》中的"剑"一章中，这是现存最早对蜘蛛做出此类描述的作品。

妖怪蜘蛛拥有变形能力。在《土蜘蛛草纸》的其中一幕，妖怪蜘蛛化身为一个美丽的女子，试图通过美貌来魅惑勇敢的皇室武士源赖光，她将许多像云一样的白球扔向源赖光。显然，这些白球是蜘蛛卵——也就是她自己的卵，这让人联想到希腊神话中的美狄亚。我在别的作品中讨论过，《土蜘蛛草纸》对土蜘蛛作为一个拥有变形能力的女性杀人者出现具有重要意义。[23] 我推测这种意象的出现源于土蜘蛛与鬼的联系——即使外形不同，它们之间仍有惊人的相似之处，而善于变形的妖怪蜘蛛出现的（部分）原因便源于这种相似之处。接下来，我将简要陈述我的假设。

鬼与土蜘蛛、山蜘蛛、山姥

如我在其他作品中所讨论的（Reider 2010），鬼的一个特征是"异类"：人们将有着不同习俗，或生活在皇土之外的人视为某种形式的鬼。事实上，我们可以说，任何被迫或自愿生存在主流社会之外的人都是被边缘化的，因此被视为鬼（Komatsu K. and Naitō 1990, 11）。自诞生之地受到驱逐，遭到皇室讨伐的酒吞童子便是一个很好的例子。

学者们普遍认为土蜘蛛指的是未开化的日本原住民，这些原住民被神明创造出来后就居住在此，后来皇室继承人到来，他们宣称自己是天神的后裔，有权统治全日本（Tsuda 1963, 188–195）。[24] 对于土蜘蛛名字的由来，十三世纪的神官卜部兼方（Urabe Kanekata）写道，"根据《摄津风土记》的记载，在神武天皇统治的时代，有一个名叫土蜘蛛的恶棍——由于他总是住在一个坑里，所以才会有'土蜘蛛'这一蔑称"（Urabe 1965, 132）。由此可见，古代文献中的土蜘蛛指的是行为习惯有别于主流常规的恶人，他蔑视中央权威，生理特征也有别于其他人。从这个意义上来说，土蜘蛛被认为是最早的鬼怪类型之一（Baba Akiko 1988, 170）。

土蜘蛛和鬼的另一个共同点是在古代和中世纪，它们都拥有引发疾病的能力。例如，高桥昌明将鬼视为掌管疫病（特别是天花）的神（Takahashi Masaaki 1992, 4）；"虫"（むし）也被认为会带来疾病。彼得·奈契特写道，"在中国医学论著的影响下，中世纪早期的日本医学家认为人类疾病的根源在于人体内活动的某些实体，这些实体就是鬼，但在当时鬼还未成为让人谈之色变的存在。后来，人们将鬼解释为一种在身体不同部位活动的虫（一种假想的昆虫），这种虫受外来入侵者的影响而引发疾病"（Knecht 2010, xiv）。

彼得·奈契特、长谷川雅雄（Hasegawa Masao）、美浓部重克（Minobe Shigekatsu）和辻本裕成（Tsujimoto Hiroshige）发现由虫和鬼引起的疾病间有很强的联系，他们描述了一种传染病——传尸病（会互相传染的消耗性疾病），患有这种疾病的人死亡时非常虚弱。现代对该病的诊断与肺结核相近。从古代到近代早期，人们认为传尸是虫和鬼，因此通过医学和宗教两种途径寻求治疗方法（Knecht et al. 2012, 278–324）。由于日本对虫和鬼的医学研究很大程度上受到中国医学研究的影响，因此彼得·奈契特、长谷川雅雄和辻本裕成考察了近代以前中国医学中有关由鬼引起的疾病的论著，这些疾病包括疫病（瘟疫）、疟病（疟疾）和注病（后来称传尸病）。有趣的是，当虫主导了由鬼引起的疾病后，鬼的特征也随之改变了（Knecht et al. 2018, 19）。在《平家物语》中的"剑"一章中，源赖光在一个夏天染上了疟疾，而引起疟疾的正是土蜘蛛（严格地说是山蜘蛛，接下来的章节将会讨论）。据说，与虫相关的疾病第一次出现在应永二十五年（1418），而在十五和十六世纪，这类疾病已经屡见不鲜了（Knecht et al. 2012, 325）。我推测在日本中世纪时期，鬼和虫是非官方的医学术语，而两者都象征着皇室的敌人和有着不同习俗的人，或都被看作疾病的介体，土蜘蛛也由此继承了鬼的部分特点——变形能力和食人倾向。

土蜘蛛与鬼的联系在中世纪时期越来越明显，在《土蜘蛛草纸》中便可看出。类似于鬼一口吃掉人类，《土蜘蛛草纸》中的土蜘蛛在自己破败的住宅外"一口吃掉了老妇人"；类似于鬼变成男人或女人来俘获猎物，为了抓住源赖光，土蜘蛛变成美丽的女人来魅惑他。《土蜘蛛草纸》似乎让我们看到鬼和土蜘蛛间的密切关系，或鬼和土蜘蛛特点的糅合。值得注意的是，虽然《土蜘蛛草纸》的标题中出现了"土蜘蛛"，但这个词并没有出现在文中，取而代之的是"山蜘蛛"。一些学者推测，《土蜘蛛草纸》这个标题是后来加上去的（Ueno 1984, 106）。在《平家物语》的"剑"一章中，蜘蛛也被称为山蜘蛛，这似乎意味着土蜘蛛将作为妖怪出现，但也可能表明山蜘蛛将转变为类似山姥（山中的神秘女性）的存在。土蜘蛛/山蜘蛛繁殖能力强，像雌性蜘蛛一样养育后代。当源赖光切开土蜘蛛的胁腹时，许多七八岁小孩大小的小蜘蛛从里面爬了出来，这些小蜘蛛显然是土蜘蛛的后代。此外，土蜘蛛也和鬼与邪恶山姥一样会吃人，因为在它的肚子里有1990个人类的头颅，这些显然都是被土蜘蛛吃掉的人。

在大分县流传的一则《不吃饭的媳妇》中，食人角色变成了土蜘蛛（*NMT* 1978–1980, 6:187）；另一则流传于新潟县的《不吃饭的媳妇》，则是山蜘蛛成了男子的媳妇（*NMT* 1978–1980, 6:209–210）；而在流传于爱媛县的版本中，媳妇最后变成了酒吞童子（*NMT* 1978–1980, 6:192–193）。虽然鬼和纺织并没有联系，但是山姥的意象中显然蕴含着鬼的意象。

— **从畏惧到崇敬** —

在本章中，我们讨论了受人崇敬的山姥，她们的生育特性以及她们与纺织的联系，还考察了她们与鬼和蜘蛛的关系。山姥分娩与村民对来年气候美好的希冀密切相关，但有时也会带有不好的意象。有些山姥崇拜来源于山姥的分娩和村民对山姥诅咒的恐惧。大山祇神社坐落在高知市香北町（今香美市），其供奉的神是由伊邪那美和伊邪那岐所生的大山祇神（掌管着山）。她展现出了山姥的矛盾状态——或者说是村民对山姥的矛盾态度。大山祇神的"神体"（人们相信其中存有神的精神）

是一块奇异的头骨。根据当地的传说，当山姥途经此地时，她突然感到阵痛，于是在山洞中产下她的孩子，但是当时正是荞麦的播种季节，村民在不知情的情况下点燃了整座山（烧尽覆盖的植被使土壤肥沃，同时除去害虫），火势迅速蔓延，吞噬了山姥所在的山洞，将山姥烧死了；在那之后，总有灾害降临到村庄，村民认为这些灾害都是山姥的诅咒带来的，因此他们将山洞中山姥的头骨带回，将其作为山神供奉起来，灾害也由此停息了（*NDT* 1982–1990, 12:159）。小松和彦写道，受到敬奉的超自然存在即为神，反之即为妖怪（Komatsu K. 1994, 283），村民因为害怕山姥的诅咒而敬奉山姥，从而使其成为山神。

歌舞伎舞台和浮世绘上的山姥被视为安全的游艺和商品，存在于村民心中的住在山中的山姥则是神秘的存在，这种存在既让人崇敬，也让人畏惧。

— 3 —

读心术和预言术：
《山姥和桶匠》、《山姥的微笑》与《蜘蛛巢城》

虽然山姥具有读心能力鲜有人知，但事实上，山姥的读心能力由来已久，与之相关的传说也分布广泛（*NMT* 1978–1980, 10:117）。"山姥"一词在室町时代早期出现在宗教作品中，与之相对应的，拥有读心能力的某种邪恶存在（虽然没有被称为山姥）也在宗教作品中首次出现。本章将通过研究《山姥和桶匠》的故事类型以及此前的相关说话来考察山姥的读心能力是如何形成的，并推测大庭美奈子（Minako Ōba，1930—2007）所写的现代短篇故事《山姥的微笑》（创作于 1976 年）中的主人公——拥有读心能力的山姥——是如何被创造出来的。大庭美奈子笔下的山姥有许多可能的出处，其中之一便是萨克里斯·托佩柳斯（Zachris Topelius，1818—1898）的《星之瞳》。此外，本章还考察了山姥的另一神秘能力——预言未来。小松崎进和小松崎达子对山姥的描述为"嘴巴长在头顶的女鬼，一口吞下饭团和味噌汤，也能吃掉整头牛。然而在继母类故事中，山姥却是给予迷路少女夜宿之地的善良角色（《米福粟福》），一些山姥还能通过预言未来帮助正直的人类（《摘山梨》）"（Komatsuzaki and Komatsuzaki 1967, n.p.）。[1] 虽然《摘山梨》也是一个典型的例子，但我认为最广为人知的，还是黑泽明的电影《蜘蛛巢城》中出现的森林女巫。

— **读心的山姥与"觉"** —

《山姥和桶匠》是一则讲述了拥有读心能力的山姥的昔话，关敬吾将其归在《愚蠢的动物》第 265 话（*NMT* 1978–1980, 7:101–107）。关敬吾对这类传说的概述如下：

> 在山上的树林里有一座小木屋，一个桶匠（伐木工或制炭工）正在里面编藤条，山姥（山男、美丽的狸猫、天狗或猴子）来到小屋前，猜起桶匠心中所想。（a）桶匠编好的藤条突然弹开，扬起了火炉中的灰，还打到了山姥；（b）当他折断枝条时，一段弹飞的枝条打到了山姥；（c）一段正在燃烧的竹藤弹飞起来，打到了山姥。山姥被这突如其来的打击吓了一跳，说道"这个人做了他自己都没想到的事"，然后便离开了。（Seki 1966, 54）

虽然标题中有"山姥"二字，但在所有现存的该类传说中，只有两个传说中的读心角色是山姥，其他传说中的读心角色都是其他生物。在关敬吾《日本昔话集成》记载的许多传说中，拥有读心能力的妖怪被称为"觉"，通常生活在山中。[2]

在十八世纪，浮世绘画家鸟山石燕在其作品《今昔画图续百鬼》（创作于 1779 年）中也提到了觉（又称小鬼觉）："在飞驒和美浓的深山中生活着玃（かく），山中的居民将其称为觉（さとり）。觉有着深色的皮肤和长长的头发，会说人类的语言，还能够读心。觉不会主动伤害人类，而如果人类想杀死觉，它会提前知道，然后逃之夭夭。"（Toriyama 1992, 114）从画作中可以看到，觉是一种全身长毛的生物。稻田笃信（Inada Atsunobu）解释道，觉是一种很大的猴子。之所以被称为觉（察觉、感知），是因为它们能够觉察人的想法（Toriyama 1992, 114）。事实上，柳田国男将这类故事类型命名为"山姥和桶匠"，并评论了山姥读心的传说："该传说也包含在《续续鸠翁道话》（创作于 1838 年）中，在关东和中部地区，人们将觉称为觉男。在《甲斐昔话集》第199页，读心角色被称为想（おもい）……女人（读男人心）的例子在这个传说中便可找到。由于难以立刻为该类型的传说赋予恰当的名字，因此暂时将其称为"山姥和桶匠"（Yanagita 1933, 36）。

换而言之，柳田国男惊讶于存在与觉男相对应的女性，暂且以"山姥"一词来称呼该类型的女性。柳田国男介绍的传说来自岩手县：

> 从前有一个桶匠上山砍竹子，他为自己生了一堆篝火。突然，一个山姥走了过来，一言不发地在篝火旁取暖。桶匠心想："山姥来了，这可不是什么好兆头。"山姥突然开口说道："你刚才想'山姥来了，这可不是什么好兆头'，对不对？"桶匠又心想："我怎样才能杀死这山姥？"山姥再次说出了桶匠的想法："你正在想怎么杀死我，对不对？"桶匠又着急地想："太糟糕了，山姥能看穿我的想法。"山姥马上大声地说："你很担心，因为你的所有想法都被我看穿了。"桶匠再也不多想，捡起一根放在火上的圆藤条，但就在这个时候，一直被火烧着的藤条突然裂开，不仅将灰扬得到处都是，还打到了山姥。山姥被吓了一跳，大喊："好烫！"然后一边逃跑，一边说着"人们会做出他们自己都想不到的事，我得小心了"。自此之后，山姥便很少主动接近人类了。（Yanagita 1933, 36）

山姥接近桶匠，也许只是为了给自己取暖，也可能想通过读桶匠的心，将桶匠的想法说出来并观察他的反应来聊以自娱，但最后她却因为被桶匠的举动导致的意外结果吓坏而逃走了。

山姥作为拥有读心能力的角色出现的另一个传说在《听耳草纸》（1933年）中可以找到，这是一本日本北部地区的传说集，该传说以其

主人公彦太郎命名：

  一个名叫彦太郎的男子正在山里的一间小木屋中弯折藤条做簸箕，一个山姥突然走了进来，在彦太郎生的火旁取暖。彦太郎心想："这是一个山姥，我要把灰扔到她脸上……"山姥开口说道："彦太郎，你是不是正在想着把灰扔到我脸上？"彦太郎听到后很惊讶，心想："这可不太好，不过要是她攻击我，我就用新买的斧头砍她。"山姥又开口说道："彦太郎，你是不是正在想着用新买的斧头砍我？""这太糟糕了，"彦太郎心想，"我一会儿肯定要被这怪物吃掉了。"山姥再次猜中彦太郎的想法。惊讶万分的彦太郎默默地在火边弯着藤条，突然间，一段圆藤条裂开，不仅将灰扬得到处都是，还打到了山姥。这把山姥吓坏了，她说道："彦太郎，你做了你自己都没有想到的事！"然后便从小木屋逃到了竹林里。彦太郎顺着山姥的呻吟声走进竹林，发现一个巨大的山姥躺在地上，彦太郎吓坏了，赶紧跑回木屋，将所有东西背到背上就匆匆回家去了。（Sasaki K. 1964, 66）

该传说的情节和其他版本的《山姥和桶匠》的情节相同，都是一个能够读心的角色来到一个男人旁边，但最后读心者逃走了。"山姥和桶匠"这个标题有一定的误导性，因为只有几个传说中出现了山姥，更多时候出现的读心角色是觉。但这也说明，在十九世纪前或者在《续续鸠翁道话》出版之前，能够读心的山姥出现过不止一次。

3 读心术和预言术:《山姥和桶匠》、《山姥的微笑》与《蜘蛛巢城》

— **读心的传说** —

关于《山姥和桶匠》(虽然读心角色不是山姥,而是一个男孩)故事类型的描述在《妙法莲华经》的中世纪评论作品《一乘拾玉抄》(由叡海和尚于1488年创作)中可以找到,其中第三章有一个故事:一个木工正在做木桶,突然一个恶魔(魔民)伪装成一个小男孩出现在木工面前,一五一十地说出了木工的想法;木工尽可能地集中注意力干活,但还是出现了错误——在火上弯藤条,却使藤条突然裂开,打到了男孩的额头,最后男孩逃走了(Tokuda 2016b, 2:45)。五来重解释道,"小鬼觉"的"小鬼"(わっぱ)是"童子"(どうじ)或"童"(わらわ),他是梳着分头的小男孩(或男子),同时也是非常重要的角色。童子或童与天狗对应,换而言之,小鬼觉就是能够看穿人心的小男孩(男子)或天狗(Gorai 1984, 33)。[3]这个小男孩或童子也许在后来变成了小鬼觉(或天狗)。根据五来重的说法,昔话取材于神话、传说和宗教作品,用人性特点或物质主义取代了宗教虔诚,用有趣的传说代替了感恩的故事。这种变化出现在室町时代,在江户时代发展壮大(Gorai 1984, 9–10, 31–32)。

在《一乘拾玉抄》出版差不多100年之后的1585年,天台宗的天海和尚在《直谈因缘集》中也写了一个类似的故事,区别在于这个故事中的读心角色是一个老妇人,而不是小男孩。天海引用了他所称"惯常的古老传说"来解释《妙法莲华经》中关于因缘的教义:"在一个晚上,一个木工正在山里的小木屋中做圆木箱,突然来了一个老尼姑。木工认为老尼姑是魔鬼,便想射杀她,但尼姑将木工心里想的事情全都说了出来。木工于是又想用镰刀杀死尼姑,但老尼姑又猜出了木工的想法。就在这个时候,一直在火上烤着的木头突然裂开,其中一段打到了老妇人,惊讶万分的老妇人(老尼姑)便马上逃走了。"[4](Tenkai 1998, 99; Tokuda 2016b, 45)从天海将这个读心故事称为"惯常的古老传说"来看,这类故事在当时一定已经广为流传。后来到了江户时代,一些故事中的读心角色被称为山姥。

江户时代早期的《扶桑再吟》第一卷第十六个故事便是与读心相关的传说,这个传说中的山姥意味着"山中的温柔老婆婆"(见引言中的"山伏降伏山姥"部分)。[5] 该书的作者扶桑大暾(卒于1645年)引用读心的故事作为例子解释"佛陀伏魔"的教义,"一个桶匠居住在信浓国木曾一座山上的小木屋中,一个山姥来到桶匠面前,将他心里的想法都说了出来。也许是因为害怕,桶匠在火上弯藤条的时候发生了失误,导致藤条突然裂开,打到了山姥,这是桶匠和山姥都始料未及的"(Fusō 1976, 35; Tokuda 2016b, 45)。从小男孩到山姥的转变,与山姥在中世纪时期宗教文献中的转变非常相似——如引言中所述,从恶鬼到女鬼,再到山姥。

五来重认为,"山姥问答"类传说(包括《山姥和桶匠》)源于小鬼觉(Gorai 1984, 36),小鬼觉、天狗或山父后来都变成了山姥。有趣的是,在柳田国男的《日本昔话》中,《山父觉》(山父のさとり)排在《不吃饭的媳妇》和《牛方山姥》之后(见 Yanagita 1960, 52–53)。《山父觉》中的山父可以轻易换为山母或山姥。当代流行科幻小说家小松左京(Komatsu Sakyō,1931—2011)在1978年写了一则名为《山姥谭》(又名《觉之妖怪》)的短篇故事,故事中对山姥的解释为:山父的妻子,住在山中的怪物,能够看穿人心(Komatsu Sakyō 2015, 409)。山姥可以是会读心术的男性的妻子,或者她自己就能够看透人心——吸收了觉的主要特点。

德田和夫认为《山姥和桶匠》属于觉的说话,他还猜测类似觉的山姥说话在十五世纪早期能剧《山姥》被创作时就已经存在。事实上，在能剧《山姥》中，山姥出现在百万山姥等人面前，仿佛能够看透百万山姥等人的想法，这意味着具有觉的特性的山姥在世阿弥时代就已出现（Tokuda 2016b, 43–46）。虽然在该类能剧中，仕手通常会出现在云游的僧人前，但许多情况下仕手出现的地方和仕手本身存在着某种联系。在《山姥》中，与仕手存在联系的地点可以是日本的某座山；山姥出现在百万山姥前，就好像她非常清楚百万山姥的目的地和途经的山。

如果静下心来思考山姥食人的特性和传说结尾中通常会出现的死亡，山姥的读心便让人产生了一个疑问。如凯莉·汉森（Kelly Hansen）所说，"山姥不断受到诡计欺骗而失败的事实与山姥拥有读心能力这一主要特征相悖"（Hansen 2014, 169）。《牛方山姥》中的山姥如果拥有读心能力，她在最后就不会死亡，其他传说中的山姥也是一样，如《三个护身符》——山姥很轻易就被欺骗。如果山姥真的能够看透人心，那么这些传说中的山姥就不会落入死亡的终局。

《不吃饭的媳妇》中的山姥则有所不同，因为她出现在男子（未来丈夫）面前的方式与《山姥》中的山姥出现在百万山姥一行人面前的方式相似：一个男子自言自语或向朋友发牢骚，说想娶一位不吃饭的媳妇，于是山姥变成一位美丽的女性出现在男子的房子前。山姥的出现就好像她知道男子的想法。当然这有可能是她在附近听到了男子的碎语，也有可能是男子的言语招来了言灵（ことだま）——出自口中的言语寄宿着魂灵，是人类与神明沟通的一种形式（见 Cornyetz 1999, 178; Thomas 2012）。[6] 男子的言语招来了山神（即山姥），这种解释也许属于过度解读，因为即使山姥是山神或拥有读心能力，她的这种特性也立即消退了——即便读者/观众认同这种特性的存在，随后故事继续推进，仿佛这种特性从未存在过，没有人再就此思考，故事的最后，山姥也一如往常地死去。

　　山姥的读心能力与她的食人特性不相匹配。总的来说,每种故事类型呈现了山姥的一个部分,读心的山姥并不会追逐男子并企图杀死他,她只是为了给自己取暖或通过戏弄男子来取悦自己,因此才来到了篝火旁边。相反,贪婪的食人山姥不具备读心能力,她追逐猎物的结局就是自己的死亡。梅拉·维斯瓦纳坦写道,"山姥不会同时具备这些特性,相反,当山姥出现在不同的文本中,她的角色本身会在适应修正主义论的过程中重构、分裂和脱节"(Viswanathan 1996, 242)。大庭美奈子的现代短篇《山姥的微笑》中开头的故事也许就属于修正主义的作品,在这个故事中,大庭美奈子在序幕中将两种不同的、看似不相容的特性结合起来——读心和食人,在主故事中,山姥为了家庭的幸福而牺牲了自己。

—《山姥的微笑》—

山姥传说的再创作和再叙述

　　《山姥的微笑》中开头的故事属于主故事的一部分,如序幕一般:

> 我要向各位看官介绍一位住在山中的传奇女巫。她用绳子将自己那凌乱的灰发系在一起,在山里等待着村庄里某个男子迷路经过,好将他吃进肚子里。一位不知情的年轻男子正巧来到这里,想要寻求夜宿的地方,房子的女主人朝他咧嘴一笑,她的嘴里叼着一把缺齿的梳子。看到这样一位怪异的老太婆,一股寒意从男子的脊背渗了出来。老太婆枯黄的牙齿在摇曳闪烁的灯光中发亮,这时她开口说:"你的

心里刚才在想'多么怪异的老太婆！就像一只年老的怪猫！'，对不对？"[7]

男子诧异无比，他心想："可别告诉我她打算在夜里吃掉我！"

男子一边吃着手里的小米粥，一边从眉下偷偷瞥了一眼山姥，就在这时，山姥又说道："你刚才在心里想'可别告诉我她打算在夜里吃掉我！'对不对！"男子又心想："真是个令人毛骨悚然的老太婆！这个像怪猫一样的女人肯定就是人们常说的那些住在山里的老巫婆，否则她又怎么能准确地猜出我的想法！"

无论如何，这个年老的山中女巫每次都能猜出人的想法，最后人会为了不被吃掉而逃命。老巫婆追着她的猎物，男子不断逃命，至少这就是经典的山中女巫传说的故事走向。（Ōba M. 1991, 194 - 195; Ōba M. 2009, 461 - 462）[8]

大庭美奈子用了两页的篇幅（全篇总共十七页）来阐述民俗传说中山姥的读心能力，然后介绍了她的现代版山姥——一个生活在平原（非山中）的读心女性。虽然美奈子将她的版本的山姥故事描述为"经典的山中女巫传说"，但这并不是读心山姥传说的通常走向。正如我在前文描述的，该类传说的情节是一个男子遇到了能够读心的山姥，最后山姥一边逃走一边说着："人类做出的事情连他们自己都想不到。"美奈子在开头介绍的山姥却没有从人类身边逃走，相反，她追着男人，这和食人山姥的做法相符，但与读心山姥的情节相悖。

显然美奈子并没有打算在故事的开始写山姥的再话（さいわ）。根据《广辞苑》，再话指的是用当代语言来表达昔话或传说（Kōjien 1978, 1046）。[9]儿童文学家和著名日本传说收集家松谷美代子说道，当再话作者在作品中加入了自己的想法，那么该作品应被称为再话还是再创作（さいそうぞう）就有待商榷了（Matsutani 1979, 247–248）。剧作家和文学批评家木下顺二（Kinoshita Junji, 1914—2006）认为当作者根据自己的想法演绎民俗传说，使用了带有自己风格的表达后，作品就应属于再创作。[10] 关于文化创作、传播和转变的信息学学者山田奖治（Yamada Shōji）为此创造了一个词"再创"（さいそう），他认为："再创即再创作，也就是将现存材料整合复制，并在其中添加新的内容。在再创中，作者会使用任何已有材料来表达自己的想法。玩心（あそびごころ）在其中不可或缺。'再创作'（recreation，也有娱乐消遣的意思）一词中蕴含着'消遣'的意思，这是不是很巧妙？"（Yamada 2002, 14）也许《山姥的微笑》开头的故事就是美奈子对山姥传说的再创，从而引入主故事。

美奈子认为，"在阅读那些流传已久的故事时，我们会发现相同的故事在不同地区的传播方式略有不同……同一个故事的某一部分可能会根据听众或说书人自己的心情而被删减；同样地，某些部分也会应传播者的意图而有所改动。物语（故事）的真正有趣之处在于故事本身被传播者进行了何种改动，我甚至认为改动本身就是物语的真谛所在"（Ōba M. 2010b, 343–344）。在故事的开头，美奈子在读者眼前呈现了一个民俗传说中拥有读心能力的山姥的强烈意象，从而提升主故事中山姥的可信度，也就是叙事者所说的"真正的山姥"。[11] 当然，这正是美奈子的想象力和创造力的出众之处。

美奈子主故事中的现代山姥在序幕之后便马上登场，时值昭和时代（1926—1989），这位山姥住在平原上，有一个丈夫和两个孩子。她终其一生都在用自己的读心能力取悦自己喜爱的人。她在六十二岁时死去，虽然常常被自己所爱的人误解，但她仍然感到满足。她所追寻的幸福也许只是拥有一个丈夫——结婚能让她远离自己的母亲，并从关于结婚的社会压力中解放出来，这也许就是美奈子在序幕中增加了山姥追逐男人场景的原因。不管怎样，美奈子笔下生活在昭和时代的山姥具有民俗传说中山姥的许多特性：没有名字的主人公食量惊人（虽然吃的不是人），结果变得臃肿肥胖；她渴望自己长有犄角——"这就像是割开太阳穴的皮肤让犄角长出来的感觉，好像犄角马上就要长出，却又无法顺利地长出"（Ōba M. 1991, 201）；她有着山姥的二元性——"她会发现她的半张脸在像慈母一样微笑，而另外半张脸则因恶魔般的愤怒而扭曲；血从她那撕扯和吞噬男人血肉的半边嘴里流下来，另外半边的嘴唇则爱抚着那个蜷缩在她乳房阴影下，像婴儿一样吮吸着它的男人"（Ōba M. 1991, 201）。尽管有时她希望释放自己分裂人格中更邪恶的那一半，但她取悦家人的倾向似乎总是占上风。

大庭美奈子笔下读心山姥的可能来源

虽然读心山姥的传说很重要，但我猜测美奈子叙述山姥童年时代的灵感来源于她所读的其他老故事，包括从外国传入的故事。有许多童话中都出现了有心灵感应能力的超自然个体。"作为尚处学生年龄的少女，"美智子·威尔逊（Michiko Wilson）写道，"大庭美奈子沉浸在昔话（古老传说）、御伽草子（经典日本童话）、御伽话（现代日本童话），以及安徒生童话和格林童话中。"（Wilson 2013, 218）美奈子对许多国家的童话都很熟悉，包括被称为"芬兰安徒生"的作家萨克里斯·托佩柳斯所写的《星之瞳》。"星之瞳"可以读透人的心思，看透门扉和墙壁。由万泽真纪（Manzawa Maki，1910—2009）翻译的《星之瞳》中也包含了同名的短篇故事，该书自二十世纪中期作为儿童文学出版以来在日本广受欢迎。[12]

《星之瞳》的故事是：在一个平安夜，一对拉普兰人夫妻为了从狼群口中逃脱，驾着雪橇飞奔向前，不幸的是，他们的婴儿从雪橇上被甩了下来。然而婴儿无辜的眼中似乎含有某种神奇的力量，这种力量让狼群没有伤害她，而是将她孤身一人留在铺满白雪的孤山中。一个芬兰移居者在圣诞节这天发现了这个婴儿并将她带回了家；移居者的妻子对她视如己出，满怀爱意地抚养着她。但是当"星之瞳"到了三岁左右，她的养母发现她竟然能窥视自己的内心。即使养母非常爱她，但还是开始感到恼怒。某一天趁着丈夫出门工作，养母将"星之瞳"关到地下室中，她认为"星之瞳"是女巫的孩子。养母有一个心术不正的邻居，这个邻居也持同样的看法，于是在养母的默许下，她将"星之瞳"带到山中并将她留在了那里。于是三年后的平安夜，"星之瞳"又一次被遗弃在山野中，但她的眼睛无比锐利，穿透万物，她能够从山中看到上帝的居所。圣诞节这天，移居者回到家中，他告诉妻子他梦到"星之瞳"是上帝的祝福，他们应该好好对待她。在被妻子告知"星之瞳"已经被遗弃在山中后，他赶忙冲到山上寻找"星之瞳"——但最终徒劳无功。最后，邻居被狼群杀死，而这对芬兰夫妇也变得穷困潦倒。[13]

"星之瞳"和美奈子笔下的山姥非常相似。书中有一段情节如下：在"星之瞳"三岁大的时候，她的养母正坐在纺车旁，心里想着自己丈夫有一匹马左后蹄的蹄铁掉了。"星之瞳"便对着养母的小马说，"妈妈正想着你把左后蹄的蹄铁给弄丢了"（Topelius 1927, 151）。在《山姥的微笑》中，美奈子笔下的山姥将她母亲心里的想法一五一十地说了出来。"当她时年尚幼，还不能自己上厕所，常常玩得忘乎所以，以致总是出现点事故。她会对着向自己跑来的母亲说：'你这淘气的女孩，你应该早点告诉妈妈。'"然后旁白说道："当她的母亲大笑起来，她又接着说，'真比不上这孩子！我该说什么好！'"（Ōba M. 1991, 196）"星之瞳"的养母非常爱她,但也感到很遗憾,因为她知道"星之瞳"自己也没有办法——人们总是认为拉普兰人的小孩能够使用巫术。尽管"好心的养母爱这个孩子,她却无法忍受这种奇怪的能力"(Topelius 1927, 149–150)。同样地,在《山姥的微笑》中,母亲也很喜欢自己的孩子,但觉得很难和她相处,"她对自己的孩子一次又一次说出自己心中的想法感到难以置信,最终只好说道:'虽然这个孩子很聪明,但她真的让我筋疲力尽!'"(Ōba M. 1991, 196)。

许多人在生活中都会偶尔有不安的经历,担心自己的想法是不是被别人看穿了。如果一个人感到自己的想法无时无刻不在被别人窥视(看透)着,那一定非常可怕——正如美奈子笔下山姥的母亲和"星之瞳"养母的感受。对读心者而言,无时无刻不窥探着别人的内心同样让她筋疲力尽。读心能力是一种超能力,不是每个人都能拥有,因此很可能会让别人感到害怕——读心能力常被视作一种巫术也就没什么好惊讶的了。

尽管给予美奈子启发的也许是传说,但她的其他经历,例如受到她母亲(62岁时去世)的影响,也可能影响着她所塑造的角色——即使不是读心能力,也至少影响了角色的性格。美奈子写道,"我的母亲在明治时代出生,她是一位与众不同的女性,她总是直言不讳,并让自己的孩子也这么做"(Ōba M. 2010b, 334)。说出自己的想法和读心当然不是一回事,但它们都会让他人感到不舒服。晚年的美奈子母亲似乎对自己如此教导女儿感到后悔,美奈子写道,"也许当我遵循母亲的教导直言不讳地说出自己的想法,或者执意拒绝别人的意见时,会导致别人受伤",她的母亲因此看起来郁郁寡欢。美奈子还补充道,"有一段时间母亲完全变了,她不再斥责我们,而是沉默地眺望远方,就像遥远的山一样"。这些也许在美奈子的山姥身上体现了出来,因为她梦想着住在自己的山中。同样地,美奈子自己也像山姥一样,"我的母亲能够察觉人的想法的细微变化,她的孩子也自然而然地学会了这种能力。当别人心情不好时,我就会选择不去打扰"(Ōba M. 2010b, 334)。美奈子将自己想象成山姥在她的短篇故事《遇见魔女的山姥》(Ōba M. 2010a, 434-439)和其他作品中就可以看出[14],这些作品中的角色表现都有别于主流——例如有读心能力,或者直言自己的想法,她们杂糅在一起,诞生出《山姥的微笑》中的山姥。

《山姥的微笑》中的无私山姥

美奈子的现代山姥展现出山姥更亲切的一面。与她在序幕中写的通过读男人的心来诱骗他们(从而吃掉)的传说山姥不同,主故事中昭和时代的山姥用自己的能力取悦自己所爱的人,特别是自己的丈夫,将自己塑造成他心中的理想样子。她的能力在最后一幕宣告终结——她为了不再成为家庭的经济负担和不再拖累其他家庭成员而结束了自己的生命。在母亲死后,女儿感到了满足,因为母亲临终时脸上挂着幸福的微笑——这是山姥为了安慰丈夫和女儿而做出的最后努力。

也许有人会认为美奈子笔下的山姥缺乏对自我的信念:她随波逐流,保护自己不受社会的复杂因素影响;或她凭借非凡的忍耐力在日本的男权社会中过着无私的生活。广而言之,男权社会的家庭中女性服务丈夫和孩子的先例包括虚构的山姥,例如《姬山姥》中对丈夫忠诚、对孩子如慈母的八重桐山姥,或歌舞伎中毫无保留地溺爱孩子的山姥。即使八重桐山姥和她的同族生活在山里,她们还是遵循社会规范,对自己的言行毫不怀疑——顺从丈夫的要求进入山中抚养和照顾孩子,并将其献给神明。当然,当代观众更加关注的是演员的表演,但无论如何,这些角色的塑造仍然基于父权社会体系。

美奈子笔下的山姥是一个慈爱的母亲和体贴的妻子，就和歌舞伎中的山姥一样，但美奈子叙述的独特之处在于：故事是从山姥的视角——她的"本音"（ほんね，真正的感受和想法）批判性地展开的。如美智子·威尔逊在她富有洞见的文章（2013）中写道，美奈子的现代山姥压抑着自己的本音，从而取悦亲近之人。这一视角不仅向读者揭示了在当代日本社会中，一个以女性身份生活的山中女巫的苦难，也揭示了一个在男性世界中生存的女性的苦难。水田宗子认为"这个故事反映了民间传说中口头传播的山姥形象，描述了当代日本一般家庭里的妻子和母亲。该作品同时采用了双重结构来刻画过去男权制度下妇女为丈夫和孩子服务的心理形象"（Mizuta 2002, 28）。

美奈子笔下生活在昭和时代的山姥使用读心能力是为了家庭的幸福，而非为了自己。《山姥的微笑》的旁白在序幕中评论道，"这些将自己伪装成人类女性的野兽（例如鹤、狐狸、雪鹭）都是极其忠诚的配偶，她们非常聪明，充满着细腻的感情，但她们的命运却不知何故总是充满悲剧"（Ōba M. 2009, 463; Ōba M. 1991, 195–196）。美奈子的山姥的悲剧性死亡与这些超自然存在的传统式结局是一致的。

虽然美奈子在书中并没有具体描述山姥的身份，但根据1976年该书出版时的社会习俗，她应该是一名家庭主妇。在1970年代，"寿退社"（ことぶきたいしゃ，婚后从公司辞职）是司空见惯的——女性在结婚或预期结婚时（25岁之前）就应该辞职，因为女性的幸福在于婚姻（见Hori T. 2018; Ishinabe 2014）。这个词揭示了当时的社会/历史观点——即人们相信女性的角色（和她的幸福）只存在于家庭中，而在那以后，人们对女性地位的看法发生了变化。日本在1985年通过了《男女雇用机会均等法》，于第二年开始实施。在1990年代早期，日本泡沫经济崩塌后,终身雇佣已经不再是一种规范,因此女性对家庭的经济贡献就显得愈发重要。在 1997 年,双职工家庭的数量超过了单职工家庭的数量,虽然这表明女性作为劳动力的一部分在社会上取得了进步,但也反映出日本进入了一个经济停滞的时代,在这个时代,双收入变得尤为重要(Honma 2018)。随着令和时代(2019—)的来临,"寿退社"已经成为过时的概念,如果有人要写一部反映当今日本社会的《山姥的微笑》续集,令和时代的山姥可能会用她的读心术来解决谋杀悬案或揭露政府腐败。

— 会预言的山姥 —

读心术既可能有利也可能有弊,预言术也不例外。正如前文所述,小松崎进和小松崎达子(1967)指出有些山姥有预言未来的能力,并用这种能力帮助正直的人类,如《摘山梨》(なら梨とり)中的山姥。

关敬吾将《摘山梨》归为第 176 类(1966,121)。在该传说中,一个母亲卧病在床,身体每况愈下,但是家里实在太穷,无法负担药钱。有一天,她说自己想吃山中的山梨,于是她三个儿子中的大儿子便前往山中为母亲摘山梨。在路上,他遇到了一个坐在巨石上的老妇人,这个老妇人告诉大儿子怎样才能到达长有山梨的地方,然而大儿子忘记了老妇人的建议,因此被池中的怪物吞噬了。二儿子也遭遇了相同的命运。老妇人给了小儿子同样的建议,同时还赠予他一把剑,小儿子遵循老妇人的建议,成功地摘到了山梨,还用老妇人给的剑救下了自己的哥哥。最后,三兄弟顺利地回到家中,为母亲带回许多山梨,母亲的病也痊愈了(Kanzawa 1967; *NMT* 1978–1980, 4:35–44)。虽然《摘山梨》中的老妇人对三兄弟每个人都给了建议，但会否采纳这个建议则取决于他们自己。换而言之，能够预言未来的山姥是好还是坏取决于人如何利用她的预知。

神泽利子（Kanzawa Roshiko）于1967年创作了《摘梨子兄弟》，它也是小松崎进和小松崎达子评论的绘本系列的一部分。有趣的是，神泽利子并没有在书中将老妇人称为山姥，而是仅仅称为"老妇人"。同样地，在关敬吾《日本昔话集成》（*NMT* 1978–1980）的《摘山梨》故事中，能够预言未来的角色也被称为老妇人，或有时是老人、鸟、葫芦等，但没有一个被称为山姥。小松崎进和坂本秀夫（Sakamoto Hideo）在解释神泽利子的《摘梨子兄弟》时将老妇人称为山姥。事实上，根据小松崎进和坂本秀夫的调查，在老师告诉儿童读者老妇人就是山姥前，孩子们从没这么想过。[15] 有一个小孩认为老妇人就是神明，因为她知道许多事情，还帮助了兄弟。当小孩们听到老妇人就是山姥时，他们十分惊讶，因为在他们的脑海中，山姥是十分骇人的，但这个故事中的山姥却是十分善良的。只有关敬吾的英文文章《日本传说的类型》（Seki 1966, 121）中将其称为山姥。[16] 但无论如何，这位老妇人确实年老而且住在山中，她似乎对山里的一切了如指掌，她因此被称为山姥也就可以理解了。鉴于她熟知山里的一切，她可能确实是山神的化身。

—《花世姬》中的萨满山姥 —

能够预言未来的山姥在《花世姬》中已经出现。山姥对故事的主角花世姬说："你是一个幸运的人，现在你之所以遇到这样的困难是因为遭人嫉恨，但你最终一定会得到幸福。到这儿来，我把这个小包给你，因为你为我做了一些事。等你嫁给一个年轻人的时候，就将它打开吧。"（Reider 2016, 183）正如第 1 章讨论的，《花世姬》中的山姥愿意帮助人类，她是财富的给予者，同时也能够预言未来，就像萨满一样。冈田启助（Okada Keisuke）认为鬼和山姥的关系基于山神和侍奉山神的少女的概念。在《花世姬》中，当花世姬向山神祈祷时，她遇到了山姥，然后又遇到了鬼。旁白用鬼神（きじん）称呼鬼，因此这里的鬼本身也意味着山神，山姥也可被视为侍奉山神的少女（Okada 1976, 160–161; 1977, 69–70）。

此外，山上伊豆母猜测，那些传说中被遗弃在山中的老人（见第 5 章）原本是住在山里的老萨满；被遗弃的妇女和住在山里的老妇人有着相同的性格特征和超自然的巫术力量。山姥吃掉孩子、生下孩子并把他们抚养成超越常人的英雄的矛盾故事体现了她非凡的巫术和预言未来的能力（Yamagami 2000, 380）。

── 《蜘蛛巢城》中的女巫 ──

也许更为广为人知的能够预言未来的不祥山姥是黑泽明的电影《蜘蛛巢城》（1957）中的女巫。该电影基于莎士比亚的《麦克白》（1606）创作，电影讲述了一个贵族的崛起和没落。黑泽明将《麦克白》中的三个怪诞姐妹变成了一个妖怪（もののけ），也就是我们的山姥——她结合了《黑冢》中的妇人和同名能剧中的山姥的特性。《蜘蛛巢城》中的山姥住在蛛脚森林的中央。山姥和蜘蛛之间的深刻关系我们在第 2 章已经讨论过，这一关系对理解黑泽明的镜头下预言未来的山姥有所帮助。

在电影中，蛛脚森林中女巫的预言激起了鹫津武时（麦克白）不计代价成为统治者的雄心欲望。女巫的预言像蜘蛛织网一样包围着剧中的人物和观众,吞噬着鹫津武时的思想,以武时和武时妻子的野心为食粮。林中的女巫正是织网者,通过象征性的纺车煽动着角色接下来的行动。

蜘蛛巢城和蛛脚森林

蜘蛛巢城是鹫津武时弑主后作为统治者君临的城名,黑泽明评论道,"当我深入探究当时城堡的建造方式时,发现有些城堡用的是像迷宫一般生长的木头,因此这种木头被命名为'蜘蛛毛木',意思是如同蜘蛛网般捕获入侵者的木头,'蜘蛛巢城'这一名字就是由此而来的"(Manvell 1971, 104),关键正在于"如同蜘蛛网般捕获入侵者的木头"。在电影中,黑泽明让三木义明(班柯)说:"臭名昭著的蛛脚森林像蜘蛛网一样延展开来,保护着蜘蛛巢城不受外敌入侵。"[17] 森林抓住了所有敌人——最终也包括鹫津武时自己。

根据布卢门塔尔(J. Blumenthal)的说法,森林"既是冲突肆虐的战场,也是冲突的导火索……它是影片的核心"。他将森林与鹫津武时的心智等同了起来(Blumenthal 1965, 191)。森林确实代表了鹫津武时的心智,他被自己的雄心欲望所困,森林的网也不会让他逃脱,最终被点燃的蛛脚森林也给鹫津武时带来了灭亡。森林通过鹫津武时——被蛛网捕获的猎物,代表了人类无尽的欲望。蜘蛛巢城位于蛛脚森林旁,矗立在蛛网的边缘,不过,这片森林并不是自然生长的。生活在蛛脚森林中心的织网者(妖怪或女巫)是一个吃人的女巫(就像能剧《黑冢》中的女巫),正是她,不断地编织着网(Manvell 1971, 103)。

从《黑冢》的老妇人到《蜘蛛巢城》的女巫

对于改编莎士比亚的《麦克白》,黑泽明说道,"我打算用一个类似于能剧《黑冢》中出现的巫婆角色来取代森林中的女巫,女巫(老妇人)是一种偶尔吃人的怪物,如果要找一个与西方女巫相似的意象,在日本只有她最合适,其他的部分则是我在改编过程中创造出来的"(Manvell 1971, 103)。换句话说,黑泽明对如何在自己的电影中塑造《麦克白》中的女巫形象有一个清晰的思路:就像能剧《黑冢》中在卧室里偷偷收藏人骨、头颅、腐烂尸体等东西的女鬼。由于日本女鬼的主要特征是吃人,因此很容易与西方的女巫联系起来。

正如第 1 章所述,能剧《黑冢》的舞台上只有两个道具:象征着孤零零的房子的简易木架,里面勉强容得下坐着的老妇人(前仕手)。她从小木屋中出来,不一会儿,另一个道具——纺车便出现在了舞台上。老妇人坐在唯有这件道具的舞台上,缓缓地转动着纺车,哀叹着自己的处境。

在电影中,当两位将军——鹫津武时和三木义明遇到了蛛脚森林中的女巫时,女巫正坐在一间寒碜小木屋里的纺车前——正是《黑冢》中仅有的两个道具(Toida 1964, 19)。鹫津武时和三木义明在蛛脚森林迷失了方向,来到了小木屋前,但由于一棵大树挡在前面,他们只能看到木屋的一部分。鹫津武时说这间陌生的小木屋是"妖怪所为",正准备用箭射向木屋时,突然听到里面传来奇怪的吟唱声。两人下了马,从离将军最近的一侧接近小屋。两位将军(和观众)绕着树走了一圈,映入眼中的是一个坐在纺车前的怪异老妇人——在这个长镜头中,摄像机从右侧拍摄她的侧面,此时纺车离镜头最近。然后镜头推近,观众的目光自然聚焦在神秘的老妇人身上,她的吟唱仍在继续。然而,观众的目光很快便转移到神秘妇人正在旋转的巨大纺车上（比《黑冢》中的纺车大得多）。在这近乎静止的场景中，轮子缓慢而稳定的转动使观众将注意力集中于它。

在《黑冢》中，应领头山伏的要求，女人不情愿地转起了纺车。她一边开始转，一边唱起对过去的渴望：

まそおの糸を

繰り返し

昔を今に

なさばや

(*SNKBZ* 1994‒2002, 59:463)

Pure linen thread let me spin

turning it round and round,

How I long to spin

the past into the present!

(Shimazaki C. and Comee 2012, 314‒317)

纺线机杼上，

轮转不间断。

昔日若逝去，

徒留挽歌吟。

女人吟诵着世间短暂，轮回不息；她的歌声映射着过去虚幻而高雅的首都，尽数枚举地（糸尽くし）影射着《源氏物语》。能剧中的女人转动纺车是为了谋生,为了取悦客人,为了表达她对过去的向往和从瞬息世界中解脱的渴望。这是一个悲伤、微妙、诗意的场景,她的念头和记忆犹如旋转的灯笼或万花筒一般——她为无法挽回的过去而哀悼。另一面,黑泽明《蜘蛛巢城》中的女巫则编织着命运之线——将军们的未来,她也吟诵着世界的无常,这一主题与《黑冢》和其他许多能剧一致。

欲望、无常、纺车

女巫一边转动纺车,一边吟诵:"人何故降生于此世?人生的意义与昆虫又有何异?人生之苦荒唐至极。"她接着哀叹于人生的短暂和欲望的徒劳:"人生短暂,如花开花落,生死注定,终成腐肉。人生在世,终其一生,骨肉终将,在欲望中焚烧殆尽。"如许多批评家们所说,该电影的一个主题是佛教所说的"无常"(むじょう),即世界的瞬息无常——一时的世俗财富与声名,飘摇的人世(见 Goodwin 1994, 169–191; McDonald 1994, 124–138)。电影开头和结尾都吟诵道:"且看此废墟,这妄念的城堡,生者已逝,亡魂徒留。这里只有杀戮,源于无尽的欲望,亘古未变,这里就是蜘蛛巢城。"[18]

欲望是苦难的根源。佛教四谛是佛教教义的精华,即(1)生命就是受苦;(2)欲望是苦难的业因;(3)苦难可以绝除,因为其根源已经知晓;(4)绝除苦难的方法就是遵循八正道。[19]欲望是过去佛陀在印度瓦拉纳西附近的鹿野苑第一次讲道时所说的四谛中的第二谛,史称此次讲道为"初转法轮"。达摩或佛法指的是佛教中通往顿悟的修行之路,第一次讲道象征着历史上佛教的"初次转动法轮"(Fisher 1993, 20)。当佛陀为了帮助人类摆脱轮回而传授四谛时,电影中的女巫正在转动纺车的轮子,驱使着野心勃勃的人走向毁灭。黑泽明的女巫之轮没有展示一条通往顿悟的道路，相反，她只是在原地转着轮子，她的行为不能让人走向未来，只会激起人类的欲望。

蜘蛛巢城见证着人类放纵欲望的结果，让苦难的循环没有止息——就像纺车轮子一样。轮子是佛教最古老的象征之一，苦难之轮代表一个人的轮回重生或众生轮回的六道——地狱道、饿鬼道、畜生道、人道、阿修罗道和天道。因此，影片中的纺车轮在为人类转动命运之线的同时，也成了困住人类的苦难之轮。[20] 我认为从本质上说，鹫津武时和三木义明都是好人，而当山姥为别人预言未来或给出建议时，结果的好坏取决于听者的选择。就鹫津武时和三木义明来说，他们成了山姥的奴隶。

女巫和小木屋消失后，镜头转向周围堆积成山的尸体。正如麦克唐纳（McDonald，1994）所指出，这些尸体与《黑冢》中的山伏们在禁忌的房间——老妇人的卧室里发现的尸体相互重叠。电影中小木屋旁成堆的尸骨正是人类愚昧的结果——他们都是战争中死去的人。这是禁忌的景象——鹫津武时的思想暴露无遗，就像不应该被看到的壁橱里的骷髅。对于鹫津武时和三木义明来说，在蛛脚森林中遇到女巫就相当于打开了黑冢的禁屋之门，鹫津武时和三木义明知道了他们不应该知道的东西。《黑冢》中无辜的旅行者成为女巫的盘中餐，同样的，鹫津武时、三木义明与鹫津武时派出的一个刺客都成为女巫的猎物——森林中的邪恶女巫用纺车织出了捕获猎物的网。

当将军们终于走出森林看到城堡时，三木义明说："我们终于摆脱了蜘蛛网。"然而，这种自由只是一种假象，预言将军命运的女巫始终注视着一切。

从《山姥》到《蜘蛛巢城》

虽然黑泽明将《黑冢》中的女巫借用到自己的电影里,但他在电影中选择的能剧面具却不是《黑冢》中的般若面具,而是能剧《山姥》中使用的山姥面具。[21] 和女鬼一样,山姥的主要特征是食人。值得注意的是,影片中林中女巫的形象——脸像山姥面具、白发蓬乱的老妇人——正是山姥。作为一名能剧爱好者,黑泽明一定很了解《山姥》。

当鹫津武时和三木义明在森林中迷失方向时,森林中充斥着不祥的迷雾和黑暗,突然间大雨倾泻,电闪雷鸣[22],将军们听到了难辨其源的尖叫声———一种刺耳的笑声。根据唐纳德·里奇(Donald Richie)的翻译,鹫津武时对三木义明说,"妖怪!是妖怪在作祟!"(物の怪じゃ、物の怪のしわざじゃ)(Kurosawa 2003)。事实上,女巫正用以纺车织成的蛛脚森林的网抓住将军们。

与电影中的女巫一样,能剧《山姥》的主人公山姥也被赋予了超自然的力量。为了让百万山姥一行人留在她的家中过夜,她让天空变得灰暗无光。山姥要求百万山姥表演舞蹈和歌曲,后者以模仿山姥和跳山姥舞而出名。到了晚上,山姥让百万山姥跳舞,自己也在一旁起舞,她的舞蹈讲述了她在山中的时日。山姥的舞蹈很应景,莎士比亚《麦克白》中的女巫也常常在离开舞台前跳舞。[23] 重要的是,乐师们在能剧的结尾唱道,山姥"穿云啸谷,忽此忽彼。群山往复,行迹难寻;终焉何处?渺渺无踪"(Bethe and Brazell 1998, 225)。这正是电影中女巫消失的方式,她初次出现后又突然消失了。而当女巫再次出现时,她正在山中奔跑,就像能剧中的山姥一样。

《山姥》能剧中的山姥不断地绕着山转圈,希望能借此从轮回中得到解脱。另一边,电影中的女巫则用纺车将人类困住,或漠然地看着人类和他们的愚蠢行径。当女巫应鹫津武时的召唤第二次出现时,她站在了尸堆上,脸上挂着笑容,就像是她知道鹫津武时很快也会成为尸堆的一部分,她似乎无所不知。从这个意义上说,她就像森林之神。

蛛脚森林的女巫通过煽动鹫津武时的野心,使人类的欲望、愚昧和疯狂得以暴露,正是这些因素使人类无法从轮回中解脱,在世界中继续遭受苦难。黑泽明的电影讲述了日本战国时代一对野心勃勃的夫妇——男方作为一个下级家臣推翻了他的领主。故事的中心是女巫——我们的山姥。女巫预言未来,编织蛛脚森林,困住并操纵鹫津武时和三木义明的思想和身体。她让整个森林与蜘蛛巢城——即她创造的"虚幻之城"对峙。佛教中的法轮象征着破除无知,超脱轮回。而另一边,女巫的转轮则扭曲了法轮,象征着人类的无知和苦难的循环,编织着命运之线。通过女巫的手,一张蜘蛛网被织成,这张网变成了蛛脚森林,困住每一个进入其中的人。他们也终将灭亡,没有什么是永恒的。《蜘蛛巢城》中的女巫包含了能剧《山姥》中的山姥、《黑冢》中的老妇人、蜘蛛、纺纱等多个意象。黑泽明笔下的女巫是对山姥的完美再创。

— 读心、预言、再创 —

在现代日本人的认知中,山姥的读心能力通常不是她的特征之一,这一能力并非源于山姥,而是源于中世纪时期用以阐释宗教教义的某种邪恶存在,后来这种读心能力通过觉变成了山姥(与男性的觉相对应)的特征。在许多食人山姥的传说中,山姥的读心能力与她的命运并不相适,但这两种特征很少出现在同一传说中。然而,在《山姥的微笑》的序幕中,美奈子将这两种特征结合在一起,并通过再创重新创造了山姥。《山姥的微笑》十分有趣，它是对当代日本男权社会的批评，然而从研究山姥的角度来看，美奈子最重要的贡献也许是将山姥鲜为人知或不为人知的读心特征带入了公众的视野。

　　山姥另一个不可思议的"看"的能力是预言未来，就像《摘山梨》中的老妇人或黑泽明《蜘蛛巢城》中的森林女巫一样，但食人山姥没有预言未来的能力。居住在蛛脚森林中的白发女人编织着人类的命运之线，比如对鹫津武时和三木义明的预言。她可以是死亡之神，煽动着鹫津武时的野心，让他走向自我毁灭。美奈子的山姥和黑泽明的森林女巫都是创造力和想象力的奇妙产物，它们揭示了如何利用山姥的属性来不断地创造新的原型。

4

山姥，弥三郎婆，夺衣婆：女巫的意象，山姥的飞行术，以及原型的再创作

一 回顾山姥与女鬼

一些学者认为飞行是山姥的特征之一。根据文学和文化人类学学者高岛叶子（Takashima Yōko）的说法，和西方女巫一样，山姥也拥有飞行能力（Takashima 2014, 116）。高岛对山姥飞行能力的描述基于高桥义人（Takahashi Yoshito，1995）和大和岩雄（Ōwa Iwao，1996）的早期研究，而高桥义人和大和岩雄则借鉴了宫田登的作品（1987）弥三郎婆传说（弥三郎的年迈母亲）。[1] 虽然宫田登认为女鬼传说是根据流传于山区的山姥传说创作的，但他仍将弥三郎婆称为鬼女（女鬼，女食人魔/恶魔）而非山姥（Miyata 2000, 203）。

此外，高桥义人和大和岩雄都借鉴了月冈芳年（Tsukioka Yoshitoshi，1839—1892）创作的浮世绘《老婆婆拿着鬼的手臂离去图》（老婆鬼腕を持去る图，1889），该作品描绘了歌舞伎《茨木》（首演于 1883 年）中的一幕——名为茨木的鬼为了从渡边纲（Watanabe no Tsuna，953—1025）手中夺回自己的手臂，变身成一个老婆婆（Isao 2001,81）。[2] 高桥义人对该作品的说明是"山姥的插图"（Takahashi Y. 1995, 50），且他在书中交替地使用"山姥"和"女鬼"两个称呼。[3] 大和岩雄更明确地断言，"民俗传说中的山姥不仅吃人，还能像女巫一样在天上飞行"（Ōwa 1996,94）。他接着解释道，月冈芳年的浮世绘描绘了流传于新潟县名为弥三郎婆的女鬼和山姥的意象。大和岩雄对该作品的说明是"月冈芳年描绘的弥三郎婆"（Ōwa 1996,95）。

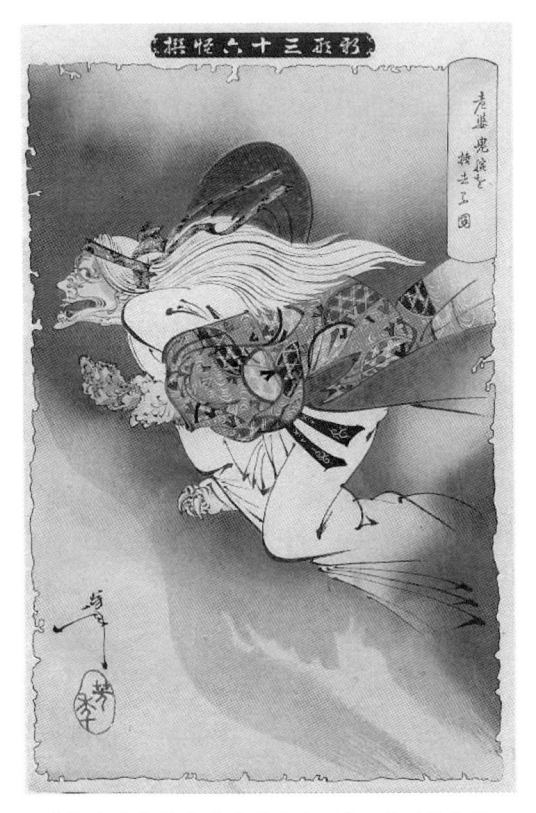

《老婆婆拿着鬼的手臂离去图》，月冈芳年绘

在第 3 章，我们看到黑泽明用了能剧《黑冢》中的女鬼意象来替代《麦克白》中的女巫三姐妹，以及通过山姥面具来塑造森林女巫的形象。在西方，女巫的形象毋庸置疑是可怕的食人巫婆，就像德国的童话故事《汉塞尔与格蕾特》中的女巫；人们对女巫的印象也包括午夜骑着扫帚在空中飞行。那么，日本的山姥是不是也像西方的女巫一样飞行呢？鬼确实能够飞行，例如袭击了渡边纲（下文将会描述）的鬼和众鬼首领酒吞童子。[4] 那么，山姥是否也能够飞行？弥三郎婆是谁？弥三郎婆与山姥说话又有什么联系？弥三郎婆和山姥似乎与另一个可怕的女性形象夺衣

婆（顾名思义，夺走衣服的老妇人）有关。那么弥三郎婆、山姥和夺衣婆是怎么联系起来的？本章将围绕弥三郎婆的传说及其变体，以及叙事与意象的创作、传播和转化的概念来解答上述问题。

― 弥三郎婆的传说 ―

根据流传于新潟县的传说《新潟县传说集成》（Koyama N. 1996，以下简称《传说集成》），在中岛住着一个名叫弥三郎的猎人，他是一个孝顺的儿子，但他的母亲非常残忍且渴望吃人肉，村民害怕地将她称为"鬼婆"。每当举办了葬礼，他的母亲都会从墓地里将尸体挖出来吃掉。一天晚上，弥三郎遭到一个怪物的袭击，怪物抓住他的脖子，但弥三郎举起他的镰刀挥向怪物，砍断了怪物的手臂，受伤的怪物马上逃走了。当弥三郎带着被砍下的怪物手臂回到家时，他发现母亲正躺在床上，然而母亲一看到手臂就飞出（飛び出して）了房子。到了第二天早上，弥三郎沿着血迹追寻怪物，却发现自己的母亲就是那个怪物。在那之后的两百年里，弥三郎的母亲一直住在弥彦山（今新潟县境内），但在保元元年（1156），真言宗高僧典海来到她身边，对她进行教化。后来，弥三郎的母亲对自己的恶行进行了忏悔，成为名为妙多罗天女的神明，她保护着正直的男人和女人，向邪恶的人降下惩罚（Koyama N. 1996, 177–178）。

宫田登对弥三郎婆传说的描述与《传说集成》几乎完全相同[6]，主角仍被称为"鬼婆"而非"山姥"，她活了两百年，会吃尸体以及绑架孩子。但在一些细节上，两者的描述有所差别，例如在宫田登的版本中，并没有提到弥三郎的职业或住处；此外，当弥三郎受到攻击时，怪物离开的方式也没有被提及。更重要的是，当弥三郎带着被砍断的怪物手臂回到家时，他的母亲一看到手臂就将其抓住，从山墙上的洞飞走（飛び去り），逃到弥彦山去了（Miyata 2000, 201–202）。[7] 如果宫田登写的是"逃走"（在地上）而不是"飞走"（在空中），高岛叶子、高桥义人和大和岩雄是否又会认为飞行能力是山姥的一个主要特征呢？

作为女鬼的弥三郎婆

正如我们在第1章中看到的，在民俗传说中，"山姥"和"女鬼"被交替使用来称呼食人的女性。在文学作品中，极度的愤怒、怨恨和嫉妒会将女人变成鬼，但在许多传说中，女鬼并不代表着存在嫉妒或愤怒的情绪。那么，弥三郎婆传说是什么样的情况呢？

在《弥彦村史辞典》（2009）中收录的一篇弥三郎婆传说解释为，正是因为怨恨，弥三郎婆才变成了鬼。在这里，弥三郎婆以弥三郎祖母（在其他版本中则是母亲）的身份出现。弥三郎来自一个古老的铁匠家族，他们离开熊野地区，跟随弥彦大神来到了弥彦村。承历三年（1079），在准备弥彦神社的上梁仪式时，人们开始争论由谁来主持第一天的仪式——铁匠（弥三郎）还是木匠。最后，弥彦村村长决定让木匠来主持，但弥三郎的祖母（或母亲）对这一安排感到非常不满，于是她诅咒了村长和木匠，为此无恶不作。

一天，当弥三郎打猎回来，弥三郎婆试图从他手中抢走猎物，但他反击并砍下了她的手臂。后来，她又试图绑架弥三郎五岁的儿子，但也没有成功。最后，她变成了鬼，随着风飞走了。她可以随心所欲地飞行，在一个又一个地方犯下各种令人发指的罪行。在保元元年，典海和尚看见她躺在弥彦山山脚下的一棵大树上，典海知道她就是弥三郎婆，便开始劝诫她，于是她忏悔了自己的罪行，变成了一位善良的神，并被尊为妙多罗天女（儿童和正直之人的保护神）。在那之后，妙多罗天女便住在一棵大杉树下，每当听到一个恶人死亡，她便褫取尸体和衣服挂到树上，这棵树后来被称为"婆婆杉"（Yahikoson kyōiku Iinkai 2009, 384）。[8] 和弥三郎婆/妙多罗天一样，嗜好吃孩子但后来成了孩子保护神的还有鬼子母（梵语为 Hārītī）[9]，她们都没有想过吃自己的孩子。弥三郎婆食人和犯下可怕罪行的描述表明她确实是女鬼。

日本文学学者佐佐木雷太（Sasaki Raita）讲述了一个非常相似的故事：承历三年（1079），一个木匠和一个铁匠就弥彦神社竣工庆祝仪式上的座位顺序发生了争执，最终决定铁匠弥三郎坐在木匠的下方。弥三郎的母亲对儿子受到这种待遇怒火中烧，最后成了鬼——她骑在乌云上，无恶不作（Sasaki R. 2008, 205）。

夺衣婆和女巫的意象

夺衣婆与弥三郎婆和山姥的联系

弥三郎婆的意象（住在大树下的女鬼，她褫取尸体并将其衣服挂在树枝上）与夺衣婆的意象重叠。面目狰狞的夺衣婆坐在三途川（三途の川、葬頭河）旁的一棵大树下，三途川是现世和冥界的分界线[10]，每当死者渡过三途川之前，夺衣婆会无情地剥去他们的衣服，并将衣服挂在树上；而当死者赤身裸体时，夺衣婆便剥下他们的皮肤。死者的衣服和皮肤象征着他们的罪恶，越是罪大恶极，树枝便负重越多越弯曲。《传说集成》的编者小山直嗣（Koyama Naotsugu）对弥三郎婆的评价为："一尊丑陋的女性雕像，单膝朝上坐着，立于弥彦神社旁佛教真言宗寺庙宝光院的大殿里。这是妙多罗天女的雕像，她的前身是弥三郎婆，据说她在忏悔后成了神明。一棵名为婆婆杉的日本杉树矗立在宝光院后方，这棵树有一千多年的历史，被认为是自然古迹，而据说这棵树正是弥三郎婆悬挂尸体的树。"（Koyama N. 1996,177）弥三郎婆的雕像单膝向上坐着，似乎和夺衣婆联系在一起。[11]

正如卡罗琳·平泽（Caroline Hirasawa）在描述富山县立山博物馆的优婆尊（受人尊敬的老妪，老妪馆中敬奉的神明）雕塑时所写，"一条腿的膝盖抬起，另一条腿交叉平放在身体下面"的姿势"是女性神明塑像的姿势，（以及）夺衣婆神的形象"（Hirasawa 2013, 161）。接下来我也会解释，我认为弥三郎婆／妙多罗天女、夺衣婆和山姥占据了三个独特的空间领域：弥三郎婆／妙多罗天女在地上，夺衣婆在地下，而山姥在山间地带。

根据川村邦光（Kawamura Kunimitsu）的说法，夺衣婆最早出现在伪经《佛说地藏菩萨发心因缘十王经》（以下简称《地藏十王经》）中[12]——不引人注目的老女鬼，称为"妪鬼"，与出现在《大日本国法华验记》（日本《妙法莲华经》的奇异故事，成书约 1043 年，以下简称《法华验记》）中的夺衣婆相同(Kawamura 1996, 35)。[13] 在《地藏十王经》中，夺衣婆的对应角色悬衣翁从夺衣婆那里接过衣服，将其挂在名为"衣领树"的树枝上，但悬衣翁并没有出现在其他主要文学作品中，如《法华验记》或《今昔物语集》。[14] 在流行于中世纪和近代早期且有很大影响力的文本《熊野观心十界曼荼罗》（以下简称《熊野曼荼罗》）中，夺衣婆通常被描绘为孤独且身形庞大，也许是为了反映她的重要性及知名度。综上，夺衣婆立于三途川旁，褫取死者的衣服，挂在树枝上。[15]

夺衣婆出现在许多描述地狱的作品中，但川村邦光认为最广为流传的版本是《熊野曼荼罗》（Kawamura 1996,33）。从中世纪末期到近代早期，熊野的比丘尼，或来自熊野地区从事绘解（絵解き，解读画意）的云游尼姑积极地宣扬《熊野曼荼罗》。《熊野曼荼罗》将天堂和地狱形象化，"特别是用佛教教义启发女性受众，同时为熊野山的寺庙和神社筹集资金"（Kaminishi 2006, 138）。[16]

该作品中描绘的夺衣婆穿着宽大的残破衣服，露出下垂的乳房和瘦骨嶙峋的身体。在《熊野曼荼罗》中，她坐在一块巨石上（Ogurisu 2014, 22）。[17] 除了单膝朝上的坐姿外，她的这些特征不仅与妙多罗天相同，而且与十六世纪晚期或十七世纪早期的御伽草子《花世姬》中描绘的山姥相同。[18] 有些夺衣婆有蓬乱的白发，就像山姥一样。虽然凡人眼中的夺衣婆是可怕的，但她也有善恶两面。川村邦光写道，虽然夺衣婆褫取死者的衣服，但她也在人类出生前给予他们衣服，她是关乎生与死的女性神明（Kawamura 1996, 35–37）。鹿间广治（Shikama Hiroji）也注意到了夺衣婆的二元性，夺衣婆站在（或坐在）此世和彼世之间，象征着惩罚恶人和拯救人类的存在（Shikama 2013, 25–26）。

卡罗琳·平泽写道，"姥神崇拜遍布日本各地，许多相似的形象也由此而生……民俗学研究将这种类型的神明形象视为山神或山姥的代表"（Hirasawa 2013, 162；亦见 Kawamura 1994）。一般来说，姥神是指被神化的老年女性。例如，如果出身高贵的孩子的奶妈（姥）与孩子一起跳入水中，那么死去奶妈的灵魂通常会在附近受到人们的供奉。[19] 有些姥神是年老的萨满和/或云游的女祭司，她们藐视禁止女性进入神域的禁令后变为石头，作为姥神受到人们的供奉。[20] 在村庄边界上供奉的姥神通常被称为"正冢老姬"（正塚の婆さん），是葬头河老姬（三途川的老妇人）的变体（Ōshima 2001b, 179）。

东京新宿区的正受院中有一座夺衣婆木像，在江户时代晚期，该木像被称为"育子老姬"（子育て老婆尊），因为她有治愈任何儿科疾病的神奇力量（Shikama 2013, 28）。传说这座雕像因其治疗咳嗽的功效而闻名，因此在 1849 年，江户各地的人都前来瞻仰这座雕像，这种风潮使得这个地区成了一个巨大的繁荣市场（Shinjuku-ku Kyōiku Iinkai 1997）。[21]

卡罗琳·平泽还注意到，1849 年夺衣婆的广为流传与富山县立山的优婆尊有关，"铺在桥上的白布献给优婆尊，以及她的另一个化身——住在三途川旁的女鬼夺衣婆，她在死者受审判时为他们脱去衣服。夺衣婆崇拜在安永年间（1772—1781）盛极一时，以致在嘉永二年（1849）不得不抑制这种风潮。夺衣婆崇拜与立山的优婆尊 - 夺衣婆崇拜的发展是一致的"（Hirasawa 2013, 169）。

对夺衣婆一些反复出现的描述——将衣服挂在树枝上，坐在一块巨石上——可能受到了人们熟知的前现代老妇人形象的影响。流传于岛根县邑智郡瑞穗町的传说讲述了一个住在布干山山脚下洞穴里的山姥的故事：山姥为自己编织衣服，然后挂在山上的树枝上晾晒（*NDT* 1982–1990, 11:174）。川村邦光提出，夺衣婆 / 老年女性神明是完成了母亲角色后活了很长时间的女性的化身，又或者是一个从未成为过母亲的女性的化身；这一形象适用于任何年龄的女性，也反映了室町时代女性身处的残酷现实（Kawamura 1996, 38）。事实上，夺衣婆的形象似乎在《花世姬》中对山姥（活得比自己的所有孩子还久）的描述上体现出来：山姥向花世姬解释自己的处境，"我的孙子和曾孙一直在照顾我，但他们非常讨厌我，不让我进他们的房子，所以我以山为家，以坚果为食"（Reider 2016, 181）。

4 山姥，弥三郎婆，夺衣婆：女巫的意象，山姥的飞行术，以及原型的再创作

中世纪的典型女性特征

川村邦光指出，《熊野曼荼罗》中描写了女性的地狱，比如血池地狱（血の池地獄）（Kawamura 1996, 39）。血池地狱在《血盆经》（十二世纪晚期或十三世纪早期）中也有描述，相传妇女会下到血盆池中受苦，因为"妇女身体内流出的血四溅大地，会触污神佛，或污染为圣人取水沏茶的河流"（Glassman 2008, 177）。时枝务（Tokieda Tsutomu）研究了《血盆经》在日本东部的传播，他提出了颇有信服力的观点，即从中世纪开始，山伏就经常用《血盆经》为死于分娩的妇女举行悼念活动（Tokieda 1986, 595–598）。在中世纪末期，云游的尼姑"开始接管《血盆经》崇拜的传播，并使其为自己服务。这些尼姑携带的画作以骇人的细节揭示了血池地狱的景象，并承诺信者能够得到救赎"（Glassman 2008, 181）。

上西郁美（Kaminishi Ikumi）指出，宣扬和传播《熊野曼荼罗》的熊野比丘尼"将最后皈依佛教的俗人女性作为她们传道的主要目标，从独立且富有的女性处募集捐款"。此外，"在她们的绘解中，女性的生理条件也包含在道德论中，其故事的寓意是，如果儿子和女儿向佛教寺庙捐款或者捐赠如意轮观音像，母亲就可以摆脱女性身体的兴衰沉浮之苦。通过这种方式，女性'买到'了未来升入极乐世界的门票。这种歧视女性的观点自佛教诞生以来就一直在传播，但熊野比丘尼将这种歧视女性的观点变成了传播优势"（Kaminishi 2006, 156, 160）。由男性书写的歧视女性的佛教作品得到了男性和女性的鼓励，而熊野比丘尼（其中许多人的丈夫是山伏）则让女性受众接受其对女性生理特征的谴责。我想指出的是，早期的宗教著作将（原型的）山姥描述为邪恶的存在，例如《大山寺缘起卷》中邪恶的优婆夷以及《直谈因缘集》中的老尼姑（见

135

引言和第 3 章），她们可能与云游的老尼姑有关，也可能与山伏对女性的矛盾观点有关。无论如何，对掌管生死的老妇人的描述与这些人物及传教者和受众的想象交织在一起，重新创造了与妇女形象类似的形象。随着地域和个人视角的不同，这些角色会变成女性神明或恶魔，而在这些中世纪女性原型人物故事的传播背后，则有山伏、云游比丘尼和宗教信徒的影响。[22]

弥三郎婆/妙多罗天女、夺衣婆和山姥都有着善与恶的二元性；我认为前现代女性将自己的心寄托在这些看起来可怕的中世纪老妪身上，正是希望凭借神怪慈悲的一面为自身求得些许现世幸福，或减轻生活中的苦难。这三种超自然存在拥有根据人的行径来判断人甚至施以审判的能力，她们看起来可怕而不屈从，可能是因为她们能看到人类内心和行为的真实意图，并相应地奖励或惩罚人类；正因为她们非常长寿，历经世故，了解人世的沧桑及所有的快乐和悲伤，其意象才象征着世间的普通老妇人；她们经历的漫长岁月反映在她们的外表上，她们的年龄赋予了她们说服女性的能力。

— 原型的转变和再创作 —

弥三郎婆传说和前现代说话的共通处

让我们先回到有飞行能力的山姥和弥三郎婆的问题上。正如许多学者所指出的（如 Tanigawa 2005,302），弥三郎婆与《猎人之母变成妖鬼起意啖子》中的鬼极为相似，该故事被收录在十二世纪的《今昔物语集》中（SNKBZ 1994–2002,38:76–78; Ury 1979,163–165）。在这个故事（下文简称为《猎人之母》）中，两兄弟到山里猎鹿，当他们在深夜等待猎物出现的时候，突然有东西抓住了一人的顶髻，他立刻想到肯定是鬼要吃了他，他让坐在五十码外一棵树上的兄弟开枪打死这个怪物。一声枪响，子弹准确地射断了怪物的手臂。而当兄弟俩带着手臂回到家中时，却发现他们年迈的母亲正在房间里痛苦地打滚，她一看到手臂，就从床上站起来说道："你……你……"兄弟俩把她的手臂扔过去后夺门而逃。不久之后，他们的母亲去世了，这让两兄弟确信手臂就是他们母亲的。在弥三郎婆的传说和《猎人之母》中，怪物在山中抓住儿子的脖子或顶髻，儿子则砍下了怪物的手臂。当儿子拿着怪物的手臂回到家时，他发现他的母亲躺在床上，而当她看到了手臂后，便要求儿子把手臂给自己，随后儿子才知道自己年迈的母亲是一个吃人的鬼。《猎人之母》的故事出现在《今昔物语集》中，这表明在平安时代晚期，这一故事已经广为人知。事实上，这很可能是弥三郎婆传说的前身。但《猎人之母》中年迈的母亲最后死在了床上，而弥三郎婆则在外面大啖尸体。故事中没有描述年迈的母亲/鬼是如何上到树顶抓住她儿子的顶髻的，所以人们只能想象她要么是爬上树，要么是飞上树。

在《平家物语》的"剑"一章中有这样一幕：渡边纲在京都的一条戾桥遇到了鬼（此处鬼可以飞行）。在一条戾桥上，渡边纲遇到了一位二十岁左右的漂亮女子，女子希望渡边纲能送她回家。渡边纲同意了女子的请求，正当他将女子抱上马的时候，女子揭示了自己的真实身份——一个可怕的鬼。鬼一边抓住渡边纲的顶髻飞到空中，一边告诉他自己将要带他去爱宕山。渡边纲趁机砍断了鬼的手臂，鬼逃走了。过了一段时间，鬼伪装成渡边纲的养母，来到了他的房子，养母要求渡边纲给她看鬼的手臂。就在渡边纲拿出手臂给养母看的时候，养母现出原形，抓着手臂飞走了。和弥三郎婆的传说一样，故事里的鬼都抓住了受害者的脖子或顶髻，但后者都砍断了鬼的手臂，将其带回家，随后鬼又取回了手臂。在这个故事中，鬼带着手臂从渡边纲的家中飞了出去，也许飞到了爱宕山。在弥三郎婆的传说中，弥三郎婆拿回了自己的手臂后，从房子跑/飞到弥彦山去了。

渡边纲在一条戾桥的一幕成为观世小次郎信光（Kanze Kojirō Nobumitsu，1450—1516）所著能剧《罗生门》的来源。在该能剧中，鬼在手臂被砍断后也飞走了。无论是渡边纲在一条戾桥的这一幕，还是能剧《罗生门》中，鬼都没有名字。然而，在江户时代初期，人们认为这个无名的女鬼是众鬼首领酒吞童子的左右手茨木童子。在流行于十八世纪被称为涩川版的酒吞童子传说中，被渡边纲切断手臂的鬼正是茨木童子。涩川版本的传说与宽永年间出版图册描绘的几乎一模一样，因此可以推测到十七世纪早期，人们普遍认为鬼就是茨木童子（Matsumoto R. 1963, 172）。月冈芳年于1889年创作的浮世绘《老婆婆拿着鬼的手臂离去图》描绘了歌舞伎剧《茨木》中的一幕，而该浮世绘印证了鬼就是茨木童子。一个多世纪后，高桥义人和大和岩雄分别在《女巫与欧洲》（魔女とヨーロッパ，1995）和《女巫为何吃人》（魔女はなぜ人を喰うか，1996）中将《老婆婆拿着鬼的手臂离去图》中的鬼称为弥三郎婆和山姥。

茨木童子、酒吞童子和弥三郎婆

我在前文提到鬼能够飞行，酒吞童子就是一个例子。我推测酒吞童子的故事也和弥三郎婆有关——在一些酒吞童子传说中，酒吞童子的身份是弥三郎；以及在能剧《山姥》的创作中，有将弥三郎婆视为故事背景的描述。弥三郎婆活了两百年，震慑着弥彦山山脚下的村庄。值得注意的是，根据现存最古老的有关酒吞童子的文本《大江山绘词》，酒吞童子也在大江山生活了两百年并震慑着日本，直到他死于源赖光之手。在上节提到的涩川版本中，酒吞童子出生于越后国（今新潟县），即弥三郎婆的出生地。有趣的是，流传于越后国的一个传说描述道，酒吞童子藏在弥彦山中，而他的同伴茨木童子则住在栃尾市的轻井泽地区（Tokuda 2001, 86–87; 亦见 Tanigawa 2005, 312–317）。[23] 弥三郎婆是弥三郎年迈的母亲，她绑架和吃人的习性与酒吞童子相似。此外，如酒吞童子一样，弥三郎婆也变成了鬼随风而去，自由飞行，在各地犯下了滔天罪行。

正如我在其他作品中所写，人们普遍认为有两种版本的酒吞童子传说：大江山版本和伊吹山版本（见 Reider 2016, 11–12），它们之间的一个主要区别是鬼城的位置。在大江山版本中，鬼城位于大江山，而在伊吹山版本中，鬼城则位于伊吹山。佐竹昭广（Satake Akihiro）认为，伊吹山版本是在大江山版本中加入了讨伐名叫柏原弥三郎（卒于1201年）的武士的情节。因为在讨伐平氏的战争中功绩显要，弥三郎被任命为柏原庄园的地头（因此称为柏原弥三郎）。据日本编年史《吾妻镜》（约成书于十三世纪）中记载，正治二年（1200年）第十一个月的第一天，天皇命令近江国的大名佐佐木定纲（Sasaki Sadatsuna, 1142—1205）讨伐弥三郎，因为弥三郎利用职位之便谋取私利。为了躲避抓捕，弥三郎逃到了伊吹山，统治了周边村庄十八个月，最终在1201年被佐佐木定纲的第四个儿子佐佐木信纲（Sasaki Nobutsuna, 1181—1242）所杀。弥三郎从逃跑到被捕，一直在伊吹山及周边逃亡，此间他被称为传奇人物伊吹弥三郎。伊吹弥三郎出现在玄栋（Gentō，生卒年不详）所写的说话《三国传记》（三国伝记，成书于1407年）和御伽草子的《伊吹童子》故事中，伊吹弥三郎和柏原弥三郎实际上是同一人（Satake 1977, 27）。

根据《三国传记》，名为弥三郎的变形妖怪住在近江国的伊吹山上，他白天住在深山里，晚上出去偷各地人们的财宝。由于他使国家蒙受损失，天皇命令军事长官佐佐木备中守源赖纲（也称为赖纲）前往讨伐弥三郎。[24] 赖纲不断寻找弥三郎，而后者是可以随意出现和消失的超自然存在。几年过去了，在神明的帮助下，赖纲终于找到并杀死了弥三郎，而弥三郎的恶灵变成了毒蛇，带来饥荒，九年间不断地摧残着近江国。为了安抚弥三郎的灵魂，人们尊他为神明，因此弥三郎成为守护伊吹山周围地区的水神（Satake 1977, 16–17; Nagoya Sangoku Denki Kenkyūkai 1983, 145–151）。

在伊吹童子御伽草子的一个版本中，弥三郎是强大的变形者和反派。他与当地一个名叫大野木的富人的美丽女儿私会，不久后让后者怀孕。大野木设宴款待弥三郎，但大量清酒使得弥三郎死于急性酒精中毒。在弥三郎弥留之际，他告诉大野木的女儿一个预言——他们的孩子将被赋予超自然的能力。怀孕三十三个月后，大野木的女儿产下了一个婴儿，也就是伊吹童子（Satake 1977, 10–12）。在另一个版本的伊吹童子御伽草子（SNKBT 1989–2005, 54:185–213）中，伊吹山的弥三郎是一个嗜酒如命的恶棍，他侍奉伊吹大神，即传说中的八头蛇的化身。他娶了权贵家庭（大野木）的一个美丽女儿为妻。大野木知道了弥三郎的恶行后（比如每天吃三四只活的野兽和家畜），便决定在弥三郎喝醉时杀了他。弥三郎死于大野木的刀下，但大野木的女儿生下了一个酷似他父亲的野孩子，这个孩子也嗜酒如命，因此被称为酒吞童子（醉酒的恶魔）。正如佐竹昭广所写，伊吹童子后来变成了酒吞童子（Satake 1977, 35）。

事实上，在另一个版本的御伽草子《伊吹山酒吞童子》中，蛇是伊吹山的神，也是酒吞童子的父亲——也嗜酒如命（MJMT 1987–1988, 2:357–378），因此弥三郎后来被认为是酒吞童子的父亲或酒吞童子本身。可以肯定的是，酒吞童子的传说在十五世纪广泛流传，其证据可以在《大江山绘词》和奈良大乘院所记录 1427 年的能剧表演中找到，其中

4　山姥，弥三郎婆，夺衣婆：女巫的意象，山姥的飞行术，以及原型的再创作

包括以酒吞童子为主题的能剧《大江山》（Sasaki R. 2008, 206）。正如高桥昌明所认为的，弥三郎传说的背景就在酒吞童子的传说中（Takahashi 1992, 181）。

弥三郎婆对能剧《山姥》的影响

我们已经知道酒吞童子传说和弥三郎婆传说相互影响，但弥三郎婆传说似乎也影响着能剧《山姥》。至少根据武将及诗人一色直朝（又名源直朝，卒于1597年）的说法，弥三郎婆的故事启发了世阿弥创作能剧《山姥》（Isshiki 2008, 84–85; Tokuda 2016a, 41）。一色直朝在他的故事和散文合集《月庵醉醒记》中讲述了一个关于弥三郎婆的古老故事，虽然他没有使用"铁匠"（鍛冶屋）这个词，但他的叙述更类似于昔话版本的弥三郎婆传说《铁匠的老母亲》（鍛冶屋の婆），大致情节如下：一名旅行者（或猎人）睡在一棵树上，许多狼和猫一只叠一只地想要爬到树上袭击他，但旅行者不断用剑保护自己。于是，狼群大声嗥叫，希望能把"铁匠的老母亲"叫来帮忙。很快，一只身形硕大的狼出现了，但旅行者砍下了它的前腿。当旅行者回到家中（或去铁匠家），他发现自己的老母亲（或铁匠的母亲）的手臂被砍掉了。在其中一个版本里，旅行者杀死了老妇人，后者随后变成了狼。在另一个版本中，他让母亲看了狼的前腿，而当母亲拿着前腿离开后，他在地板下发现了他真正母亲的骨头（Seki 1966, 49–50，日文文本见 *NMT* 1978–1980, 7:10–31）。[25]

一色直朝叙述道，在与佐渡岛隔海相望的弥彦山山脚下住着一个名叫弥三郎的普通男子和他年迈的母亲。一天，一个和尚正走在弥彦山的山路上，突然间天色变暗，于是这个和尚走进途中的一座小庙休息。当他在庙里休息的时候，一群人走进寺庙中，打算火化一个刚刚去世的

人。当所有参加葬礼的人都离开后,一只鬼从柴堆上站起来,企图吃掉和尚。和尚虔诚地祈祷着,用匕首与其对峙,并砍下了它的手臂。鬼意识到自己不是和尚的对手,便逃走了,逃走前鬼说道:"我会找弥彦山的弥三郎母亲帮忙。"鬼一消失,天色马上恢复了正常。和尚拿着手臂去了弥三郎的家,一五一十地告诉他发生了什么。弥三郎的母亲从房间里冲了出来,一边喊道"这是我的手臂",一边拿着它从屋顶上飞了出去,骑在一阵风和乌云上离开了(Isshiki 2008, 85)。一色直朝指出,所谓"入恶者之家以启其慈悲",世阿弥将这一概念融入了能剧《山姥》的创作(Isshiki 2008, 85)。佐佐木雷太借此诠释山姥二元性中的慈悲面(Isshiki 2008, 85n18)。一色直朝相信世阿弥笔下的山姥是他将山姥富有同情心的一面与弥三郎婆联系起来的结果。[26]

在十六世纪上半叶,弥三郎婆和能剧《山姥》间已有所联系。那么,为什么弥三郎婆不被称为山姥而被称为鬼呢?虽然人们认为弥三郎婆可能是十五世纪早期能剧《山姥》的来源,但近代早期的人们普遍认为砍掉渡边纲手臂的女鬼或老妇人是伊吹童子或酒吞童子。在山姥出现在室町时代前,类似山姥的存在通常被称为鬼或女鬼,因此历史上出现较早的《猎人之母》和渡边纲一条戾桥的传说自然都使用了"鬼"来称呼。虽然后来作品中的食人角色可能被称为山姥,但鬼这个词一直被人们使用,这可能是因为鬼夺回手臂的主题与鬼的说话紧密相关。后来人们利用各类叙事模板,通过增减内容来创作新的说话。[27]

— 山姥媒人:弥三郎婆的变体 —

流传于新潟县的弥三郎婆传说的变体揭示了复杂的鬼-山姥关系——换句话说,是将鬼或食人山姥和助人山姥融合在同一个角色中。

4 山姥，弥三郎婆，夺衣婆：女巫的意象，山姥的飞行术，以及原型的再创作

这一传说的弥三郎婆属于"山姥媒人"（山姥の仲人）的故事类型，她既指鬼婆，也指山姥和弥三郎婆。她对孙子的爱太过深沉，以至于后来把他吃了，此后她变成了住在弥彦山脉的国上山上的鬼婆。她每天晚上都会到村子里绑走孩子。一天，她正在接近一个年轻男子，打算吃掉他时，男子看到她光着双脚，于是给了她一双鞋。弥三郎婆被男子的善良感动，打算为他寻找一位新娘，接着便飞往京都去了。她绑架了鸿池的女儿，让她成为男人的新娘，这对夫妇后来生下孩子。鸿池家是富裕的商人世家，在江户时代被称为日本首富，当鸿池家得知女儿还活着，便给了夫妇很多钱（NMT 1978–1980, 10:313）。（鸿池这个名字意味着该传说创作于江户时代或之后，即在鸿池家族变得富有和出名之后。）

从荣格的理论来看，河合隼雄指出，她"太爱她的孙子以至于将其吃掉"是"一个生动的例子，表明对孩子过度的爱可能反而会剥夺孩子的生命"（Kawai 1996,33）。在第 2 章我们已经看到一个山姥吃掉自己照看的孩子，而弥三郎婆的变体则吃掉了自己的孙子。在没有任何人（如典海高僧）的干预下，老妇人这一角色天然包含着二元性——毁灭的一面和助益的一面。不过在吃人之后，她没有成为孩子和正直者的保护神，而是成了媒人之神。

在另一则流传于新潟县的同类型昔话中，一个吃人山姥为一个贫穷但善良的年轻人带来了妻子。这个山姥住在山脊上，因为她的存在，没有村民敢翻越这座山。一个年轻人和自己的奶奶住在一起，年轻人虽然贫穷，但很孝顺。一天，他被要求到山另一边的村子换取钱和大米，他答应了这个要求，因为即便自己被山姥吃掉，自己的奶奶也会得到别人的照顾。在山上，山姥被年轻人的孝心打动，决定不吃掉他。山姥告诉年轻人，自己将为他安排婚事，之后，她绑架了鸿池的女儿，让她成为年轻人的新娘。从女儿写给父母的信中，鸿池家得知了她的下落，女

儿的父母让她返回家中，但女儿拒绝了。鸿池家尊重女儿的选择，于是给了这对夫妇许多钱（*NMT* 1978–1980, 10:313）。在这些故事中，我们了解到山姥会飞到城里绑架有钱人家的女儿做新娘。[28]

*　*　*

在本章中，我们讨论了为什么以山姥、弥三郎婆和夺衣婆为代表的前现代老妪具有矛盾的形象，以及山姥的飞行能力——这是由山姥和弥三郎婆传说之间的关系所引发的疑问。山姥和弥三郎婆之间关系的关键在于：鬼是山姥的主要起源或前身，而弥三郎婆从一开始就是鬼婆——吃人和反社会的邪恶存在，她后来住在弥彦山上，被人们认为是山姥。交替地使用"鬼婆"和"山姥"称呼邪恶的山姥是典型的做法，所以弥三郎婆既可被称为山姥，也可被看作女鬼；鬼能够飞行，因此类似女鬼的弥三郎婆也能够飞行；而就像弥三郎婆和伊吹童子能够飞行一样，山姥也有飞行能力——虽然这不是她的主要特征。

在能剧《山姥》的最后，山姥"飞到了山顶上"（Bethe and Brazell 1998, 225; *SNKBZ* 1994–2002, 59:582）。近松门左卫门创作的净琉璃和歌舞伎《妪山姥》对坂田金时的山姥母亲也有相同的描述：她"飞上高峰"（Chikamatsu 1959, 221）。出现在《僧人公平巡山》中的山姥具有更强大的飞行能力：山姥获得了"最高的超自然力量，穿越三千王国；当她继续绕山飞行，她突破云层，到达天际；她被称为鬼女"（Muroki 1969, 151）。这里的山姥能够随心所欲地飞行，飞过了近乎无限的距离。[29]

能够飞行的山姥在当代插画中变得更加引人注目。例如，以广岛原子弹爆炸的画作而闻名的丸木俊（Maruki Toshi，1912—2000）描绘了一个怀中抱着三个孩子的山姥飞越山峰的画面。[30] 可以想象，飞行象征着自由。无论飞行是出于善意还是恶意，它都是人类欲望的反映。人类将飞行能力投射到山姥身上（或任何其他物象上），这可能反映了人类将山姥视为超自然存在的认知。

为了明白山姥的飞行能力来源于哪里，我开始研究三者之间的关系——弥三郎婆、夺衣婆和山姥。女鬼弥三郎婆——也就是后来的妙多罗天——和夺衣婆很像，后者是可怕的女巫，在三途川边褫取死者的衣服或皮肤，然后将这些衣服或皮肤给予新生儿。这些女性之间（弥三郎婆/妙多罗天、夺衣婆和山姥）相似的表征和二元性也许揭示或反映了室町和江户时代老年女性的集体形象：她们虽然衰老而可怕，但也被赋予了行善的力量。在一般人的心目中，这些人物是相互联系、互相重叠的，有时甚至是一体的。

爱德华·德罗特（Edward Drott）写道，纵观日本历史，老年人受到高度尊重，"但实际上，直到平安时代晚期（约1050—1185）——我将这一时期称为中世纪的顶峰——我们才看到以翁（おきな）神为主角的传说突然激增"；翁的形象是"一个神秘的老人，出现在能剧仪式'式三番'（しきさんば）①中，在许多能剧中被视为神"（Drott 2016, ix–x）。虽然在中世纪有可敬的翁，但并没有与之对应的可敬老妇人。在民间信仰中，与夺衣婆或山姥无法割裂的姥神可能是女性版的翁。关于老妇人、女性神明或邪恶生物的故事被不断传颂，涉及各种传说的旧叙事不断演变，如渡边纲和酒吞童子说话，不断地创造出新的故事和意象。

---

① "式三番"指例式中的三个固定演目，特指《父尉》《翁》《三番猿乐》三个剧目。三者虽无直接关联，但不同于能剧可单独选演，必须三番连演成套。——编者注

— 5 —
衰老，失智症，被遗弃的女性：对山姥的一种解读

山姥并不一定意味着高龄，如第 2 章所述，住在山里的性感女性也可能被称为山姥或山母。然而，从第 4 章中可以看到，山姥的主要形象是一个上了年纪的女人。在前现代时期，人们相信经历了漫长岁月的人或物会变成鬼，正如第 4 章讨论的《今昔物语集》中的《猎人之母》以及《付丧神记》（创作于室町时代）（见 Reider 2016，chap. 7）中所揭示的那样。小松和彦写道，"九十九发"一词意味着长寿，意味着某人或某物因经历漫长岁月而获得了特殊的能力（Komatsu K. 1994,330）。[1]《付丧神记》中老旧的工具变成了反社会的鬼，专门吃人类和动物。《花世姬》中异常长寿的山姥也被视为鬼，（根据这种观点）因此被人们所畏惧。长寿与鬼及山姥有强烈的联系，本章提出一种现代观点来解释山姥的长寿，并通过姨舍山（女性被遗弃在山里）的传说考察衰老和家庭冲突的问题——这些传说在当代日本仍然流行。

一 山姥的反社会行为及失智 一

如第 1 章所述，诸如羞耻和愤怒等强烈的情绪可以把一个女人变成鬼。能剧《黑冢》中的女人对自己的外表和行为被发现感到极度羞耻和愤恨；能剧《山姥》中被称为吃人女鬼的山姥也一定感到羞耻（或恼火），若非如此，她也不会寻求百万山姥传播她帮助村民的消息；羞耻感和愤怒也是伊邪那美派黄泉丑女追杀伊邪那岐的原因。那么，如果一个人表现得令人厌恶且厚颜无耻，内心却没有任何心理斗争呢？

《猎人之母》提供了一条线索。叙述者在故事的结尾评论道："他们的母亲年老体弱，精神痴呆，后来变成了鬼。她跟着自己的孩子们到了山里，吃掉了他们。当父母非常衰老，他们通常会变成鬼，甚至试图吃掉自己的孩子。"（Ury 1979, 165）[2] 人们认为猎人之母的衰老和失智是同类相食行为的原因。

小松和彦曾在高知县物部村（今香美市）研究山姥，他写道，当地村民将山姥视作神灵，因此山姥发挥着特定的社会作用，其一便是解释老年人患病的原因——发疯是因为被山姥附体了（Komatsu K. 1979,351）。根据该地区的传说，一个女性变得衰老而不能外出工作后，经常在家照顾她的孙子，后来，这个老妇人一见到孩子就开始用鼻子嗅他，她的家人觉得很奇怪，也逐渐开始讨厌她。一天，由于实在太忙，孩子的父母不情愿地让老妇人在他们去山里干活的时候照顾孩子，但是当晚上回到家时，他们发现孩子已经被老妇人吃掉了。孩子的父母无比惊讶、害怕和愤怒，在邻居的帮助下，他们把柴火堆在一块巨石上，将老妇人扔在上面烧死了她（Komatsu K. 1979, 344–345）。小松和彦指出，虽然该故事像一则昔话，但物部村居民相信这是真实发生的。他们认为，老妇人是因为被山姥附身，所以发疯吃掉了自己的孙子，而人们认为附身于老妇人的山姥没有有形的实体。但据其他的村民说，老妇人是因为脾气不好，逐渐变成了像山姥一样的存在（Komatsu K. 1979,345），在这种情况下，老妇人等同于山姥本身。

而根据另一个故事，在高知县的一个村子里，一户人家的祖母随着年龄的增长开始说一些不可思议的话，她的家人认为这是因为她年事已高。一天，她去山上捡柴火，回来不久后就因为一件小事和儿子吵了起来，然后突然用镰刀袭击了自己的儿子。她的儿子受了重伤，而她则切掉了自己的两根手指。从那以后，老妇人便疯了，到死为止一直被

监禁着。一个神官表示这是由于山姥附身在了老妇人身上（Komatsu K. 1979, 345）。³

随着当代日本社会预期寿命的不断延长，"失智"一词在日常生活中越来越为人所熟知。虽然目前日本被称为超级老龄化社会，超过五分之一的人口是 65 岁及以上的人，但日本人在现代以前的平均预期寿命很短，婴儿死亡率很高。即使在 1947 年，日本男性的预期寿命也只有 50 岁左右，女性只有 54 岁（Tokudome et al., 2016）。⁴ 在这种情况下，老年人口数量很少，我推测患有严重失智症的老年人更为罕见，因此人们对此感到惊奇。

老人可能会在家人不在身边的情况下突发中风，而中风患者的性格可能会发生变化。此外，毁灭性的事件如亲人的去世，可能导致思想的变化、创伤后应激障碍或者抑郁。在高知县的山姥附身传说中，可以推测被山姥附身的老妇人实际上可能是中风了。据说当她恢复清醒时，山姥便不再附身于她（de-possessed）。每当老人中风时，她的身体和精神状况都会恶化，最终可能失去自我，成为山姥离开自己的家。

贾斯汀·麦柯里（Justin McCurry）在 2016 年的报告中称："随着数千人失踪，日本面临着史无前例的失智症危机。""国家警察组织称，2015 年报告有 12208 名失智症患者失踪，大多数失踪的人在一天到一周内被找到，但仍有 479 人在死亡后才被发现，还有 150 人仍未被找到。"（McCurry 2016）这个数字不断增加，在 2018 年，据报有 16972 名失智症患者失踪，其中 508 人死亡后才被发现（Asahi shinbun degitaru 2019）。柳田国男注意到，有些女性却是自愿进入山里的（Yanagita 1968, 378–380）。不难想象，这些妇女中的一些人已经患有非常严重的失智症——她们在山中走失，找不到回家的路。事实上，失智症并不局限于老年人，虽然早发性失智症患者人数明显较少，但他

151

们在 65 岁之前就会出现症状，其中一种主要类型是早发性阿尔茨海默病，患者年龄或在 30 到 50 多岁。患有失智症的人无论老少，都有可能从家中走丢失踪，在山里被人找到。因此，失智可以解释山姥的行为。正如序言中所写，妖怪常被用于解释难以理解的现象——无法解释的和神秘的、消极的——这些都可能会以山姥的形式为人认知。

— 暴食的山姥 —

一些山姥——出现在《不吃饭的媳妇》和《牛方山姥》中的山姥——有着非同一般的胃口。正如我们在第 1 章中看到的，过于旺盛的食欲可能意味着村庄曾发生过饥荒，也可能暗示女性对食物的欲望受到了压抑，或映射嗜食的黄泉丑女。饮食失调，如神经性贪食症或神经性厌食症，也可能是其中一个原因。

我猜测另一种可能的解释是失智——或额颞叶失智（FTD）。额颞叶失智指大脑的额叶和颞叶萎缩，病因尚不清楚，最常见的症状包括行为和性格的急剧变化，包括行为越来越异常，缺乏判断力和抑制力，最为典型的是暴饮暴食，如贪吃的山姥一般（Mayo Clinic n.d.）。饮食行为的变化可能包括"暴饮暴食"和"快速进食或把食物狂塞到嘴里，从别人的盘子里抢食，或嗳气"（Dickerson 2014, 183）[5]，这种行为让人联想到《牛方山姥》中山姥吃东西的方式。FTD 通常是早发性失智，可能表现在 40—45 岁的患者身上（Mayo Clinic n.d.）。"这可能是导致 65 岁以下人群失智的第二大常见原因。然而据报道，在 21 岁的年轻患者和 85 岁的老年患者身上也出现过病症"（Dickerson 2014,177）。[6] 虽然失智症的症状和体征因个人而异，但年轻人也不能免于失智症。FTD

在早发性失智病例中占 20%（Snowden et al. 2002,140）。这让我想到了《不吃饭的媳妇》中的年轻妻子偷偷地暴饮暴食。失智症患者无法认识到他们的行为有悖常理，他们的认知就是他们的现实——他们不觉得自己做错了。然而，从周围的人，可能还包括照料他们的人看来，他们的行为让他们看起来无比陌生。

— 山姥和"姨舍山" —

许多老年人在家人的陪伴下都保持着身心健康。理想的情况是，随着年龄的增长，人的智慧也不断增长。儒家哲学倡导尊敬长者，近代早期的日本也有浓厚的尊老氛围。肥后国（现在的熊本县）的一位村长曾给后人留下强调尊老的遗书："在村里选一位有资历的人，让他不时去看望七十四五岁或八十岁以上的老人；在年末或者新年的时候，他应该向老年村民送一些小礼物，比如纸手帕或一袋煤；当有老年村民满九十岁的时候，领主会慷慨地送上贺礼，他应该去向老人的家人问好。"（Kodama 2006, 125）

然而，如果照顾老人变成了沉重的负担，或者照顾者与老人的关系不融洽（即使老人没有失智症，就像《花世姬》中的山姥一样），使得家庭中没有人愿意照顾老人，那将会发生什么呢？《花世姬》中的山姥比她所有的孩子活得都长，她的孙子和曾孙甚至憎恨她，不让她进自己的房子；她被自己的家人忽视和遗弃，被迫独自生存，因此进入山里。下面的故事就是关于《姨舍山》——被遗弃在山中的女性。

《姨舍山》昔话

日本各地都流传着《姨舍山》的故事。《姨舍山》的故事通常被分为四种类型（Reider 2016, chap.6）。[7]第一种类型是一个中年男子带着一个儿子，打算用绳索编的网篮（畚，もっこ）将自己父母中的一人遗弃在山中，就在男人要把他的父/母留在山上的时候，男人的儿子说要把网篮带回家下次再用，男人意识到儿子口中的"下次"指的就是自己，于是将年迈的父/母带回了家。

第二种类型是老年人用智慧解决了难题。当地的领主制定了遗弃老人的法令，但一个非常孝顺的男子将父母藏进了地窖里。有一天，隔壁藩国的领主威胁要入侵此地，除非此地的领主能回答几个非常难的问题。领主无法回答，于是向领地内的人民宣告，谁能解答问题就将得到奖励。男子问了藏在地窖中的年迈父母，其父母不费吹灰之力便答了出来。领主意识到老年人的智慧，于是取消了遗弃老人的法令。

柳田国男指出，上述两种类型都来自国外，后者源自佛教经文《杂宝藏经》中的古印度传说（Yanagita 1970b, 296），该传说影响了《日本灵异记》（日本佛教传统的奇迹故事）和《今昔物语集》。和歌森太郎也认为上述类型起源于国外——中国唐代僧人道世（卒于683年）所著的《法苑珠林》（Wakamori 1958, 215）。老年人的智慧在这些故事中得到了高度体现。

第三种类型是父/母折断树枝在山上做标记。在前往遗弃地点的路上，年迈的父/母为了让儿子能够安全回家，折下树枝在路上做标记，儿子被父母的爱所感动，于是把父母带回了家。

第四种类型是被遗弃的老妇人获得了财富：一个被儿子遗弃在山上的老妇人在鬼或山神的帮助下变得富有，而她的儿子和儿媳则受到了惩罚。流传于岩手县的一则传说便是其中一个例子：

> 一个儿子娶了媳妇，虽然媳妇一开始对婆婆很好，但是慢慢地，她开始将婆婆视为累赘，在丈夫面前说婆婆的坏话。媳妇看到婆婆咬头发上的虱子，便向丈夫污蔑婆婆，说婆婆偷吃了他们宝贵的大米；然后又建议丈夫在山上建一个小屋，把母亲留在那里，再放火烧了小屋。儿子按照妻子的指示做了，但他的母亲从小屋中逃了出来，张开双腿在火边取暖。几个鬼孩子来到这里，看到婆婆的生殖器，便问她这是什么。婆婆回答说，这是一张嘴，能吃掉鬼。鬼孩子相信了老妇人的话，为了让自己活命，他们将万宝槌（打ち出の小槌，传说中的魔法木槌，只要挥动它，想要的任何东西都会出现）给了婆婆。婆婆利用万宝槌建立了一个城镇，并成了领主。媳妇意识到婆婆的新身份后，也将自己关进小木屋后放火，但她并没有逃出并变得富有，而是被烧死在小屋里。（Sasaki K. 1964, 43-45）

老妇人受嫌弃到如此程度，以至于最终被遗弃，但仿佛是为了弥补她在家人那里受到的不公对待，她在被遗弃之后获得了创造物质财富的能力，这种能力使得她自己和其他人——通常是富有同情心的陌生人获得了幸福。如该故事中的老妇人一样，第3章中所述的《花世姬》中的山姥也拥有神奇的能力（预言未来）。

在许多昔话中，老人们被带回了自己的家，遗弃老人的习俗也得以废除，这种圆满的结局可能反映了昔话的一个特点。福田晃（Fukuda Akira）写道，完整昔话的核心意义在于"人类的无限幸福"，而主题是"获得非凡的幸福"（Fukuda A. 1984, 5）。即使在没人带回老妇人的故事中，老妇人仍能通过得到万宝槌而变得富有。柳田国男猜测，这种类型的昔话可能来自类似的故事,如流传于信浓国更级郡的《姨舍山》,即著名的《大和物语》第 156 段。

月冈芳年笔下的《姥舍月》,创作于 1891 年,"月百姿"系列
(日本国立国会图书馆藏)

其他传统文学中的《姨舍山》

《大和物语》第 156 段是现存最古老的《姨舍山》叙事,对后来的叙事产生了极大的影响,其主要剧情是:一个男人的父母在他很小的时候就去世了,他被姑妈抚养长大,姑妈就像他的母亲一样,但是男人的妻子非常憎恨姑妈,"时光荏苒,姑妈变得愈加衰老和伛偻,妻子觉得

老姑妈无比讨厌,总想着她为什么还没有死"(Tahara 1980, 109; *SNKBZ* 1994–2002, 12:391)。《今昔物语集》中的一个故事沿袭了《大和物语》:"妻子打心底讨厌她,更讨厌岁月在她身上留下的痕迹",老妇人的身体"几乎弯成了两半。最后妻子再也忍不住了。'为什么老太婆就是死不掉!'。"(Tyler 1987, 315; *SNKBZ* 1994–2002, 38:462–464)在日本文学叙事中,老妇人被遗弃的主要原因之一是其丑陋的外表,不快的表情更是加剧了照顾者与受照顾者(通常是婆媳)之间的敌意。考虑到世界各地童话故事中女性角色外表的重要性,这一点更为有趣——女主人公常常有着美丽的外表,而其他品质则很少受到关注,例如是否聪明或有什么个性。

爱德华·德罗特如此描述中世纪日本超脱尘世的长寿者:

> 一方面,读者或听者常被鼓励应该同情老年人,并认识到任何活得足够长的人都会遇到这样的苦难;另一方面,某些作品将年老者描述为令人不安的他者,以激发恐惧或厌恶,从而鼓励信徒投身修行,摆脱对身体的依附或像夺衣婆这样可怕的形象。这两种教育模式通常按性别划分,既鼓励听者对年老男性感同身受,又通过展示年老女性的身体以引起反感。(Drott 2016, 47)

日本文学或艺术中的老年妇女似乎通常不会有好的待遇。在《源氏物语》中,老妇人会遭到嘲笑,比如源典侍。在大多数能剧中(除了《高砂》中的老妇人),她们都是羞耻的象征。"六歌仙"之一的小野小町(Ono no Komachi,约九世纪)便是容颜随着年龄的增长而褪色的著名美女。有趣的是,在《卒塔婆小町》和《关寺小町》中,主人公小野小町都以羞愧的口吻描述了自己衰老后的样貌。在《卒塔婆小町》中,她哀叹道:"而今我形秽,众生睥睨/耻痕昭昭,无所遁形/晦朔交迭,积重我身。"(Keene 1955, 265; *SNKBZ* 1994–2002, 59:119)"峨峰失色,眉黛凋残/晨光如刃,剖我耻颜。"(Keene 1955, 268; *SNKBZ* 1994–2002, 59:124)在《关寺小町》中,小野小町感叹道,"纵羞木成林,千枝万叶/难掩我此身之耻"(Tyler 1992, 235; *SNKBZ* 1994–2002, 58:471–472)。相反,在《爱的重担》(恋の重荷)和《绫鼓》(綾鼓)等描写年老的男性与身处高位的美女坠入情网的戏剧中,却没有描写男性的外貌是可耻的或不雅的。在能剧《实盛》(実盛)中,一位年老的武士在前往前线之前染头发以掩盖自己的高龄,但当敌人清洗武士被割下的头时,他的白发显现出来,真实面目也暴露出来;然而,这里也没有提到他的外表是可耻的。年老的女性似乎处于双重的不利地位——身体越来越衰弱,对其外貌的社会评价是越来越"可耻"。

让我们回到《今昔物语集》,媳妇非常讨厌婆婆,所以让丈夫赶走婆婆。可以看出婆媳间的矛盾很深,然而到了最后,懊悔的男人还是带回了自己的母亲——一个幸福的结局,就像典型的昔话一样。

虽然迫使丈夫遗弃父母的邪恶角色通常是媳妇,但实际遗弃父母的角色也可以是其他人,比如侄女。在《俊赖髓脑》或《俊赖无名抄》【源俊赖(1055—1129)所著,约成书于1113年】中,决定和实际遗弃长者的角色是被收养的侄女。姑妈/母亲抚养她的侄女/女儿很长一段时间,但随着姑妈/母亲变老,侄女/女儿变得不想照顾她(*SNKBZ* 1994–2002, 87:151–152)。之后,并没有出现侄女/女儿把姑妈/母亲带回家的描述。事实上,歌僧显昭(Kenshō,1130—1209)在他颇具影响力的诗歌论集《袖中抄》中写道老妇人被遗弃了(见 Kenshō 1990,176)。无论是媳妇、侄女还是女儿,遗弃者的角色总是女性,部分原因可能是传统上女性被赋予了照顾者的角色,而这一角色也反映出深植于佛教和儒教的厌女社会观。

在能剧《姨舍》（约创作于十五世纪初）中，一个村民讲述了一位老妇人令人心碎的一生：老妇人被遗弃后，因为对这个世界充满眷恋而变成了石头。当然，世阿弥创作的能剧《姨舍》是一部具有高度文学性的作品，人们不一定要从字面上理解故事，但考虑到世阿弥擅长将当代的传言或故事融入作品，有可能是当时流行着女人变成石头的传说。作为能剧表演五种类型中的第三类，《姨舍》优美典雅。[8] 该剧的亮点是歌曲和舞蹈【曲（くせ）部分的动作，或听觉亮点，以及被称为序之舞（序の舞）的缓慢而优雅的舞蹈】代表了一个远离尘世烦恼的清净世界。在那里，被遗弃的女子一边欣赏着清亮的月光和秋天里的自然，一边阐述着佛教教义。戏剧开头和结尾展示了她被遗弃的情节，这是她悲伤的根源。变成石头固然非常可悲且可怜，但当她的灵魂在完全无我的状态下随着美丽的月色起舞时，观众获得了一种深刻的体验。以舞蹈赞颂月圆之夜的自然美景时的喜悦、佛陀的救赎之力和被遗弃的悲伤在剧中形成对比（Hara 2004,33-34）。文学作品——如能剧《姨舍》和《花世姬》——中的老妇人都被同时赋予了觉醒和顺从的色彩。

我还想补充的是，在剧中，老妇人认为自己的外表是可耻的。她诵唱道（以和声的形式）："昔日弃如尘芥，今竟浑然忘怀/复登姨舍山，残躯映月白/众目如炬，灼此形骸！"（S. Jones 1963, 269; *SNKBZ* 1994–2002, 58:456）均属于第三类能剧的《姨舍》《关寺小町》《桧垣》被称为"三老女"，这些能剧的表演需要很高的技巧。在《桧垣》中也一样，主人公哀叹自己的衰老无比可耻（见 *SNKBZ* 1994–2002, 58:442）。爱德华·德罗特评论道："宫廷文学的传统表明，想要改善因衰老产生的悲剧希望渺茫……这些能剧没能描绘出救赎之路。演员必须为观众营造一种优雅和美丽的感觉，即使她们仍然是绝望的终极化身——衰老的

女性。她们不像翁，很少出现奇迹般的擢升或被神化的情况。"（Drott 2016, 143）

"姨舍山"习俗真的存在吗？

老妇人被迫住在山中的故事——在昔话和文学经典中比比皆是——常被认为是日本社会遗弃老人习俗的反映。一些学者猜测，老人被遗弃是因为村庄里食物稀缺，因此不参与劳动却消耗食物的人会被认为是无用且多余的，人们将其视为家庭和村庄生活的负担（Nishizawa 1973, 29, 65; Keene 1961, xii–xiii）。这一主题的现代作品如井上靖于 1955 年创作的散文《姨舍》（Inoue Y. 1974; 英文译本见 Inoue Y. 2000）、深泽七郎于 1956 年创作的获奖故事《楢山节考》（Fukazawa 1981; 英译本见 Keene 1961, 3–50），以及根据深泽七郎的作品改编的两部同名电影（一部由木下惠介于 1958 年执导，另一部由今村昌平于 1983 年执导）都生动地描绘了姨舍山的传说（或对此类故事的感想）。由今村昌平执导的电影在西方被称为 "The Ballad of Narayama"（楢山歌谣），该电影于 1983 年获得戛纳电影节金棕榈奖，这使得其他地区的人都认为日本过去曾经有过遗弃老人的习俗。"虐待老人并不是什么新鲜事，这是一个贯穿古今中外的问题，"大卫·斯皮格尔（David Spiegel）写道，"1983 年戛纳电影节的获奖影片 The Ballad of Narayama 考察了日本人的'姨舍'行为，即把老年女性带到偏远的地方，让她们因饥饿、脱水和暴晒而死。"（Spiegel 2012, 174）

然而，事实上并没有证据证明这种习俗的存在。柳田国男认为，这些故事的标题是为了吸引受众的注意力，其实际目的在于鼓励人们孝顺（Yanagita 1970b, 294）。此外，和歌森太郎也否定了姨舍山传说的起源,即遗弃老人的习俗,他指出这些故事的重点是在深山或山谷中存在着一些可怕的生物(Wakamori 1958, 215;亦见引言所述)。

吉川祐子(Yoshikawa Yūko)评论道,"姨舍"传说并不是真正遗弃老人的故事,正相反,该传说是将一个到还历(60年为一轮,61岁正是新一轮重新算起的时候)之年的人举行应对大厄(たいやく)的仪式文本化,并描述了仪式的好处。需要注意的是,民间故事中的老年人,其年龄一般在60到62岁之间。吉川祐子注意到,关于姨舍的昔话有两个共同点:一是老人被遗弃的年龄(60岁或62岁),二是故事随着摒弃这一习俗而结束。60岁或62岁是一个人的厄年(やくどし,厄运之年),为了摒除过往所累积的污浊和罪行,人们会在厄年举行还历仪式,这种仪式既是对生命的纪念,也是对长寿的祈望。吉川祐子总结道,民间传说反映的是仪式及其好处,而非实际遗弃老人的习俗(Yoshikawa 1998)。

大岛建彦也写道,虽然学者们一直认为姨舍的相关知识和传说反映了某些习俗,包括遗弃年迈的父母,但并没有证据证实过去人们会将老者遗弃在山中。大岛建彦指出,除了还历和应对大厄的习俗之外,姨舍的传说和昔话与风葬和两墓制等殡葬习俗也有很深的关联。正如序言中所述,一位逝者有两座坟,一座用于埋葬尸体,另一座则用于参拜和祈祷。"姨舍"传说中老妇人被遗弃之地与尸体埋葬之地或风葬时尸体的实际所在地(或遗弃地)相对应。如引言中所述,"姨舍"一词被认为来源于"初濑",原为埋葬之地。(Ōshima 2001a, 4–5; Miyata 1997, 20)

事实上,在研究了近代早期的人口记录(宗门改帐,江户时代为彻底禁止基督教而编制的居民宗教信仰调查账册)后,劳瑞尔·康奈尔(Laurel L. Cornell)得出结论:"杀害年老女性的情况似乎并不存在。"(Cornell 1991, 84)她推测姨舍传说"在过去如此突出地出现在对日本老年人的刻画中"是因为"虽然杀害老人可能并没有实际发生，但它确实存在于人们的心和思想中"。她猜测，"考虑到民族学者发现婆媳间存在的紧张关系，农户丈夫和妻子一定经常希望将祖母遗弃在山上"（Cornell 1991,87）。人类心中的想法在故事中得到了反映；如果没有能够理解或与之共鸣的人，这些故事就不会得到传播。

"姨舍山"从诗歌到叙事：创作、传播与转变

虽然《大和物语》第 156 段是现存最古老的"姨舍山"叙事，但最早提到"姨舍山"的作品是平安时代的一首诗，该诗出自一位匿名作者——"行旅过更级，姨舍山上月依依，难解我忧戚"（わが心慰めかねつ更級や姨捨山に照る月を見て），[①] 它被收录于《古今和歌集》（约成书于 905 年）的"杂歌"部分（SNKBZ 1994–2002,11:334; Rodd 1984）。据说《大和物语》中关于姨舍的段落讲述了该诗被吟诵的背景。有趣的是，《古今和歌集》中的诗并没有提到遗弃老人。小泽正夫（Ozawa Masao）和松田成穗（Matsuda Shigeho）推测，这首诗可能出自在该地旅行的人之手，诗中表达了古时候行旅之人对旅途的诚挚情感（SNKBZ 1994–2002, 11:334）。

原由来惠（Hara Yukie）注意到，《古今和歌集》的编纂者之一纪贯之（Ki no Tsurayuki，卒于 945 年）在他的《新撰和歌集》（创作于 930—934 年）中将该诗归入"爱情"的类别，这表明姨舍诗的解读是以当时读者的感受和环境为依据的（Hara 1997, 20）。换句话说，这意味着姨舍诗不一定揭示了遗弃老人的习俗，这种解读可能是后来创造出

---

① 译文引自王向远、郭尔雅译《古今和歌集》，上海译文出版社 2018 年版。——编者注

来，以满足观众的喜好的。

对于第四种类型的昔话与《大和物语》之间的相似之处，柳田国男指出，在这两个故事中，迫于刻薄妻子的压力，男人在山里遗弃了他年迈的母亲。不同的是，在《大和物语》中，男人遗弃母亲回到家后，回头望向山中，吟诵了一首明月的诗，然后又回到山上，将母亲带回了家，故事到此结束。相比之下，昔话中没有出现诗，年迈的母亲在山上变得富有，媳妇则受到惩罚。柳田国男解释道，为了突出被遗弃的老妇人获得了奇妙而幸福的结局，需要在昔话中惩罚邪恶的媳妇，而让男子有所忧思的诗没有保留在故事中（Yanagita 1970b, 300–302）。他还写道，一些昔话中包含了诗，而其他昔话则先有诗，后来才加入叙事。有人认为姨舍属于后者，但一般来说，故事讲述者所写的诗会被包含在故事中。这并不意味着姨舍习俗真的存在（Yanagita 1970b, 303）。在第 1 章中我们已经看到，能剧《黑冢》通过平兼盛对女子所写的俏皮诗来表现真正的鬼，那么《古今和歌集》中原来的诗是否也是后人用来反映人们的心和思想，或吸引人们的注意的呢？可以想象的是，流传于偏远地区的传闻到了京城可能会成为"真实"的故事——京城的人们会相信深山村庄中存在遗弃老人的习俗。为了研究原型的转变和再创作，需要考察意象和叙事随着时间推移在不同文本中的形成方式。经过转变的"姨舍山"故事，可能已经与最初诗中所描绘的完全不同。

— 衰老和健康预期寿命 —

本章所讨论的老年妇女是山姥或山中的老妪（无论她们进入山中是否出于自身的意愿）。在 2019 年夏天，我在京都发表了一场关于山姥的演讲，大多数听众是老年人，其中一位听众的评论让我有所启发：

"老年女性别无选择，只能成为山姥。她们有善恶的二元性，以本能面对社会，并哀叹自己的因果报应（业，karma）。""山姥似乎反映了真实存在的年老女性温柔与严厉的二元性。"

2010年，日本成为超级老龄社会（Kōsei Kagaku Shingikai and Jiki Kokumin Kenkōzukuri 2012, 5）。65岁及以上的人口比例在2015年约占日本人口的27%，预计到2065年将占38.4%（Naikaku-fu 2017）。[9] 2012年，65岁及以上的老人每七个人中就有一人患有失智症，预计到2025年将增加到每五个人中就有一人患有失智症（Naikaku-fu 2017）。根据厚生劳动省的调查，2016年日本女性的健康预期寿命为74.79岁，男性为72.14岁。[10] 当年日本女性的平均预期寿命是87.14岁，男性是80.98岁；女性的预期寿命与健康预期寿命之间的差距为12.35岁，男性为8.84岁（Kōsei Rōdōshō 2018a）。[11] 随着健康预期寿命的增加，老年失智症患者的数量也在增长，而身心疲惫的护理者也可能会希望遗弃老年人。在为老年人提供初级护理的护理者中，60%以上与其家人同住，其中68.7%是女性（Naikaku-fu 2017）。

由于护理员的工作量持续繁重，老年人的福利支出迅速增加，政府的老年人福利财政负担也飞速攀升。"2014年，国家卫生保健支出为40万亿日元（约3330亿美元），占国家预算的40%以上。"（Tokudome et al. 2016）这是一个重大的全国性问题，日本政府为促进人民健康而委任的"健康日本21（第二次）"理事会将延长健康预期寿命和缩小健康预期寿命与预期寿命之间的差距列为10年计划（自2012年开始）的中心目标（Kōsei Kagaku Shingikai and Jiki Kokumin Kenkōzukuri 2012, 22–24）。

为了满足老年人群体的需求，包括电视在内的各种媒体都在播报有关健康生活方式的娱乐和教育节目；地方、地区和国家各级开展了许多鼓励老年人健康生活的活动和项目；最容易体验的还是社交圈和当地社区的兴趣项目——比如锻炼和兴趣班。

虽然老龄会带来一些消极面，但也有许多积极面。"对当今日本女性的民族志采访发现，许多女性都期待着晚年的生活。'不再需要保持低调和展现女性的矜持'，真是让人如释重负啊。她们可以从心所欲，饮酒，表达内心的想法，无需顾忌周围人的眼光。"（Walthall 1998,156）昔话中出现的姨舍故事讲述了老人的智慧和父母对孩子的同情。智慧和成熟应该随着年龄的增长而增加。教育家、流行作家渡边和子（1927—2016）写道，变老允许人变得更个人化和更有个性，在剩下的时间里，老年人的体力和精力会逐渐下降，这必然会让他们将精力集中在真正重要的事情上。此外，随着年龄的增长，人与人的关系会变得更为注重质量而非数量，这让人的精神世界变得更为丰富（Watanabe 2012,114–116）。

正如引言中所写，从性别研究的角度来看，水田宗子认为山姥是超越性别的。根据她的说法，山姥通常生育能力很强，且缺乏一般女性所具有的女性特征——贞洁、顺从和同情心。她拒绝被分配的家庭角色，如母亲或女儿，也不会受到束缚，她存在于村庄的性别体系之外（Mizuta 2002,10,12–15）。这是非常有见地的观察。山姥这种不受社会和文化规范所束缚的自主或独立精神正是日本现代女性作家所推崇的。不过，我们也应该注意到，不同叙事中的山姥揭示了其与村庄生活错综复杂的关系；换句话说，虽然典型的山姥或能剧《山姥》的主角远离村庄生活，但一些"山姥"却深深扎根于这种生活——她们可能因为长寿和/或家庭冲突而被认为是山姥，并可能不得不严重依赖生活在村庄中的人。

原本谨慎善良的人在行为上的突然改变通常会使得家庭成员难以

接受和与之相处，虽然当事者自己不在意，但长此以往（反社会行为持续足够长的时间），当事人的积极形象就会由明变暗。缩小健康预期寿命和预期寿命之间的差距至关重要，这样老年人方能安享晚年，体验生命中硕果累累的秋天，这也是度过充实人生的关键。

— 6 —

山姥杂谈：
当代社会的山姥

第 5 章讨论了扎根于村庄生活的老人，这些老人后来被当成山姥。她们中的一些人也许严重依赖村庄里的其他居民，在不知不觉中被称为山姥。然而，曾经（或现在依然）有一群同样住在"村庄"（さと，里或乡）里的年轻人，她们却欣然接受"山姥"的称号。在20世纪90年代末至21世纪初的大城市（特别是东京的涩谷），一群年轻人被称为"山姥辣妹"（ヤマンバギャル），或被直接称为"山姥"（ヤマンバ），她们为自己塑造了独特的形象（国内一般称其为"涩谷辣妹"）。民俗学家仓石忠彦认为，考虑到山姥倾向于出现在乡村市集中，山姥辣妹的风潮出现于涩谷也就显得合情合理了（Shibuya Keizai Shinbun Henshūbu，2002）。本章考察了山姥辣妹现象与民俗中的山姥出现在市集中的关系，以及当代文学和媒介（包括电影和漫画）对山姥的描述。

一 山姥和市集 一

长期以来，日本民族志学家和民俗学家一直通过三个特有概念——晴（ハレ）、亵（ケ）和秽（ケガレ）——来理解日本民俗文化。杉本良男（Sugimoto Yoshio）解释道，晴代表了正式、仪式和以节日情绪为主的场合，在这些场合（晴日，晴れの日）中，人们穿着最好的衣服（晴衣，晴れ着），吃着节日大餐（晴餐，晴れの食事）。相比之下，亵代表的是日常生活，人们习惯性地做着意料之中和约定俗成的事情。人们在亵的日常生活中不断消耗能量，活力衰退，最后就会到秽的状态。一些分析人士认为，晴的场合是为了激励、鼓舞和恢复枯竭的活力（Sugimoto 2014, 263）。仓石忠彦认为，民俗山姥会出现在晴（如节日和仪式）的特殊场合中，而市集就属于这种场合——来自平原和山区的人们出于商业目的聚集在一起，而聚集的地方便演变成了市集（Kuraishi 2002; Shibuya Keizai Shinbun Henshūbu 2002）。

有许多山姥前往乡村市集的记载，如柳田国男所说："山姥只在年底才来到长野县南安县郡（今安县野市）新田的市集或北安县郡千国的市集，传说人们为了躲避山姥而四散离开，市集也因此在山姥出现不久后关闭。虽然市集上的人们可能害怕山姥的存在，但他们却相信山姥在市集中使用的硬币会给人带来好运（Yanagita 1978–1979, 1:279）。岐阜县大野郡（今高山市）清见町的牧洞（牧ケ洞）每年12月24日会举办集市，据说山姥会在这个时候来买清酒，然后直到次年春天都不会再出现。当山姥买清酒时，她会让商贩在她的酒壶中倒90升清酒，但她的酒壶看起来很小——只能装380毫升左右。商贩说："你的酒壶装不下90升，最多只能装380毫升。"山姥回答说："尽管倒。"于是商贩开始把清酒倒进酒壶里，结果他惊讶地发现酒壶仿佛永远也装不满（*NDT* 1982–1990, 7:165）。

我相信永远装不满的神奇容器对东亚地区的人们来说是一个熟悉的主题，例如在中国民间故事"布袋和尚"中，弥勒佛所背的袋子可以装下无数的树。弥勒佛年轻的时候把山上所有的树都装进了他的袋子里，这使得山主寡妇十分震惊且苦恼不已，因为正是她允许弥勒佛砍伐山上的树木。弥勒佛用这些树重建了一座寺庙，又让山上被砍下的树在三年内重新长了回来（Eberhard 1965, 80–81）。不过，山姥从商贩那里买的清酒是供她自己享用的。此处的山姥可能是一位山神，而清酒是她自掏腰包的贡品，或者这只是一个讲述了山姥对清酒的喜爱和她直率地为清酒掏腰包的有趣故事。山姥对清酒的喜爱与酒吞童子或者任何日本神明（以及许多日本人）一样，清酒是年终聚会和新年迎宾（包括迎神）时必不可少的饮品。

一些山姥出现在年终市集上，"这里不仅是（山姥和村民）购买生活必需品和为新年做准备的地方，也是迎接（作为新年神灵而到访的）祖先的地方……那些将自己囿于山里闭关修炼的年轻村民会乔装成神来到市集。后来，人们将他们视为山人（やまびと）。在古代，人们会在山脚下或山边的河床上举办市集，山人和村民便来到市集上互动……市集上出现山人和山姥的传说就是源于这种风俗信仰"（Makita 1972, 443）。

这类传说的出现时间尚不清楚，然而根据《山姥帷子记》（成书于1714 年），当时的人们已经开始相信山姥会出现在市集上：大约在天正年间（1573—1592），在下见村（今福冈县筑紫野市）有一位名叫大纳言的富人，他命令仆人前往筑前国甘木市（今福冈县朝仓市）的年末市集贩卖装在袋子里的棉花。仆人在去市集的路上打了个盹，醒来时发现已经来不及到市集去，于是垂头丧气地返回了。然而，当大纳言打开装棉花的袋子时，他惊讶地发现里面装的不是棉花，而是一件单层和服，由蓝、黄、黑、白的杂色纱线粗略编织而成。和服被认为出自山姥之手，于是在之后两百年间都被视为珍宝（"Yamauba katabiraki" 2001, 119–121）。这个故事不仅展现了山姥和市集之间的密切关系，也揭示了如第 2 章中所述的山姥的纺织能力。

― 涩谷与山姥辣妹 ―

20 世纪 90 年代末，东京的涩谷车站熙熙攘攘，附近的涩谷中央街（著名的购物街）和时尚百货商店涩谷 109 大厦都出现了山姥辣妹。山姥辣妹大多在16到19岁间，她们挤满了这个地区，以不寻常的外表吸引着人们的注意。据涩谷经济新闻编辑部报道，涩谷中央街是一个分界，是两种不同秩序的交汇处，从民俗学的角度来看也是"晴"之地。这里是繁忙之地，隐匿着来到此处的人们的身份——这里接受和承认着不同于标准或传统美学的时尚；这是来自不同领域的民俗山姥可以进入的地方，因此以反对正统流派为时尚的山姥辣妹可以安心地行走在涩谷中央大街上（Shibuya Keizai Shinbun Henshūbu 2002; Kuraishi 2002）。

山姥辣妹时尚和日本黑妹

山姥辣妹的外表特征是：(1) 白色、金色、银色或灰色的头发，头发挑染或呈爆炸状；(2) 白色的唇妆；(3) 熊猫眼妆，眼周涂白色或亮片，以及/或佩戴假睫毛；(4) 厚鞋底。她们的头发颜色和黑妹（ガングロ）妆容是她们时尚的一部分（Yoshie 2010, 91）。日本黑妹是山姥辣妹的"基础"。

在20世纪90年代中期，涩谷109大厦年轻的销售助理的装扮——迷你裙，厚底靴，染成棕色的头发，略微晒黑的皮肤——吸引了许多人的注意，这种被称为"辣妹"的穿着风格迅速传播开来。少女文化中的"黑妹"则出现在1998年，少女们在美黑沙龙里将脸晒黑，显眼的脸部颜色让她们被称为"黑妹"。[1]这个名字的由来还有一种说法是，她们"锵锵"（ガンガン）（表示"强烈"的拟声词）地晒着自己的皮肤。她们将头发染成棕色，穿着原色的衣服、迷你裙和厚底鞋/凉鞋，成群结队。媒体也对她们广泛报道。1999年左右，棕色头发的黑妹群体中出现了染白或漂白头发的黑妹，继而出现了"山姥"或"山姥辣妹"的称谓（Shibuya Keizai Shinbun Henshūbu 2002）。事实上，对山姥辣妹进行过广泛研究的吉江真美（Yoshie Mami）写道，"山姥"（ヤマンバ）一词首次出现于1999年7月31日出版的名为《egg》的杂志上（Yoshie 2010, 90）。[2]这个词产生的原因似乎是黑妹将头发染白或染灰。据涩谷经济新闻编辑部报道，1998年至2000年是"日本黑妹"的全盛时期，但这股风潮仅过了三年——也就是在2000年的春天便消失了。

"日本黑妹"潮流出现的原因之一是《egg》等青年时尚杂志的流行，这些杂志的封面印着街头的年轻人——她们是杂志的读者，而读者也会成为杂志的模特——从被动的受众变成主动的参与者，这加速了"日本黑妹"的出现，这些女孩也变得越来越与众不同（Hayami 2000; Yoshie 2010, 95; Shibuya Keizai Shinbun Henshūbu 2002）。对于十几岁的女孩来说，这是一种很大的激励，因为她们的外表越引人注目，她们在杂志上出现的机会就越大。辣妹们将《egg》视为"圣经"，因此这份杂志对在涩谷游荡的女孩们产生了相当大的影响（Yoshie 2010, 90）。外表特立独行的辣妹们产生了强烈的欲望——想看到别人，也想被别人看到。她们的青春与不寻常的外表结合在一起，传达出了奇异的感觉，同时也带着某种异域情调。

劳拉·米勒（Laura Miller）将山姥辣妹和日本年轻女性的亚文化联系了起来：

> 有一种诋毁和遏制"少女文化"的方式，就是把晒得黝黑、眼圈发白的辣妹称为"山姥"（山中的食人女妖）。山姥是日本民间传说中住在深山里的妖怪，通常两眼闪闪发光。我怀疑"类辣妹"（Kogals，コギャル）这样的标签参考了能剧中对山姥的描绘——高大，头发凌乱，眼睛大而圆。[3]使用这种消极的标签和描述是为了抵消辣妹的魅力……然而，"日本黑妹"女孩却像是嘲讽般地采纳了"山姥"（ヤマ

ンバ，或者更放肆的形式マンバ）这个名称来指代自己（Miller 2004, 240）。

没有人知道究竟是谁将这群女孩称作"山姥"，专栏作家泉麻人（Izumi Asato）认为，最早使用这个称呼的可能是某杂志的编辑人员（而不是女孩自己）。他写道，十几岁的女孩不可能知道这个词起源于能剧，更别说汉字的写法（Izumi A. 1999,5）。不管这个称呼出自哪里，涩谷女孩的外表和民俗山姥之间的共同点让这个称呼得以被接受、传播和成立。这些女孩的外表和行为与既定的社会和文化规范大相径庭。吉江真美写道，这些不知道从哪里来的女孩聚集在涩谷，她们奇异的举止和外表与民俗中的山姥形象相符，类似山姥从山上来到村庄，吃孩子或绑架人，然后消失在山里（Yoshie 2010, 90; 93）。

正如速水由纪子（Hayami Yukiko）的评论，一个有趣的现象是山姥辣妹的外表越古怪，这个女孩的家庭就越平凡。山姥辣妹不愿意待在家里——她们觉得和父母聊天很无聊，在家里看电视吃零食也同样令人沮丧，因此她们转而寻求欢乐的公共场所（Hayami 2000,54）。换句话说，山姥辣妹想要逃离世俗，而山姥辣妹的时尚让她们穿上了特殊的或节日的服装，这类服装成为让普通女孩变得特别的工具。除了有机会出现在青少年时尚杂志上，这些女孩选择这种类型的妆容还有几个原因。吉江真美记录了一个山姥辣妹说的话："脸上有了这种妆容后，如果有人在地铁上撞到我，我可以怒视和恫吓她/他。在涩谷地区，如果我没有这种妆容且皮肤白皙，我就会因为来自茨城县的农村而被人瞧不起。"这种妆容给人一种好斗或挑衅的感觉，周围的人会觉得山姥辣妹很怪异，并对她们的怒视感到害怕。从这种时尚潮流的兴起到终结，山姥辣妹的形象始终如一；同时，这也是她们避免被人轻视的一种自我保护措施（Yoshie 2010, 92–93）。

此外，吉江真美还观察了山姥辣妹的群体行为或群体主义，她们聚集在涩谷，与他人建立关系。山姥辣妹的想法包括："通过这样的妆容，我有了许多朋友"，"我和我的辣妹朋友们玩在一起，当我接受了'山姥'时尚，志同道合的人就会招呼我加入她们"，"这种时尚现在很流行，所以我可以交更多的朋友。但如果我不再做'山姥'，我和朋友们就没有共同语言了"。吉江真美指出，对山姥辣妹而言，真正重要的是她们生活在这种辣妹文化中，而维系这种生活需要集体行为（Yoshie, 2010, 95）。速水由纪子还认为山姥辣妹的时尚是一种公共符号（Hayami 2000, 54），年轻的山姥辣妹在同一个圈子中共同成长。

从涩谷消失的山姥辣妹

与山姥辣妹相关的杂志文章提出，山姥辣妹时尚主导涩谷的时间是1999年8月到2000年4月，吉江真美列出了这一时尚衰落的几个原因：（1）山姥辣妹时尚转向了其他东西——然而，"其他东西"究竟指的是什么却尚不清楚；（2）山姥辣妹时尚富有魅力的领袖Buriteri（ブリテリ）[4]回归了自然的妆容和白皙的皮肤；（3）山姥辣妹从高中毕业（并舍弃了这种时尚）（Yoshie 2010, 96–97）。似乎是要为山姥辣妹的潮流画上句号，茨城县两个17岁的山姥辣妹折磨一个26岁的女性（她们的朋友）长达6天之久，这一事件占据了2000年5月的新闻头条，受害者经过了6个月才得以痊愈（"Mimitabu-sogi yamanba-gyaru no gyōjō" 2000, 22）。这一事件无疑将山姥辣妹令人生畏和威胁性的形象推向了顶峰。

吉江真美于2003年5月7日在涩谷进行研究时，一个16岁的女孩告诉她,她有两三个山姥辣妹朋友——虽然山姥辣妹的人数急剧下降,但并没有完全消失(Yoshie 2010, 97)。事实上,2007年我去涩谷的时候就在涩谷车站看到了一个山姥辣妹,当时她正和几个穿着类似衣服的朋友在一起。她们并没有让我觉得可怕,甚至她还让我给她拍了照。

山姥和"类山姥"

那么山姥辣妹是当代日本的山姥吗?挤满涩谷109大厦和涩谷中央街(市集)的十几岁女孩穿着山姥辣妹的服装,让人想起了能剧《山姥》的主人公和民俗中的山姥。这些女孩看起来像山姥,对山姥这个称呼也欣然接受;不知从何而来,倏然间又消失得无影无踪——确实如山姥一般。

然而总的来说,山姥是自主而独立的,没有山姥会和其他山姥聚在一起寻求情感支持,也没有山姥渴求被人们看到。回顾第1章,能剧《山姥》的主人公山姥生活在自然中,她只关心自己的事情,她出现在百万山姥面前只是为了借百万山姥的舞蹈寻求救赎。尽管民间传说中许多帮助人类的山姥都会同情传说里的人类主人公(需要帮助的好人),但这些好人通常只会在山姥的住处(山中)遇到她。大体而言,山姥独立生活,不需要人类的陪伴(尽管有时会喜欢人类的陪伴)。食人的邪恶山姥攻击人类并不只是出于寻乐,而是因为需要进食或者人类侵入了她们的领地。

然而,在涩谷闲逛的山姥辣妹需要人的陪伴。她们化妆是为了交朋友——寻找其他同龄人。她们在那里,希望看见别人,也希望被别人看见。正如吉江真美所写,山姥辣妹通过这种特殊的外表融入群体或不被群体排斥，成为山姥辣妹就是为了脱离甚至是反抗传统的对青少年女性的外表和行为的规范。虽然她们创造了自己的文化，通过引人注目的时尚反对顺从和表达个性，但她们在本质上却变得一式一样——创造（同类的）舒适区并待在其中，因为她们渴望与年龄相仿、心态相似的人产生联系。虽然山姥辣妹看起来像山姥，但她们的集体行为并不贴合独立自主的民俗中的山姥的意象。也许山姥辣妹不是山姥，而是"类山姥"（yamaubaesque），或者按照迈克尔·迪伦·福斯特的说法，是"类民俗"（folkloresque）。

按照迈克尔·迪伦·福斯特的说法，类民俗指的是"将某种模糊而具有暗指（典故）含义的要素注入流行作品中"（Foster 2016, 3–4）：

> 简单地说，类民俗指的是大众文化自身（emic，文化主位）对民俗的感知和表现。也就是说，它指的是创意，通常是商业产品或文本（如电影、漫画、电子游戏）让消费者（观众、读者、听众、玩家）认为这些作品直接来源于现存的民俗传统。然而事实上，类民俗产品很少基于任何单一的民俗元素或传统。该类产品通常有意地将一系列民俗元素拼凑在一起，通常还加上某些新的元素，这使得产品本身看起来有某个特定的来源。（Foster 2016, 5）

我借用了"类民俗"中的"类"（-esque）创造了"类山姥"这个称谓——像山姥但又不是山姥，这无疑是一种青少年（都市）时尚。山姥辣妹当然不是商业产品，但是某些人（或者说大众）确实将山姥辣妹与现有的民俗传统联系起来，为与之相关的青少年文化时尚商店、杂志和媒体带来了商业上的成功。山姥辣妹时尚在日本可能已经绝迹，但令人惊讶的是，这一时尚在海外（如英国）的青年文化中仍在存续（见

Robinson 2009）。

— 《千与千寻》中的山姥 —

还有一个人物也符合类山姥这个词——汤婆婆，她是著名动画电影《千与千寻》（日文名：千と千尋の神隠し，英文名：*Spirited Away*，上映于 2001 年）中令人难忘的角色，这部动画电影在商业和美学上都大获成功。《千与千寻》由宫崎骏（1941—）执导，已经成为日本有史以来最卖座的电影，并获得了许多奖项，包括 2003 年奥斯卡最佳动画长片奖和 2002 年柏林国际电影节金熊奖。

《千与千寻》是一部关于冒险和成长的电影，主人公是一个名叫千寻的小女孩，她为了拯救受神咒惩罚的家人而开启了探险。影片一开始，千寻一家搬到了一个新的城镇，这让千寻感到闷闷不乐。在前往新家的路上，一家人不知不觉进入了神域，千寻的父母在这里变成了猪。惊慌失措的千寻遇到了名叫白龙的神秘男孩，男孩则帮助了千寻。千寻得知，打破咒语并重新回到人类世界的唯一方法是在汤婆婆的澡堂里工作。在那里，千寻经历了许多磨难，收获了友谊，而这些友谊不仅帮助了她的家人，更重要的是，也帮助了她自己。

我在其他地方也讨论过，宫崎骏电影中的神灵角色有着丰富而多元的实体，充满着文化记忆和历史要素（Reider 2005, 11–14; 2010, 159–162），其中包括汤婆婆（掌管着澡堂的老巫婆）。她很贪婪，对工人非常严苛。汤婆婆给我留下的最深印象，是她过度地溺爱着自己个头硕大的儿子坊宝宝，而她自己则是山姥的后代（不是山姥，而是山姥的后代）——因此是类山姥。汤婆婆是一个白发苍苍的老妇人，她通过语言和魔法控制着她的员工。她可以自由地把人变成动物吃掉,这完全符合山姥的食人属性。我们在第 2 章中讨论过,山姥的母性体现在金太郎传说(山姥生育了天生神力的金太郎)中。在十八世纪末到十九世纪初,歌舞伎舞台上出现了一系列山姥舞蹈,这些舞蹈突出了山姥对儿子母性的一面,至今仍在舞台上上演。这些舞蹈作品凸显了山姥对儿子的溺爱,她说:"朝暮慰怀,唯有吾儿金太郎。"(Tsuruya 1975, 61)金太郎被描绘成精力充沛的形象,人们将印有"金"字的红肚兜视为他的标志。

在《千与千寻》中,汤婆婆是坊宝宝的母亲。和金太郎一样,坊宝宝也穿着红色的肚兜,上面印着一个"坊"字;他的勇猛与他的巨大体型相称——可以轻易折断千寻的手臂。就像歌舞伎中山姥过度溺爱自己的孩子一样,汤婆婆对坊宝宝也是百般溺爱(与她对工人的态度截然不同)——她把坊宝宝关在一个摆满无菌玩具的无菌玩乐屋里。白发苍苍的年迈母亲和男婴在一起的意象在其他地方也出现过,比如宫岛町严岛神社的珍宝——长泽芦雪所画的山姥和金太郎的还愿画。在长泽芦雪的画中,山姥像一个多疑的老妇人,罗伯特·莫伊斯(Robert Moes)称之为"老年非美的讽刺画",他还评论道:"年迈的巫婆充满怀疑地睨视观者,却透着一丝带有悲悯的谐趣。"(Moes 1973, 28)

汤婆婆多疑的性格中偶尔也有幽默的一面。事实上,如果长泽芦雪笔下的山姥和金太郎营养均衡身形健壮,那么他们看起来也许与汤婆婆和坊宝宝别无二致。此外,汤婆婆也没有男性伴侣。山姥首次以金太郎的母亲出现是在十七世纪的文本中,该文本也没有提及山姥的伴侣,与之相似,汤婆婆的伴侣在影片中也不存在。

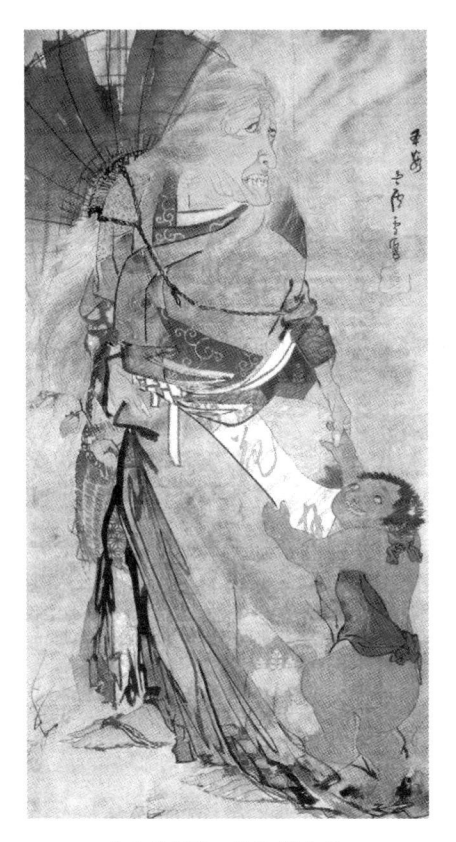

《山姥图》，长泽芦雪绘

不过，虽然贪婪的汤婆婆对她的员工很严苛，但她也能看到员工的勤劳。例如，当河神（お腐れ神）造访澡堂时，汤婆婆注意到千寻工作非常努力，决定给予她帮助。而我们在第 1 章中也看到，山姥经常回报那些向她施以援手的人。从空间性的视角看，山姥和汤婆婆也有相似之处。小松和彦写道，"作为鬼和妖怪居所的山，可以理解为'异世界'"（Komatsu K. 1991,58）。[5] 事实上，山通常是进入鬼、妖怪以及山神和已故祖先居住区域的入口。毋庸赘言，山姥是山里的居民。同样，汤婆婆的澡堂也存在于另一世界中，所有的超自然存在都来到这个世界休息和放松。从高度的角度看，则还有另一相似点——山姥和汤婆婆的居住地都高于普通的平原。汤婆婆住在澡堂的顶层，比任何人都要高，这是一个指挥中心，她在这里掌控全局，并向员工下达命令。汤婆婆是这个超超自然世界里的权威，强大而富有，类似于山神；她是傲慢的（bigheaded，形象上也如此——有着一颗巨大的脑袋），她思想独立，不循规蹈矩；她身上有很多山姥的特点，但她不是山姥，因为山姥并不以贪婪和傲慢而为人所知；她是为电影《千与千寻》创造的类山姥角色。

—《百鬼夜行抄》中的山姥 —

另一部同样成功且叙事优美的作品——漫画《百鬼夜行抄》（自1995年开始连载）中也出现了山姥（不是类山姥），漫画作者今市子是一位漫画艺术家，她曾于2006年因《百鬼夜行抄》获得了第十届日本文化厅媒体艺术祭漫画部门的优秀奖。1995年，《百鬼夜行抄》首次刊登在《不眠之夜的奇闻妙谈：Nemuki》（眠れぬ夜の奇妙な話：ネムキ）杂志上，并继续在《Nemuki+》（ネムキプラス）杂志上连载。大致来说，每一话都是一个完整的故事。

《百鬼夜行抄》围绕饭岛一家和他们与超自然事物的奇怪遭遇展开。故事随着怪奇幻想小说家饭岛蜗牛的死亡拉开帷幕。饭岛蜗牛自幼能够通灵，他为了控制自己的神秘力量，不给所爱之人带来不幸，不断研究鬼怪和锻炼自己的通灵能力，从而与（邪恶的）鬼怪相处。然而，他与鬼怪的交流有时也会带来意想不到的结果，其中之一便是导致了他的女婿饭岛孝弘的死亡。饭岛孝弘的死因在人类的世界中被认为是心脏病发作，但实际上是饭岛蜗牛的能力失控。但因为饭岛蜗牛与青岚的契约，在饭岛蜗牛死后,他的龙形式神青岚便进入了饭岛孝弘的身体,使得饭岛孝弘得以复活(至少人类是如此认为的)。在饭岛孝弘的命令下,青岚保护着作品的主人公饭岛律,也就是饭岛蜗牛的外孙。

饭岛律也有很强的第六感,可以感受到普通人不能感受的东西。故事开始时他只有16岁,但随着故事的发展(和现实世界时间的推移——这个系列已经连载了20多年),他成为一名主修民俗学的大学生。饭岛孝弘复活后(实际上是青岚寄宿在饭岛孝弘的身体里),不能像正常人一样工作,所以他的妻子(饭岛律的母亲)及她的母亲(饭岛律的外祖母)通过教授茶道和和服穿着来养家。也许是因为职业的关系,饭岛律的母亲和外祖母总是穿着和服,生活在传统的日式房子里,这恰能唤起日本旧时代的生活氛围。漫画中有许多魅力十足的角色,如青岚,饭岛司和广濑晶(她们是饭岛律的表姐,也拥有不同程度的第六感),以及侍奉饭岛律的两只可爱的鸟妖尾黑和尾白,这些角色陪伴着饭岛律经历了种种奇异事件,为观众创造了一个恐怖与幻想并存的奇妙世界。

《百鬼夜行抄》在2003年11月《Nemuki》[①](ネムキ)杂志上连载篇的标题为《山姥》(原文见 Ima 1995–, 12:175–202)。该话开头先对山姥作出了描述:"山姥是生活在山里的女性妖怪,据说她是肤色白皙的黑色长发美女或白发苍苍的老妪。"(Ima 1995–, 12:177)漫画中大部分内容与山姥本身并没有很大关系。饭岛律的母亲去医院为母亲取药时遇到了一对夫妇,这对夫妇告诉她自己收养了一个13岁的神秘男孩,也叫律(为了区分两者,下文将该男孩称为律十三)。这对夫妇为了确定

---

① 1991年,《Nemuki》作为朝日新闻社的子公司朝日 sonorama 出版的恐怖漫画杂志《月刊万圣节》(月刊ハロウィン)的增刊号创刊,中途杂志名变更为《不眠之夜的奇闻妙谈:Nemuki》,《月刊万圣节》实体停刊后作为《毛骨悚然撞鬼经》(ほんとにあった怖い话)的增刊继续出版。——译者注

律十三的亲生父母是谁，现在正在医院寻求 DNA 检测。在这之前，律十三和他的母亲住在一间公寓里，但公寓不幸失火，人们将男孩救出时发现男孩还活着，但他的母亲却下落不明。警方经过搜证后认为律十三是某个家庭失踪的男孩，但后来又有另一个家庭声称律十三是他们的儿子（遭到绑架后一直下落不明）。律的母亲非常同情律十三，为了不让他在 DNA 检测期间被牵扯进令人不快的纷争，她将律十三接到自己家，而在家中，律十三展现出了惊人的力气——就像金太郎一样。

当律十三觉得城市生活过于复杂，不相信自己能对别人有任何帮助，因此准备离开饭岛家时，一个衣衫褴褛的神秘女子出现在院子里——她的长发遮住了眼睛，看不清脸，律十三称这位神秘女子是他的母亲。漫画中有一幕描绘了这对母子幸福地生活在一起，另一幕则复刻了喜多川歌麿的著名浮世绘作品《山姥与金太郎 剃刀》，该幕的说明文字为"很久以前，源赖光在前往首都的路上经过了足柄山，在山上他遇到了一个力大无穷的男孩和一个皮肤白皙的黑色长发女人。源赖光要求女人将孩子交给他，并将其封为家臣，赐名坂田金时"。根据这段描述和画面，以及该话的标题《山姥》，神秘女人应该就是山姥，而律十三则对应坂田金时。叙述者补充道，"传说中山姥怀上红头发的婴儿或从别处绑架儿童，并在山上抚养他们"（Ima 1995–, 12:202）。山姥绑架儿童来源于第 4 章所述"山姥媒人"的故事类型（亦见 Yanagita 1978–1979, 1:264）。这一话漫画的结尾写道，DNA 检测的结果显示律十三与两个家庭都没有关系，他的真实身份仍不为人知。

漫画中有一个场景：律十三自言自语道，"妈妈，我觉得即使我留在这里也不能帮到任何人"（Ima 1995–, 12:199）。我推测应该是山姥希望律十三能帮助到别人，因此将他独自一人留在城市里，就像金太郎一样（金太郎帮助源赖光讨伐妖怪，保护了人们的安全）。然而，金太郎并不是独自一人，源赖光看中了他的力量和潜力，希望他成为自己的家臣，而在这个过程中，金太郎肯定在源赖光等人的监督下经历了严苛的训练。而律十三被遗弃在城市里，没有人帮助和照顾他。可能有人会想着山姥至少应该建议他去日本相扑协会（金太郎擅长在山上与动物相扑）。山姥将孩子遗弃在烧毁的公寓里这一行为在今天看来更像是父母对孩子的疏忽或遗弃，作者可能是通过描述律十三被独自一人留在城市中"帮助别人"来致敬金太郎说话。在这个意义上，如果作者能用更多的篇幅描写公寓被烧毁前的山姥和律十三的话，故事将会变得更有深度，情节也更为连贯。

《山姥》也许不能算是今市子漫画中最好的一话，但其有趣之处在于提供了民俗的山姥的关键信息——一些特征和传说，并揭示了民俗的山姥说话如何传承下来。尽管山姥作为金太郎母亲的形象广为人知，但其认知度已大不如前。许多与金太郎有关的当代儿童文学作品并没有提及山姥为其生母，而仅仅以"母亲"称之。这一点无可非议，因为故事的主人公是金太郎——而在金太郎传说诞生之初，对此处的描述本应更准确。今市子的神秘山姥形象，可能暗喻那些自愿遁入山林生活的女性。通过精妙的图文叙事，《百鬼夜行抄》为读者呈现了生者世界与亡者世界的日常交织（Ima 1995–，9:211）。

—— 小说中的山姥 ——

《高野圣僧》

山姥离不开神秘性。《百鬼夜行抄》中的山姥是神秘的——她的脸从未露出来，人们不知道她的生活经历，也不知道她目前之所在。在此之外，另一部现代小说（虽然不是当代）也不容错过——《高野圣僧》（Kōya hijiri, 1900），该小说描述了一座不知名山上的一个神秘而迷人的女子。作者泉镜花（1873—1939）是一位怪诞和奇幻小说家，在他生活的时代，西方的思想不断涌入，人们的想法也受其影响，社会充满着变化与革新。泉镜花的超自然主题小说沿袭了江户时代小说、能剧和民间传说的传统风格，因而广为人知。在《高野圣僧》中，来自和歌山县高野山的中年云游圣僧宗朝在火车上遇到一位年轻旅行者，他向旅行者讲述了自己年轻时的奇特经历。故事发生在明治时期，这是一个日新月异且不断现代化的时代，他们所乘坐的火车便是佐证。

故事的主人公年轻的修行僧宗朝正在云游诸国，他在穿过岐阜县的飞驒山脉时看到一个药贩子走错了路。宗朝决定跟随小贩，从而引导他回到正确的道路上。这条树木繁茂的路危机四伏，到处都是蛇和巨大的山蛭，这些山蛭贴满他的全身上下，不断地吸食着鲜血。当他终于穿过树林时，突然听到一声马的嘶鸣，于是他顺着声音的方向走去，发现了一所孤零零的房子。在这间僻静的屋子里，宗朝遇到了一个美丽而迷人的女人和她的残疾丈夫（僧人称他为白痴），站在附近的一个老人正准备牵一匹马到村里去卖。在附近的一条河里，女子帮助宗朝清洗他的伤口。她自己也脱下衣服进入河中，但是猴子和蝙蝠绕着她的裸体纠缠不休——这些动物以前也是人类，因为他们的贪欲，女子把他们变成了野兽。夜里，僧人听见屋子周围传来鸟兽不祥的声音，于是认真地念起了陀罗尼（佛教咒语）。第二天，僧人离开了这所孤零零的房子，但女人美丽的胴体激起了他的欲望，让他难以自拔。正当他认真考虑要返回与女子一起生活时，他遇到了卖马的老人。老人向年轻的僧人讲述了女子的故事，将她描述为荡妇。女子的父亲是一个乡村医生，但是这个医生医术拙劣，导致女子的丈夫变成了残疾。女子从小就拥有一种特殊的治愈能力,"当她尚处豆蔻年华时,当地的人们相信她是药师(薬師)——灵魂的治疗者"(Izumi K. 1996, 67)。十三年前的一场大洪水将村子摧毁殆尽,但女子、残疾的丈夫和老人因为恰好外出而活了下来。老人告诉宗朝,当人们屈服于她的诱惑时,她只需要对他们吐气就能把他们变成动物,他卖掉的马原来就是一个好色的小贩,他用贩卖动物赚来的钱再买鱼给女子吃。僧人听到这里,赶紧离开了山里(Izumi K. 2002, 315–400; 1996, 21–72)。

也许对于许多同时代的日本人来说,《高野圣僧》中那个迷人而危险的女人并没有直观地与山姥联系在一起,因为山姥的形象通常是一个老妇人(如第 5 章所述)。然而,正如引言中所解释的,"山姥"一词既可能指年老的,也可能指年轻的。年轻的山姥是山姬,而年老的则被称为山母或山姥。事实上,杰拉尔德·菲加尔(Gerald Figal)将她称为"镜花的山姬"(Figal 1999, 180)。

我们知道,江户时代有许多描写性感妖娆的山地女子的作品,最著名的例子是喜多川歌麿的山姥。《高野圣僧》中的无名神秘女子可能比喜多川歌麿笔下的山姥(三十岁左右,没有孩子)更年轻一些。杰拉尔德·菲加尔将她描述为"既是纯真的乡野妇人,又是魅惑的妖姬;既是仁慈的治愈女神,又是复仇的女巫",并断言"这个故事中的女子是一个典型的'中间'角色,无法简单地以善恶归类"(Figal 1999,180),正对应于山姥的二元性。女人(间接地)吃掉男人——之所以说"间接"是因为她先把男人变成动物,然后再把动物换成食物;然而,由于她有治愈能力,村民认为她是药师(药神)的化身。她富有同情心,收留了可怜的男孩,这个男孩曾经历了女子父亲糟糕的医术。与山姥判断人的性格一样,妖娆的女子看到了宗朝的正直,于是让他离开了。有趣的是,菲加尔将女子与山伏联系在一起,"她是强大的女巫,多年来通过潜心修行天狗道提升了自己的力量，天狗道是柳田国男在《幽冥谈》中所写的与山伏和天狗有关的神秘的山中苦行和巫术"（Figal 1999,182）。然而，将山中女子视作蛇蝎美人（fatale）是相当新颖的，蛇蝎美人必须拥有危险的迷人外表。在故事中，她和年轻的宗朝共同沐浴的河流使她永葆青春，她因此永远呈现年轻的容颜。她可能代表了泉镜花，或者说是男性普遍渴望的女性形象。

正如查理斯·井上（Charles Inoue）所指出的，年轻的主人公闯入了神圣和死亡的世界（Izumi K. 1996,169）。宗朝涉足的山区不存在于地图上，意味着这是一个未知的地区。苏珊·纳皮尔（Susan Napier）解释道："这个山谷不可能存在于任何地图上，因为地图是由现代性定义的普通现实空间，其中存在科学和理性的秩序。换而言之，蛇、山蛭和女人已经被现代化所驱逐，只剩下少数残余，怀着对现代的仇恨，潜伏在前现代的黑暗中。"（Napier 1996, 34-35）。纳皮尔进一步指出，以洪水为代表的隐性社会批判是《高野圣僧》的一个重要批判维度。她认为，"几年前席卷女子所在村庄的'大洪水'发生在明治维新时期。因此，洪水让人联想到的不仅是明治维新本身，还有其引发的现代化巨变。洪水席卷了眼前的一切，只留下了女子及她的家人等少数残余"（Napier 1996,35-36）。泉镜花强烈反对现代化，对旧日本充满向往，纳皮尔分析道："'文化压抑'的价值观实际上是旧日本的价值观，这种价值观隐藏在僧人被迫踏上的危险'老路'的尽头。与此同时，'既定秩序'实际上是明治日本的新秩序"，因此，"讽刺的是，传统上被认为是'他者'（Other）的东西（即怪诞、异类和女性），现在却被视为与向往的旧日本相关联，而旧日本本身已经成为'他者'"（Napier 1996,34-35）。"镜花的山姬"带着新添的蛇蝎美人的特质被留在了山里，但是山姥却以各种各样的形式不断重现（包括作为人），时而带有神力，时而与凡人无二。

《山姥》

　　1973年出家的著名小说家濑户内寂听（Setouchi Jakuchō，1922—2021）所写的当代短篇小说《山姥》的主人公也很神秘，她与《高野圣僧》或大庭美奈子所写的现代小说《山姥的微笑》中的山中女性不同，濑户内寂听笔下的山姥没有任何神力，她名叫入江艳（Irie Tsuya），是一位满头白发的老妇人，年龄不详。她一个人住在乡下山上的房子里，这幢房子以前是她丈夫的画室。她的艺术家丈夫和年轻的模特住在画室里，两人后来在那里自杀殉情。他们死后，艳搬了进来。没有人知道，也没有人关心她到底是谁，但读者后来了解到，艳因为手术而失声，她听力不好而且很顽固，不听从医生的嘱咐。

　　艳是一个固执的老妇人，她似乎不介意人们对她的议论，一直坚持独自一人待在画室中——村里的人都认为总有一天会发现她死在房子里。但出乎他们意料的是，在故事的结尾，她离开了房子，在天空开始飘起初雪的那一天消失在了山里。这样的结局，以及她对孤独的嗜爱让人想起了能剧《山姥》。事实上，一个角色在小说中唱起了能剧的歌词："春枝待萌，寻芳千岭；秋逐清辉，访月万峰。轮回天定，妄念云集，尘埃片片，聚相狰狞，山姥现出，女鬼之形。'且看！且看！'穿云啸谷，忽此忽彼。群山往复，行迹难寻；终焉何处？渺渺无踪。"（Setouchi 2009, 226; Bethe and Brazell 1998, 224–225; *SNKBZ* 1994–2002, 59:581–582）小说中的男主人公对能剧的评论也十分有趣："虽然能剧将山姥描绘成具有神性的超自然存在，但她仍然是一个女人。"（Setouchi 2009, 225–226）。即使有着神秘而矛盾的力量和品质，山姥仍然是女性。

　　能剧中山姥的形象被叠加在艳身上，她是一个背着欲望包袱的人类女性，她的世俗欲望是她对房子的依恋，而一般人却极力避免居住在发生过自杀的凶宅里，两者截然相反。与能剧中的山姥不同，可能是因为年事已高，她的身体很虚弱。男主人公曾肆意玩弄女性，但他却（柏拉图式地）爱上了头发纯白的山姥。柳田国男指出，有些女性是出于自身意志进入山中生活的（Yanagita 1968, 378–380），小说中虚构的艳无疑属于这一类——她和传统的神秘女子一样，也被村民们称为山姥。

— 伊藤比吕美诗中的山姥 —

濑户内寂听笔下的山姥在天空开始飘起初雪的那一天消失在了山里，令人回味，留下了浪漫主义的气息。相比之下，诗人兼小说家伊藤比吕美（Itō Hiromi，1955—）在她的长篇叙事诗《我是安寿姬子》（わたしはあんじゅひめ子である，1993）中塑造的山姥则鲜活、粗鄙且生命力旺盛，她代表了当代女性的话语。[6] 杰弗里·安格尔斯（Jeffrey Angles）写道：《我是安寿姬子》"探索了创伤、记忆、语言和性的相交点，这是所有当代女性话语中的主要关注点"，它可以被称为"一个'女性主义'文本，因为它反映了女性主义艺术和写作的核心关注点——通过创作的方式参与（男性）霸权式的叙事形式，以重新审视此前被掩盖的女性的经验"（Angles 2007, 51–52）。事实上，《我是安寿姬子》满载着对强奸、原始的性、创伤和生存的清晰记忆与经验。对于本研究而言，《我是安寿姬子》重要的一面在于展示了神秘的山姥所呈现的各种要素——特别是粗俗的一面。

《我是安寿姬子》基于或改编自著名传说《山椒大夫》的一个鲜有人知的版本[7]，该（口头传播的）版本流传于青森县西南部的盲人女性灵媒师（イタコ）世代之间。在1931年8月，35或36岁的灵媒师樱庭须惠（Sakuraba Sue）将该故事讲述给了民俗学学者竹内长雄（Takeuchi Nobuo, 1911—1944）（Angles 2007, 55,58）。虽然主流版本的《山椒大夫》以弟弟厨子王和姐姐安寿或安寿姬子所遭受的苦难为中心，但在樱庭须惠的版本中，安寿成了主人公（Angles 2007, 57）。伊藤比吕美的诗"详述了安寿可能经历的创伤（包括性虐待）。在复述该故事时……伊藤以女性身体遭受的虐待为主题"（Angles 2007,59）。《我是安寿姬子》中的主人公安寿姬子是一个被虐待并最终被杀害的女婴，"她从坟墓里爬出来，在乡间游荡，寻找她失踪的父母，她经历了各种苦难，迫使她直面自己的过去"（Angles 2007, 53）。

山姥出现在《我是安寿姬子》的第四节，也是最后一节中。伊藤笔下的山姥展现出许多典型的山姥特征。杰弗里·安格尔斯评论道，山姥带领安寿姬子走向救赎。[8] 伊藤笔下的山姥既是安寿姬子的救赎者（助人山姥），也是安寿姬子的折磨者（邪恶山姥）——她以人肉为食。安寿姬子质问山姥："这是何道理？往日你捕食众人狼吞虎咽，今竟又有所求？荒唐！"事实上，人们推测山姥已经吞噬过安寿姬子，因为山姥轻蔑地回应："怎的？我食汝多次，汝不都安然复生？……只要留得肚脐或阴蒂，纵使我将汝齿间磨粉、焚作焦炭、捣为齑粉、碾作尘埃，汝必重获新生。"（Itō H. 2007, 89; 1993, 29）[9]

"纵使我将汝齿间磨粉、焚作焦炭、捣为齑粉、碾作尘埃"这样的表述让人想起地狱里折磨罪人的鬼，如《地狱草纸》（佛教地狱画卷，约创作于十二世纪）中描绘的那样，这里的山姥相当于住在地狱里的女鬼。事实上，将安寿姬子带向死亡或从死亡中将之带回的力量等同于第4章中讨论的夺衣婆的力量——夺衣婆也掌管生死，拥有善恶的二元性。有趣的是，安寿姬子的复活是通过山姥的臀部，而不是她的产道。安寿姬子抱怨山姥将她吞下后"化作粪便排出"，山姥笑着说，"汝得重生，正因自吾后窍排出"（Itō H. 2007, 89–90; 1993, 29）。值得一提的是，在第 1 章讨论的具有代表性的山姥故事类型——《三个护身符》的传说中，有一个流传于秋田县的版本，根据该版本，鬼婆（山姥）被和尚吞下后，第二天早上从和尚的粪便中爬了出来；而在其他版本中，被吞下的鬼婆随着和尚放屁逃了出来（*NMT* 1978–1980, 6:147）。在这些传说中，穿过"善"之角色身体的是鬼 / 鬼婆 / 山姥。如果将这种故事类型的模式套用到伊藤的山姥身上，那么山姥才是正直的，而安寿姬子则是邪恶的。也可能在伊藤的叙述中，善恶本为一体，正如《心经》和能剧《山姥》中的山姥所述的那样。

能剧中的山姥出现在百万山姥前提出请求，而伊藤的山姥也出现在安寿姬子前，要求安寿姬子把她背到山上去。在此处她扮演的是"姨舍山"传说中老妇人的角色（在第 5 章中讨论过）。在传统的"姨舍山"叙事中，被遗弃的老妇的独白通常悲戚哀婉，给人一种脆弱和凄楚的印象——毕竟她将被带到深山孤独地死去，她的命运掌握在她的照顾者手中。然而，伊藤的山姥却跋扈鲜活，表达着对性的强烈渴望。山姥对安寿姬子说："此乃老身临终之愿，请负我至山中彼处……此乃临终所愿，我欲交合。"（Itō H. 2007, 89; 1993, 29）伊藤的山姥充满了蓬勃的生命力，她性欲炽盛，继续说道："我欲交合，我欲交合，此心炽切，待汝至吾之年岁自会明了，届时又有何人负汝入山？"（Itō H. 2007, 90; 1993, 30）

伊藤笔下的山姥粗鄙、精明、狡黠。当安寿姬子同意了山姥的请求并把她背在背上时，山姥做了一些令人恶心的举动，比如把她的粪便和尿液擦到安寿姬子的背上，用指甲抠出安寿姬子的痣并吃掉。但当安寿姬子怒目相视，作势要扔下她时，山姥就会狡猾地改变她的样貌或形象。安寿姬子看到在自己背上的是"一个瘦弱、瘦弱、瘦弱至极的寻常老妇，她哀声乞求'怜悯我吧，怜悯我吧'，继而啜泣起来，以令人心碎之声叹道'这曾哺育过你的双乳啊'——她向我展示的乳房已然干瘪、干瘪、干瘪至极"（Ito H. 2007, 90;1993,30）。山姥唤起了安寿姬子的恻隐之心。安寿姬子噩梦般的经历和记忆似乎将山姥转变成了母亲的形象。生命循环乃自然之理——依赖母亲的孩子终会长大成人，而随着时间的流逝，母亲也会变得依赖孩子。母亲和女儿之间的关系是流动的——可以是积极的或消极的，强烈的或脆弱的，光明的或黑暗的——取决于个人的视角。安寿姬子和山姥的互动也许是致敬"姨舍山"传说和生命的循环。

当她们到达山上的目的地后，山姥与一块大石头进行了交合。杰弗里·安格尔斯写道，山姥"清楚地代表了强大而自由的性欲的声音，这种性欲通常因社会权力体制而受到压抑……当安寿姬子带山姥到山上后，山姥绕着一个巨大的阴茎状石头跳舞，并与它疯狂交合"（Angles 2007,66）。山姥对安寿姬子说："且看我！听我所发之声，观我所露之态！安寿姬子，汝之使命便是见证！"山姥大声喊道，"汝亦由此而来！"（Itō H. 2007, 90; 1993, 30）虽然山姥这么做可能是希望安寿姬子见证自己是如何出生的，或通过直面性交来帮助安寿姬子克服创伤，但也可以被视为一个孩子求父母关注的行径，甚或暴露癖的表现。

"她边说边确保我（安寿姬子）能看清其动作，她猛然扭动腰胯，随即产下一些不可名状之物。"（Itō H. 2007, 90; 1993, 30）那无法名状之物就是水蛭子（ひるこ），这是山姥送给安寿姬子的礼物。正是水蛭子引导着安寿姬子到达了她的目的地天王寺。因为安寿姬子助山姥达成所愿，水蛭子便作为山姥的回赠。正如杰弗里·安格尔斯所释，伊藤在这里重构了《古事记》中的创世神话。根据《古事记》的记载，在创造国家和家庭之初，伊邪那岐和伊邪那美建造了一座宫殿，宫殿的中央矗立着天之御柱。为了繁衍后代，他们绕着柱子相向行走，相遇时伊邪那美

率先发言,遂产下了畸形的水蛭子。"正常"而言,应该是伊邪那岐采取主动,先开口说话。杰弗里·安格尔斯解释道:

> 在伊藤对《古事记》创世神话的重构中,山姥把自己的性欲牢牢地掌握在手中,与石柱纵情交合。她没有让自己的欲望屈从于事物的"适当秩序",而是以一种能够带给她纵欲狂欢般快乐的方式来迎接欲望……通过硕大的石头阴茎,山姥反驳了菲勒斯中心主义(男权中心主义)的关键——即"女性的欲望必须依赖男性主导"这一荒谬的(菲勒斯式)假设。这种自我取悦式的快感对安寿姬子而言是一种全新的体验,因为她的性体验要么是非本意的,要么是性压迫的结果,要么是潜意识中对性创伤的重复演绎。(Angles 2007, 67)

此外,杰弗里·安格尔斯写道,"水蛭子和它所象征的无形的、前语言的、根植于深层混沌的情欲引导着安寿姬子从幼年性虐待的创伤中疗愈过来"(Angles 2007, 68)。

伊藤的山姥具有旺盛的生命力,她接连诞下"滑腻黏浊之物"(Itō H. 2007, 90; 1993, 31)——就像具有女性神明特征的多产山姥。然而,不像民俗传说中的助人山姥,她把水蛭子给了安寿姬子后就完全忽略了她,完全沉浸在交合和繁殖黏浊物的快感之中。这位赠与主角渡厄之礼的山姥,既扎根于群山之中,亦屹立在女性主义表达的峰巅。

诗人和女性主义者艾德丽安·里奇(Adrienne Rich,1929—2012)写道:

> 对我们来说,重构(从新的视角、新的批评方向回看旧的文本)不仅仅是文化史上的一个篇章,更是一种生存之道。我们只有能够理

解我们身处其中的种种假设，才能够了解自己。而对女性来说，这种自我认识的动力不仅仅是追寻身份认同，它还是在男性主导的社会中对自我毁灭的一种反抗……我们需要了解过去的书写，并从有别于以往的角度重新认识。这不是为了继承传统，而是为了打破传统对我们的束缚。（A.Rich 1972, 18‑19）

里奇认为，如果要实现两性平等，那么必须重新调整当前盛行的父权观念以适应女性的视角。美国文学和性别研究学者小林富久子（Kobayashi Fukuko, 1943—）认为，像艾德丽安·里奇提出的女性主义方法论开辟了一条道路，让我们重新审视过去的男性中心文学，并将其重构为女性中心文学。在日本，通过这样的方法，大庭美奈子和津岛佑子（Tsushima Yūko, 1947—2016）等许多女性作家让传说中的山姥（以在山中迷路的男性为食）"复活"，成为她们作品中的女主人公（Kobayashi 2016, 2）。[10]虽然伊藤的山姥不是《我是安寿姬子》的女主人公，但这首诗是基于《山椒大夫》一个鲜有人知的版本的女性中心文本，正如丽贝卡·柯普兰所说，伊藤将出现在其中的山姥描绘为一个解放者的形象（Copeland 2016）。

当代的山姥——无论虚实强弱——皆活出自我的姿态。虽然被称为"山姥辣妹"的类山姥的青少年们已经从大城市的街道上销声匿迹，但其文化种子远播海外。《千与千寻》中傲慢的汤婆婆初看未必让观众联想到山姥，但实为山姥变体，她帮助了勤奋的女主人公。一些漫画中的山姥是根据传说描绘出的神秘存在，另一些则体现着情色的要素（通常是从女性主义的视角来看）。值得注意的是，能剧《山姥》的意象和台词仍对当代山姥的形象产生着深刻的影响。山姥的角色留存下来，继续出没在当代的舞台上。

— 结　语 —

山姥穿梭于山林之间，啖人肉，饮人血，她能幻化成蜘蛛、美女或豆馅，这些特征很可能源自其与鬼的渊源。虽然山姥与鬼/女鬼之间有许多相似之处，但是鬼的性别是模糊不定的（可以是男性，也可以是女性），山姥则总是女性。据我所知，山姥不会改变自己的形貌来引诱受害者（通常是男性）。山姥具有的食人等负面特征，让一些患有失智症的老年人（这些老年人深深扎根于村庄生活）被贴上了"山姥"的标签。此外，一些村庄中的妇女自愿隐入山林，但也不乏被掳入深山者，这些"山姥"之所以会留在山中，要么是因为山已经成了她们的"家"，要么是因为惧怕绑架者的报复。

二元性是山姥的核心特征，她可以是邪恶的，也可以是养育（扶助）性的或神圣。山口素子解释道，在古代，山姥是大自然中的女性神明，是猎人崇拜的山神，有时也是侍奉山神的少女，她是一个包含善恶两面的整体性的存在。然而，山口素子继续解释，在古代文学作品《古事记》中，山姥的善恶两面（积极的光明面和消极的黑暗面）被分成两组女性神明——太阳神天照大神和伊邪那美（掌管生死的女性神明，被贬入黑暗的黄泉之境），以及木花开耶姬（天照大神的孙子琼琼杵尊神的美丽妻子）和磐长姬（或称石长比卖，木花开耶姬的丑陋姐姐，被琼琼杵尊所厌弃）（Yamaguchi 2009, 34–40）。我相信更准确的说法是：在日本中世纪时期，鬼、类似鬼的生物和女性神明的善恶两面结合在一起，孕育出了山姥的形象。追根溯源，山姥的起源可以追溯到神话人物身上。

山姥可以保护或伤害她遇到的人。例如，当需要帮助的好人遇到山姥时，如果这类人答应山姥的请求，山姥就会给予他们指引或礼物，从而带来美满的结局；有时山姥也可以预知人的未来或看透人的想法。山姥常被描绘为在纺纱或织布；纺车可以解读为佛教的意象，象征轮回六道的众生生命。

小林富久子注意到，日本现代女性作家崇拜山姥的自由，这种自由源于她游离于世俗制度之外，以及她反抗既定秩序的能力——这种能力自她强大而坚韧的生命力而生（Kobayashi 2016, 3）。虽然前现代文本中的山姥是否表达了抵抗的态度取决于读者如何解读这些文本，但是现代山姥叙事的作者肯定强调了这种态度——山姥总是恣意张扬。

水田宗子断言，重大变故可能激发女性压抑的炽烈情绪，包括爱欲、嫉妒和愤怒，这种强烈的情绪让她化身为复仇之鬼，但与鬼不同的是，山姥不会向人报复（Mizuta 2002, 15）。也许这就是为什么弥三郎婆被称为女鬼而非山姥，即便她兼具两者的特质——弥三郎婆的报复心非常强烈。她还能够飞行，而飞行是山姥另一鲜为人知的能力。但若洞悉山姥的鬼神渊源，就不难理解这种飞行能力。

许多村民将山姥奉为山神，视其为神子或天生具有神力的孩子的母亲。山姥被认为与自然浑然一体。位于长野县长野市中条地区的虫仓神社供奉着磐长姬，她也被称为山姥。《周刊长野》的网站上写道，山姥是富有同情心的育儿之神（Web Shūkan Nagano 2017），她庇护孩童免于溺亡池中，杀死可能致小儿惊厥的毒虫，并且酷嗜清酒。山姥喜欢清酒——与许多日本人一样，这个特征在日本神祇酒吞童子身上也能看到，这也让山姥成为一个颇具亲和力的形象。就像第6章中出现在岐阜县大野郡（今高山市）清见町的山姥一样，长野县的山姥也来到了虫仓山脚下的清酒店，她拿着一个看似只能装360毫升清酒的酒瓶，实际上却装下了3.6升。山姥买清酒是为了庆祝孙子的降生，她的到来也让清酒商店生意兴隆（Akutio–Nakajo Office 2011; Mushikurayama no Yamanba Henshū Iinkai 2007, 9–25）。这位山姥作为亲民之神深受爱戴。在近代早期，山姥、子安神（儿童和分娩的守护神）、姥神以及夺衣婆这几个形象相互融合。萩原龙夫（Hagiwara Tatsuo）写道，云游尼姑和僧人的活动对于传播这些人物及其混合形象的现代民间传说至关重要（Hagiwara 1985, 63）。我相信山伏在很大程度上亦左右了山姥的影响力、地位和形象的发展。山姥最初是中世纪时代精神的产物，被后世的人们发现、想象和应用，人们突出其特定的元素以符合他们的想象和目的。小松崎进和小松崎达子写道："当山姥第一次出现在日本人脑海里时，她的形象可能是特定而统一的。但随着叙述故事的地点、叙述者和听者间的关系，以及故事内容的差异，这一形象持续发生着微妙的演变。"（Komatsuzaki and Komatsuzaki 1967, n.p.）

如今，现代媒介已取代云游尼姑和僧人，成为山姥形象的主要载体。互联网的影响是巨大的，动画、漫画、小说以及旅游指南和研究专著同样重要；而且，每一种都有各自的视角，增删或强调山姥的特定方面，将经过再创的山姥形象传递给下一代。

历史小说作家，《罗马人的故事》作者盐野七生（Shiono Nanami）写道，神话和传说的价值更多地取决于信者的数量和信仰持续的时间，而不是叙述是否真实（Shiono 1992, 33）。事实上，许多日本人始终相信山姥的存在——以各种各样的形式，无论是人类还是超自然。

那么，山姥到底是什么？山姥是栖于深山的老妇人。正如莫妮卡·贝特和凯伦·布拉泽尔所言，她是"不可思议的矛盾集合体"（Bethe and Brazell 1998, 207）。因为每一个创作山姥的人或观者都对山姥有着不同的理解和期待，因此创作出来的山姥也是多元纷呈的。从山姥的特征来看，她确实充满矛盾，就像人的本性一样。我相信完整的山姥不仅仅是山姥各种特征的总和——她还是人类特质的体现,包括所有欲望和恐惧的投射,而人们如何看待这种多维度的山姥取决于他们自己的解读——这也是山姥形象的魅力所在。无论古今,山姥总在经历再想象的过程,因此在反映人类境况方面简直出类拔萃。

随着山姥神话的继续创造和其原型的演变,21世纪的日本人又将如何接纳她呢?虽然日本社会日新月异,但仍然是一个重度的男权社会。正如引言中所述,山姥始终是女性,她的栖身地是山林,散发着自然的芬芳——尽管是第二自然,即城市居民眼中的自然。许多女性,尤其是老年女性,可能渴望(或者可能不得不接受)成为山姥——制度之外的人,而这恰恰是因为这些女性生活在一个有诸多限制的社会中。日本女性参与政治和经济的情况仍然亟待改善。据世界经济论坛2019年全球性别差距指数统计,日本在153个国家中排名第121位(World Economic Forum 2019, 201)。日本政府鼓吹女性的力量,前首相安倍晋三宣扬"女性经济学"(Womenomics),旨在创造一个"女性可以发光的日本",颁布政策鼓励女性在照顾家庭的同时也进入职场,但公众的看法却并没有紧随其后,"2016年的一项民意调查发现,45%的受访男性赞同'女性应该待在家里'的观点"(Oda and Reynolds 2018)。

最显著的例证莫过于皇室制度:现任天皇夫妇的独生女不能继承皇位,而这仅仅因为她是女性;皇室女性成员在结婚后就会成为平民。约翰·布林(John Breen)在《退位、继承和日本皇室的未来——天皇的困境》(Abdication, Succession and Japan's Imperial Future: An Emperor's Dilemma)一文中解释了这种情况:

> 德仁天皇的弟弟、皇嗣秋筱宫(Akishino no Miya)现在是日本王位的第二顺位继承人,而他13岁的儿子悠仁(Hisahito)将继承他

的王位。如果悠仁没有男性继承人，那么皇位将无人继承。这种严峻的情况引发了关于女性继承王位利弊的激烈辩论。根据最新的民意调查，76% 的人乐意看到女性登基。毕竟，历史上有过十任女性天皇的先例。令人惊讶的是，74% 的日本民众不反对女性天皇的后代继承皇位，若此成真，那将是前无古人的。（Breen 2019, 8 – 9）[1]

继承权仅限于男性的观念仅可追溯到 19 世纪晚期，可以说是一项"现代的发明"。事实上，在日本记载的 126 任天皇中，有 10 任女天皇——实际上是 8 位女性，其中有两位女性两度登基。在 2019 年 5 月 1 日新任天皇即位当天，新任皇后雅子（Masako）却被禁止出席。素子·里奇（Motoko Rich）在《纽约时报》（New York Times）的文章中评论说，这是"女性在皇室的地位下降的又一例证，也是女性在日本社会广泛面临困境的例证"（M. Rich 2019）。[2] 女性既被禁止登基亦无法在婚后保留皇室身份的事实如此突兀——尤其是这个政府同时还在宣传女性在各个领域的进步。在这样的背景下，山姥反抗陈规的生活方式，在未来几年中仍将是许多日本人向往的典范。

注　释

引　言

1. 妖怪（Yōkai）很难翻译。小松和彦写道，一般而言，在最宽泛的定义下，它们可以被描述为神秘或怪异的生物、存在或现象。虽然这存在于任何社会中，但"日本妖怪的有趣之处在于其发展成为一种独特的文化"（Komatsu K. 2016, 12）。迈克尔·迪伦·福斯特解释说，"妖怪是奇怪或神秘的生物，怪物或神奇的存在，灵魂或精灵"，尽管它也可以是更复杂的存在（Foster 2015, 5）。

2. 见第5章对《大和物语》第156段和《信浓国弃姨山的来历》的概述与讨论，以及第4章对《猎人之母变成妖鬼起意啖子》的概述。

3. 同样地，卡门·布莱克（Carmen Blacker）指出，"人们认为神力更倾向于寄宿在女性身上，而这也更为合理……因此，女性被认为是两个世界之间的天然媒介"（Blacker 1975, 28）。

4. 当然，在讨论现代早期叙事中越来越多的女性妖怪时，不能忽略日本不断发展的交通系统、先进的印刷技术和商业主义对妖怪故事的迅速传播所起的作用，但这些方面不在本书的研究范围内。

5. 例如，参见《广辞苑》中的"Yamauba"和"Yamanba"（1978，2230，2237），《日本国语大辞典》中的"Yamauba"和"Yamanba"（2004，198，245），《世界大百科事典》中的"Yamauba"（Gōda and

Yokomichi 1972, 475）。

6. 《东胜寺鼠物语》可能是一个僧人为了教育他的弟子而写的教材（Hayashi Y. 2002, 405）。

7. 宫田登遵循今野圆辅的分类，将女性妖怪分为三种类型：山姥、矶女和雪女（Miyata 2000, 187）。

8. 小松崎进是日本文学教育联盟常任委员、小学教师、青少年文学作家。小松崎达子是日本教师教育协会常务委员会成员，也是一名小学教师。他们先让东京几所小学的孩子们阅读松谷美代子所写的原流传于秋田县的传说《山姥的织锦》（1967），然后询问孩子们的看法。该作已被翻译成英文，名为 *The Witch's Magic Cloth*（1969）。

9. 日本的中世纪时期一般被认为是1185—1600年（见 Farris 2006, 114）。

10. 说话是日本的一种文学体裁，主要包括神话、传说、民间故事和轶事。狭义地说，这些作品是"描述非日常事件的日本短篇故事，阐述佛教的基本教义或其他亚洲宗教和哲学教义（这种情况通常较少），传播文化和历史知识。自九世纪到十四世纪中期左右，这些叙述被汇编在《今昔物语集》（约1120年）等作品集中"（Li 2009, 1）。现在人们常认为说话来源于口口相传的故事，并相信这些故事是或者至少可能是真实发生过的。关于佛教说话文学的解释，见 Eubanks 2011, 8–11。

11. 这是第二十七章的第十五个故事。日文版本见 *SNKBZ* 1994–2002, 38:54–58，英译版见 Ury 1979, 161–163。

12. 同样，《今昔物语集》第二十八章的第二十八个故事"关于尼姑进入山中吃竹笋和跳舞的故事"（见 *SNKBZ* 1994–2002, 38:226–228）讲述了几个樵夫进入山里后迷了路，正当他们坐在那里不知如何是好时,有四五个尼姑从深山里跳着舞出来。樵夫认为她们不可能是人类,一定是鬼或天狗。如果"山姥"这个词在那个时候已经存在,那么她们肯定会被认为是山姥。

13. 根据民俗学家关敬吾的分类,《山姥和石饼》属于第 256 号(以及 AT953、AT1135、AT1137;见 *NMT* 1978—1980, 10:112–117)。关敬吾将该故事总结为:"樵夫正在敬酒和吃年糕时,僧人(老人或山姥)突然出现并向他索要年糕,但只得到了一块烧得滚烫的石头或油,僧人吃下石头或喝下热油后被杀死。"(Seki 1966, 56)

14. 其中一个缘起或起源 / 传说是《鞍马寺缘起》,收录在由僧人阿阇梨皇圆(约 1074—1169)所写的十二世纪史书《扶桑略记》中(《鞍马寺缘起》出现于延历十五年初,即 796 年。见 Kōen 1897, 583)。鞍马山自古以来就是修验道的重要修行场,以下是对《鞍马寺缘起》相关情节的概述:一位修行的禅僧来到了名为堂宇(Dōu)的地方,在那里点燃圣火以驱散黑暗。到了深夜,一个外表为女性的恶魔 / 神(鬼神)来到火堆旁,在火边取暖。禅僧非常害怕,他用滚烫的铁棒刺向她的胸部,然后立即逃走,躲在西谷的一棵朽树下。(外表为女性的)鬼追赶着他,试图一口将他吃掉。禅僧虔诚地吟诵北方多闻天王(毗沙门天)的名字,于是朽木砸落到恶鬼身上,将其杀死。故事的结尾是对毗沙门天神力的赞美(Gorai 1984, 29)。值得注意的是,该作中外表为女性的生物最初被称为神 / 恶魔,然后被称为鬼,最后又被称为恶鬼。五来重解释道,这是因为当时禅宗还未传入,禅僧只是一个在山里修行的人,即山伏(Gorai 1984, 29–30)。然而,小松和彦在 2019 年国际日本文化研究中心举行的研讨会上指出(Reider 2019),这位修行者后来被认为是东寺的峰延(生卒年不详),因此他不被视为山伏。

15. 德田和夫猜测，这种教徒或云游者讨伐恶魔和妖怪的故事由来已久，而这些说话也根植于其他神奇的山中（Tokuda 2016c, 43–44）。

16. "山中的温柔老妇人"可能塑造了温柔而乐于助人的山姥形象，在第1章中有所讨论。

17. 该故事出现在《伯耆国大山寺缘起》第七十五节。

18. Foster 2015, 59–61，也见 Yanagita 1968, 285–437。哲学家和文学评论家柄谷行人（Karatani Kōjin，1941—）解释道，柳田国男认为山民（山人）是很久以前在日本岛屿上繁荣发展的原住民的后代。这些土著猎人和采集者【狩猎采集民；柄谷行人补充了"国神"（国つ神）一词】要么被后来的水稻种植者征服【稻作民族；柄谷行人补充了"天神"（天つ神）一词】，要么逃到了山里（Karatani 2014, 82–86）。

19. 文学评论家和理论家诺思洛普·弗莱（Northrop Frye，1912—1991）写道，"原型是关联集群，与符号的不同之处在于它是复合变量，即通常有大量特定的习得性关联，且由于其被特定文化中的庞大群体所使用，这些关联也能够在人群中传播"（Frye 2006, 95）。

20. 荣格派心理学家和学者玛丽–路易丝·冯·弗朗茨（Marie–Louise von Franz, 1915—1998）将格林童话的《两兄弟》（"The Two Brothers"）和《金童》（"The Golden Children"）中的女巫解释为大母神的原型形象和无意识的原型（Franz 1974, 104）。或见 Jacoby, Kast and Diedel 1992, 205–206。

21. 根据 Hayek and Hayashi 2013, 3，我将阴阳道（陰陽道，Onmyōdō）译为"阴阳之道"（the Way of yin-yang），且原文中该词没有使用斜体，仅首字母大写。阴阳道是一种兼收并蓄的修行，它基于阴阳的宇宙二元律和五行（金、木、水、火、土）理论。阴阳道以中国古代形成的阴阳五行学说为基础，借鉴了《宿曜经》中佛教占星学的元素以及日本本土的神明崇拜。阴阳道这个名称是十世纪到十一世纪之间在日本形成的。见 Hayek and Hayashi 2013, 1–18。

22. 关于鬼的起源，见 Reider 2010, 2–14。

23. 收藏在奈良国立博物馆的地狱草纸（佛教地狱绘卷，约创作于十二世纪）中有"函量所"（灼热断罪狱）和"铁臼所"（铁臼碎肉狱）两个地狱场景，身处其中的鬼有着下垂的乳房，表明她们是老年女鬼（Tokuda 2016b, 43）。事实上，小松茂美（Komatsu Shigemi）称她们为鬼婆（Komatsu and Akiyama 1977, 54, 56）。

24. 2004年至2005年出版的《大声朗读（古老的传说）》（読みがたり）共47卷。林镇代指出，为了让孩子们更容易理解，《大声朗读（古老的传说）》收录了自1974年前后出版的各地古老故事，各县与教育有关的组织都参与了《大声朗读（古老的传说）》的创作，供儿童实践教育使用（Hayashi S. 2012, 69）。

25. 关于付丧神的讨论，见 Rambelli 2007, 211–258; Reider 2016, chap. 7。

26. 芭芭拉·利维（Barbara Leavy）这样评价天鹅少女（the swan maiden），"女性是象征性的局外人，是他者"（Leavy 1994, 2）。我相信利维关于天鹅少女的观点也适用于山姥。

第1章

1. 见引言"称呼之别"一节。标题为《"山姥"一词》。有趣的是，在《集英社国语辞典》中，山姥（yamauba）的解释是"相传生活在深山中的女鬼，也称为山姥（yamanba）"（*Shūeisha kokugojiten* 1993, 1787）。

2. 近代的山姥，如松谷美代子的纸戏剧（紙芝居）《三个护身符》（二俣英五郎绘）中的山姥常被描绘为头上长有犄角。我猜测当故事突出山姥的负面特征时，她的头上就会长有犄角。

3. 日文版本见 Yanagita 1971, 113–117; *NMT* 1978–1980, 6:182–225；英文译本见 Mayer 1986, 110–114; Seki 1966, 45。

4. 河合隼雄写道，应该注意到的是女人主动向男人求婚，而男人的态度是被动的（Kawai 1996,29）。女性的这种坚决与动物妻子（她们也主动接近男性）的积极态度有共同之处。根据小林文彦（Kobayashi Fumihiko）的说法，在动物妻子的传说中，日本人"保留了女性应该坚定自信的理想标准"（Kobayashi Fumihiko 2015, 101）。小林将该解释建立在传说的四个支撑性情节上：（1）动物妻子主动接近男性；（2）动物妻子住进男性的家中；（3）男性发现动物妻子是非人类；（4）动物妻子抛弃男性或者消失。相对于一般的误解，小林认为这些故事反映了女性对现实生活的积极态度。

5. 关于人类身体的深刻见解（如嘴巴作为妖怪的进出口）见 Yasui 2014, 205–255; 2019。

6. 《古今百物语评判》由山冈元临的一个学生或长子汇编而成，并在他离世十四年后出版。作品以语录形式记录了山冈元临和学生之间的问答。山冈将山姥解释为"山川恶灵"，强调了其消极的一面。

7. 蛇作为主角的有 17 个，见 *NMT* 1978–1980, 6:158–181。

8. 山姥变成蜘蛛的其他例子见 Konno 1981, 224–225。

9. 关于转变，河合隼雄指出了在《不吃饭的媳妇》中与山姥所吃的食物有关的大母神的元素："在将食物吃进肚子之前，食物存在于身体之外，而一旦将其吃进嘴里，食物就成了身体的一部分，进食在原型上包含着吸收或同化的功能……虽然她以人类为食，但她同时

也作为生育女神出现,赐予人类食物。"(Kawai 1996, 32)

10. 唐纳德·菲力比(Donald Philippi)指出,"吃了死者的食物就会失去返回故土的资格",这种观点也出现在希腊神话里的珀耳塞福涅、《卡勒瓦拉》(芬兰民族史诗,也称《英雄国》),以及毛利人、中国和琉球的传说中。此外,另一种类似的观点也很普遍——一个人如果吃了其他世界(如鬼魂、精灵或神灵的世界)的食物,就不能回到原来的世界了(Philippi 1969, 401–402)。

11. "二口女"一图出自1841年出版的《绘本百物语:桃山人夜话》(Takehara Shunsensai 1997),由江户时代晚期浮世绘艺术家竹原春泉斋(生卒年不详)所作,文字则由小说家桃山人(生卒年不详)写就。该图出现在因果报应的故事中:继母的罪恶落到了她的亲生女儿身上。水木茂(Mizuki Shigeru,1922—2015)在150多年后的2002年创作了内容几乎完全一样的图《妖怪画谈》,并使用了相同的标题"二口女",但该图描绘的是《不吃饭的媳妇》中的山姥。我发现叙事和图画的传承方式非常吸引人,我在这里引用这幅插图是因为许多同时代的评论家认为它描绘的是《不吃饭的媳妇》,关于叙事和图画的创作及传播的详细讨论见第4章。

12. 日文版本见 *SNKBZ* 1994–2002, 1:45–47;英文译本见 Philippi 1969, 61–64。

13. 日文版本见 *NMT* 1978–1980, 6:158–181; Yanagita 1971, 109–113;英文译本见 Mayer 1986, 107–110; Seki 1966, 44。

14. 其他主要角色及其在同类型中出现的次数如下:老妇人,9次;狸(tanuki),4次;山男,3次;独眼怪,2次;蜘蛛,1次;山母,1次;梳子,1次;山椒大夫,1次(*NMT* 1978–1980, 6:158–181)。

15. 日文版本见 *NMT* 1978–1980, 6:132–154;英文译本见 Seki 1966, 43。

16. 其余为：山女，1次；山男，1次；貉（mujina），1次；怪物，1次。

17. 《一寸法师》的故事情节如下：一对老夫妇多年来一直祈祷有个孩子，后来虽然妻子早已超过生育年龄，但她还是怀孕了。她生下了一个男孩，然而这个男孩并没有随着年龄的增长而长大，而是一直维持着一寸的身长——因此名为"一寸法师"。一天，一寸法师决定去京城寻求财富和功名，他在一个贵族家里找到了一份仆人的工作，并爱上了这对夫妇的美丽女儿。他欺骗女儿的父母，让他们相信自己的女儿偷了他的大米，于是这对父母和自己的女儿断绝了关系。女儿受到他的照顾，和他一起离开了这个家。在没有目的地的旅程中，一寸法师和贵族女儿遇到了一群鬼，其中一只鬼一口吞下了一寸法师，但一寸法师并没有束手就擒，他用自己的短剑从鬼的肚子里刺了出来。受了重伤的鬼将一寸法师吐了出来，鬼群逃之夭夭，留下一个可以实现愿望的万宝槌。一寸法师捡起万宝槌，利用它的超自然力量把自己变成了正常大小，还用万宝槌变出了食物和财富。变得富有的一寸法师娶了贵族女儿为妻，从此过上了幸福的生活。日文版本见 Ichiko 1958, 319–326；英文译本见 McCullough 1990, 495–498。

18. 鬼可以通过宝物带来财富，比如可以变出任何东西的万宝槌（见 Antoni 1991; Reider 2010），但自愿帮助人类和带来财富并不是鬼的主要特征。

19. 山姥的这种行为与英国童话《杰克与魔豆》中巨人妻子的行为相似。

20. 其他的助人形象出现的次数如下：生母的鬼魂，10次；鸟，7次；弘法大师，2次；地藏菩萨，2次；乞丐，2次；神，1次；（活着的）生母，1次；小妇人，1次；牛，1次。

21. 其他的助人形象有：乳母，1次；年轻的神官，1次；人类，1次。

22. 值得注意的是，鬼实为人类的镜像。当人类躲在鬼的房子里时，鬼会说"我闻到了鱼腥味"，即指人类的气味；而当鬼出现在人类面前时，通常也会用类似的语言来描述"鱼腥味"。

23. 在中世纪时期，人们普遍认为歌舞和其他艺术可以带来救赎（Bethe and Brazell 1998, 213）。

24. 山冈元临认为山姥是"深山幽谷中的恶鬼。世界诞生后，人也被创造出来。正如水孕育了鱼，恶鬼生于血中"（Yamaoka 1993, 46）。

25. 根据仕手（主角）的角色，能剧分为五种类型：神事物、修罗物、鬘物、狂物、鬼畜物。《山姥》和《黑冢》属于鬼畜物。

26. 铃木大拙（Daisetsu Suzuki）写道，《山姥》"很可能是一个佛教僧侣为传播禅宗教义而写的"（Suzuki 1959, 419）。

27. 在《敦盛》中，年轻贵族敦盛的鬼魂以割草者的身份出现，而在《松风》中，海女松风和村雨的鬼魂则在舀盐水。

28. 日文文本见 *SNKBZ* 1994–2002, 59:459–473; *SNKBT* 1989–2005, 57:502–503；英文译本见 Shimazaki C. and Comee 2012, 307–335，译文之前有对该作品的精彩介绍（299–306）。

29. 该传说记录于福岛县二本松市安达原的观世寺中。

30. 石枕说话是圣护院的门迹道兴（1430—1527）在他的旅行日记《回国杂记》（完成于 1487 年）中写下的。石枕是武藏国浅草地区一块石头的名字，故事概要如下：一位下级武士和他的妻子逼他们的亲生女儿出卖身体，女儿邀请旅行者在石枕旁边亲热，等旅行者睡着后，她的父母便砸碎旅行者的头，拿走他们的东西，但女儿一直反对父母的行为。一天，女儿扮作旅行者，而她的父母在不知情的情况下砸碎了自己女儿的头。当意识到自己杀害的是亲生女儿后，他们非常后悔，为自己的女儿举行了葬礼（Matsuoka S. 1998,89）。鬼子母（或梵语中的 Hārītī）有一万个她爱的孩子，但她本身性情暴戾，常杀死并吃掉人类的孩子。丧子的人们祈求释迦牟尼佛拯救他们，于是释迦牟尼佛将鬼子母最小的孩子藏了起来。鬼子母绝望地寻找自己的孩子，但未能找到。她得知了佛陀无所不知，于是便向佛陀求助。佛陀责备了鬼子母，指责她吃掉孩子为父母们带来巨大的痛苦。佛陀将她最小的孩子归还后，鬼子母成为孩子和分娩中的妇女的保护者，被称为"鬼子母神"或"鬼子母"（Motai 1972, 127）。

31. 酒吞童子传说的概述和文本见第 2 章的"神子之母与食人"部分。

32. 日文版本见 *SNKBZ* 1994–2002, 12:290–291；英文译本见 Tahara 1980, 31–33。

33. 日文版本见 *SNKBT* 1989–2005, 7:160；英文译本见 Fujiwara A. 1995, 1:136。

34. 李将在佛教说话集《闲居之友》（编纂于 222 年）的《妒火中烧的女人活着变成了鬼》中出现的一个女鬼描述为孤独而可怜的存在。故事的主人公是一个被情人抛弃的女人，她用淀粉糖浆把头发梳成五角，让自己看起来像鬼一样，她杀死了前情人，甚至还吃掉了其他无辜的人（见 Keisei 1993, 422）。

35. 小田幸子（Oda Sachiko）注意到，《黑冢》中的仕手不仅揭示了其邪恶的本质，还通过话语和穿戴的面具及服装揭示了女性的业力（karma）（Oda 1986, 82）。

36. 另一个相似的例子是垂仁天皇之子誉津别命，他娶了肥长比卖（肥长姬）为妻一晚。当誉津别命偷看自己的妻子时，他发现妻子变成了一条蛇，皇子感到很害怕，便逃跑了。悲痛欲绝的肥长比卖乘坐小船追赶丈夫，照亮了大海。誉津别命越来越害怕，便向山上逃去

（Philippi 1969, 222–223; *SNKBZ* 1994–2002, 1:209–210）。

37. 河合隼雄的观点也非常有意思，"在我看来，通过'女性的眼睛'而非'男性的眼睛'似乎能够更好地理解日本童话的精髓……通过女性的眼光看待事物，意味着日本人的自我是通过女性（而非男性）象征性地表现出来。自第二次世界大战结束以来，盛行于日本的父权社会制度掩盖了我们对这一事实的认识，然而在童话故事中，'女英雄'是可以自由地积极参与的角色，而研究这些女性人物能够帮助揭示日本人的心理"（Kawai 1996, 26）。

第 2 章

1. 山冈元临认为，《曲舞》由禅宗临济宗的僧人一休宗纯（1394—1481）所著（Yamaoka 1993, 46）。

2. 关于助产技能和角色的研究见 Yasui 2013。人们将在怀孕或分娩期间死亡的妇女视为女性妖怪"姑获鸟"（或"产女"）。与之有关的研究见 Shimazaki 2016, 194–227。

3. 18 世纪出版的涩川版《酒吞童子》的英文译本见 Reider 2010, 185–203；《大江山绘词》的英文译本见 Reider 2016, 37–56。

4. 见秋叶山本宫秋叶神社网站。据田村贞雄，目前有 800 座秋叶神社加盟神社本厅，如果算上秋叶神社建筑群内的神社，全日本则大约有 4000 座。此外，有 1500 座佛教曹洞宗的神社供奉着秋叶权现（以秋叶神的形式显灵的佛或菩萨），许多天台宗和真言宗的神社也供奉着秋叶权现。

5. 坂本太郎（Sakamoto Tarō）解释道："巫女（みこ）的职责就是为神编织衣服，因此该描述揭示了太阳女神天照大神就是巫女"（*SNKBT* 1989–2005, 67:560，或见 Okamoto 2012, 35）。关于中国和日本神话中的织女，见 Como 2009。对于纺纱的重要性，佐佐木孝浩（Sasaki Takahiro）在 2019 年国际日本文化研究中心的研讨会上（见 Reider 2019）引用了希腊神话中的命运三女神——克洛索纺织生命之线，代表人的出生；拉克西斯测量线的长度；阿特罗波斯则将线剪断，决定人的死亡。此外，佐佐木还让我想起（见 Reider 2019）《日本书纪》中描述的三轮山传说（见第 1 章"《黑冢》中的山姥"），该传说讲述了倭迹迹日百袭姬命在看到她丈夫大物主神的真身后吓得尖叫。在《古事纪》中，该传说的叙述则有所不同。一户家庭中美丽的女儿怀孕了，因为一个神秘而俊美的男子每天晚上都会来到她的房间。她遵循父母的指示，将麻线穿过缝针，缝在男子衣服的下摆上。第二天早上，她和她的父母顺着麻线一直来到了三轮山的神龛处，于是他们明白了男子就是三轮山的神明（Philippi 1969, 203–204; *SNKBZ* 1994–2002, 1:185–188）。《古事纪》中神明的怀孕妻子叙述了他们（未来）孩子的出生和她的故事（包括线）。三轮山神明之妻与倭迹迹日百袭姬命一同代表了死亡、出生和线。

6. 《机织御前》是关于一个拥有神力的少女在山上或水中的织布机上织布的传说，在许多相关的故事中，织布机织布的声音是从水中传来的，见 Yanagita, 1970a, 186–195；《大师之井》是关于佛教真言宗的创始人空海（或弘法大师，774—835）的故事，他游历日本各地，能够击地而取水，见 Yanagita 1970a, 152–168。

7. 在《日本灵异记》里，是丈夫为妻子写了诗。

8. 关于狐妻和变形的研究见 Bathgate 2004。

9. 关敬吾将这些传说归类为 253C；AT304（Ikeda–AaTh 121Y，见 Ikeda Hiroko 1971, 32）。

10. 该类型的故事也出现在《草子集》（又名《御伽物语》）中——由俳

谐诗人荻田安静编集，于 1677 年出版。该故事的叙述者从一个无主的武士那里听说了这个故事，而这个武士又是在拜访冈山县山中村庄时从一个猎人那里听说了这个故事。猎人进入深山后遇到了一个倾国倾城的女子，年龄大约二十岁。他觉得很奇怪，便开枪射向女子，但女子用右手接住了子弹并朝他微笑。他又开了一枪，这次女子用左手接住了子弹，仍然朝他微笑。他吓得拔腿就跑，但女子并没有追赶他。后来，猎人将此事说给一位老人听，老人说神秘的女子是山姬，她高兴时会给予人类财富（Ogita 1989, 91–92）。显然，在江户时代早期，猎人在山上射向神秘的山姬或山姥的故事很是普遍。

11. 该传说的最初版本可能是，在苧瀬池里住着一位 1000 多岁的龙女，她时而变成美女，时而变成老太婆，因为会吃人和动物而给村民带来麻烦。见 Taki 1986, 45。

12. 关于历史人物源赖光和坂田金时，见 Reider 2016, chap. 1。

13. 地藏堂既是地名也是庙堂名。

14. 该剧于 1712 年首次作为净琉璃作品上演，首场有记载的歌舞伎表演则在 1714 年。《姬山姥》的文本见 Chikamatsu 1959, 177–226。

15. 关于《姬山姥》的讨论见 Reider 2010, 76–84。

16. 高木侃（Takagi Tadashi）认为，普通民众离婚的法律待遇明显相悖于女性地位大大低于男性的观点（Takagi 2006, 97–115）。即便如此，女性的地位仍然远低于男性。

17. 然而在离婚时，与嫁妆有关的钱财和土地必须归还给女方，除非离婚是由女方或女方家庭提出的，见 Nakada 1956, 99–110, 140。

18. 比喜多川歌麿还要早一个世纪的井原西鹤（Ihara Saikaku，1642—1693）在《西鹤诸国奇闻》的一则短篇小说中将一个难看的老妇人称为"山姥"。该老妇人在年轻的时候花容月貌,被称为"村中之花",但她的十一个爱人在她18岁之前相继死去。自那以后她一直独自一人,靠纺织养活自己。随着年龄的增长,她变得不再迷人,外表反而骇人,这可能就是井原西鹤将她称为"山姥"的原因。她在寺庙偷油时被箭射中身亡,当箭射断她的头时,她的头飞到空中,喷出火焰。在那之后,任何看到喷火的头颅的人都会昏过去,有的甚至会丢掉性命(Ihara 1996, 142–144)。虽然人们都知道山姥的邪恶面会给人带来昏迷或死亡,但喷火的头颅在山姥的传说中却是前所未闻的。到这时,人们充满好奇地热切讨论起山姥。

19. 关于《百鬼夜行抄》,见第6章"漫画《百鬼夜行抄》中的山姥",该话标题为"白之颚"(Ima 1995–, 12:3–44),初刊于2003年3月。

20. 关敬吾写道,"鬼(或继母)被杀死,她的肉四散为跳蚤、虱子和蚊子,黏液变成青蛙,血液变成跳蚤,灰烬变成苍蝇"(Seki 1966, 23)。

21. 《鬼之子小纲》的概要见第1章"鬼的女性同居者"。

22. 《邪马台》是一篇"未来记"(预言书),预言了日本的灭亡——在第一百位天皇之后,自封的军阀们争夺霸权,日本最终将灭亡。该诗共120字,但是这些字都是随机排列的,因此读者必须自己破译读序。当字的排列顺序正确时,它们就会组成一首24行诗,每行5个字。在中世纪时期,这首诗被视为命名日本为"大和"的权威文本来源。作为与日本直接相关的权威文本,这首诗有许多注释和引语。在整个中世纪,人们都坚信南朝梁的梁武帝(464—549,在位时间为502—549)时期的神秘僧人宝志禅师(418—514)为该诗的作者。然而,江户时代的儒学家林鹅峰(Hayashi Gahō, 1618—1680)则认为这首预言诗为平安时代的日本人所写(见Komine 2003)。

23. 详细讨论见 Reider 2016, chap. 2。在现代早期，土蜘蛛作为一种能够变形的杀手在文学和戏剧表演中"臭名昭著"，她出现在近松门左卫门所写的《关八州系马》（関八州繋馬，歌舞伎和木偶剧作品）、河竹默阿弥（Kawatake Mokuami, 1816—1893）所写的《土蜘蛛》（创作于1881年，歌舞伎作品）和柳下亭种员（Ryūkatei Tanekazu, 1807—1858）所写的《白缝谭》等作品中，雌蜘蛛通过白丝捕捉和杀死猎物。《关八州系马》中心怀怨恨的少女小蝶在死后变成了土蜘蛛，企图通过蛛网杀害仍活着的对手。歌舞伎《土蜘蛛》根据能剧《土蜘蛛》改编而成。《白缝谭》的女主人公是已故的战国时代封建领主大友宗麟的女儿若菜姬，她从古老的土蜘蛛那里获得了神力，以蛛丝作为主要武器与敌人战斗。阴狠毒辣的雌蜘蛛可能主要来源于能剧《土蜘蛛》（约创作于十五世纪初，Baba Kazuo 1990, 80）及其广为人知的出处，即《日本书纪》（或称《日本纪》）和《平家物语》中的"剑"卷部分（剣の巻）。我相信能剧《土蜘蛛》的资料来源应该也包括《土蜘蛛草纸》。

24. 马克·哈德逊（Mark Hudson）认为，土蜘蛛是"关于政治效忠的大和用语实例，借此将反对国家的人贴上野蛮人的标签"（Hudson 1999, 201）。

第3章

1. 《米福粟福》情节见第1章。
2. 其他时候的读心者为天狗、狸（tanuki）、山父、山男、山神或单腿单眼的妖怪。
3. 五来重指出，山神被佛教高僧或山伏敬奉后会变成童子（Gorai 1984, 34）。

4. 第一卷的第六十五个故事。

5. 《扶桑再吟》是扶桑大瞰的作品，但该书由其弟子编撰而成。

6. 托马斯·罗杰斯令人信服地指出，言灵是"来自于远古的概念，并于现代早期复兴，出现了各种各样的解释"（Thomas 2012, 6）。

7. 人们相信非常老的猫会变成吃人的妖猫，著名的民间传说《铁匠的老母亲》（鍛冶屋の婆）就是一个很好的例子，关敬吾将其归类为第 252 号；AT121（Ikeda–AaTh 121，见 Ikeda Hiroko 1971, 29–31），见 *NMT* 1978–1980, 7:10–11; Seki 1966, 49–50。

8. 此处引用的《山姥的微笑》译者为水田宗子，见 Ōba M. 1991, 194–206，日文版见 Ōba M. 2009, 461–477。

9. 松谷美代子写道，根据情况不同，昔话甚至可以从故事收集者对叙述者所述内容的分类开始：重述者可以重复某些方面，插入解释，或省略重要部分。有时，昔话作者会修改句尾，从而让读者更好地理解难懂的方言和叙述者独特的叙事节奏。有时候，昔话作者通过自己的写作风格来表达相同的故事概要（Matsutani 1979, 247–248）。

10. 木下顺二将其作品《夕鹤》（创作于1949年）列为再创作的例子（Kinoshita 1958, 259–260）。

11. 叙事者说道："现在，我要讲的是一位真正的山中女巫。"（Ōba M. 1991, 196; Ōba M. 2009, 463）

12. 该书于1946年由三鸠社出版，又于1953年作为岩波图书馆幼儿图书系列之一由岩波书店出版。该书的英文译本名为 *Canute Whistlewinks and Other Stories*，由福斯（C.W. Foss）自瑞典文翻译而来。

13. 星之瞳是一个为照顾她的家庭带来财富的孩子，她让人想起《鼻涕小子》(鼻たれ小僧)或《龙宫小子》(竜宫小僧)。关敬吾将该故事归类为第223号,故事情节如下:"一个贫穷的男人(或女人)(a)将柴火或门松枝条扔到海里,(b)救了一条鱼(或一只青蛙),于是被一只海龟(或一位女子)带到龙宫。为了感谢他的松枝或他的救助,龙宫的公主款待了他。在离开时,男子遵循海龟的话,请求公主给予他具有神力的男孩(或白狗、黑猫、乌龟、母鸡、马或者神奇的物品),让他可以变出各种各样的东西。具有神力的男孩或动物变出或获得的黄金与他们每天吃的食物一样多。后来(a)男人的妻子(兄弟或邻居)借了这只具有神力的动物想要变出更多的金子,但以失败告终;(b)男人变得狂妄自大,具有神力的男孩因此而离开,最终男子失去了财富。"(Seki 1966, 87–88)

14. 其中一例见 Mizuta and Ōba 1995, 142。

15. 该调查开展于东京的几所小学,调查对象为读完了神泽利子版本的《摘山梨》——《摘梨子兄弟》的儿童读者。

16. 在藤田浩子(Fujita Hiroko)的作品《日本乡间民间故事》【弗兰·斯托林斯(Fran Stallings)译】中,该角色被称为"一位老妇人",但这个故事被归入"山姥的故事"标题下。

17. 除非另行注明,本篇用的是莲达·霍伦(Linda Hoaglund)翻译的版本。

18. 麦克唐纳写道:"能剧内含了许多思想,如人类存在的无常、人类的罪恶和因果报应等,这正是相合相契的,因为黑泽明自始至终关注的都是人类道德本性的问题,这些与能剧相同的主题也在视觉和听觉方面得到了循环性的加强。"(McDonald 1994, 129)

19. "八正道"指的是:正见、正思维、正语、正业、正命、正精进、正念、正定。

20. 苦难之轮占据了生命之轮的最大部分，描绘了佛教的宇宙观。见 Robinson and Johnson 1997, 20–27。

21. "林中女巫由'山姥'面具代表。"（Manvell 1971, 103）

22. 这显然是莎士比亚戏剧的效果，女巫总是伴随着雷声和/或闪电出现，见 Shakespeare 1978, 419, 446。

23. 黑泽明最有可能使用了被广泛引用的坪内逍遥（Tsubouchi Shōyō）的翻译。在坪内逍遥于 1932 年出版的译作中，舞台指导《舞蹈》也被包含在内（见 Shakespeare 2004）。福田恒存（Fukuda Tsuneari）也翻译了《麦克白》，但他的译作出版于 1969 年，晚于黑泽明的电影。

第 4 章

1. 宫田登在"魔女和鬼女"一章中对欧洲女巫和日本女鬼进行了比较，此文最初于 1982 年刊登在杂志（ゆう）上。

2. 歌舞伎《茨木》由河竹默阿弥创作，剧情衔接能剧《罗生门》的结尾。这部歌舞伎作品属于松羽目物（在绘有松树的布景板前表演的基于能剧的歌舞伎作品），采用了能剧的艺术。

3. 此外，在阐释户隐山传说中的女鬼（能剧《红叶狩》的出处）时，高桥将主人公称为"女鬼"和"山姥"（Takahashi 1995, 51）。

4. 概述和酒吞童子传说的文本见第 2 章"神子之母与食人"。

5. 弥三郎婆的其他描述见 NDT 1982–1990, 3:111–128。

6. 宫田登未提供出处。

7. 在山墙上设洞是为了便于炊烟飘出。

8. 同见"弥彦昔话"（弥彦の昔话）。

9. 鬼子母传说见第 1 章的注释 30。

10. 柳田国男写道，虽然在伪经《佛说地藏菩萨发心因缘十王经》中被记作"葬头河"，但在佛教的宇宙观中并没有葬头河这个地方。"葬头河"（sōzuka）在日语中本意为"边界"，但后来有人把它写成复杂的汉字（Yanagita 1970a, 143）。

11. 新潟县政府的网站上写道，"在宝光院有三尊骇人的妙多罗天女像"，它们让人联想到夺衣婆。每年10月15日，三座雕像中的一座都会揭开头上的面纱，此时，人们会把棉花套在雕像的头上。人们普遍认为，把这些棉花戴在孩子的脖子上就能治好百日咳（Niigata Prefectural Government n.d.）。一条腿膝盖抬起，另一条腿盘在身体之下的坐姿是中世纪社会地位较高的女性的一种庄重坐姿。

12. 该经于十二世纪末基于由中国唐代僧人藏川所述的《佛说阎罗王授记四众预修生七往生净土经》在日本编撰而成。

13. 在《法华验记》中有这样的记载："在三途河的北面有一个老女鬼，她外表丑陋，住在一棵大树下，将成千上万件衣服挂在树枝上。女鬼说……'我是三途河边的老妇人，脱下你的衣服才能过河'。"（*Dai Nihonkoku Hokke genki* 1995, 138–139）

14. 《法华验记》《今昔物语集》中使用的是"妪鬼"，故事标题为"醍醐僧莲秀仕观音得活语"，见 *SNKBZ* 1994–2002, 16:84–86，或见 Ogurisu 2014, 22。

15. 夺衣婆传说的英文版见 Hirasawa 2013, 159–181; Saka 2017。

16. 与其他山区宗教总坛禁止妇女进入圣地的某些区域（结界）不同，熊野允许妇女自由进入。关于熊野和熊野比丘尼，见 Moeman 2000; Ruch 2002；关于熊野比丘尼对民族文学的影响，见 Ruch 1991, 143–184。

17. 《地藏十王经》《法华验记》或《今昔物语集》均未提到巨石或洞穴（见 *Bussetsu Jizō bosatsu hosshin innen jūōkyō* 1998, 300; *Dai Nihonkoku Hokke genki* 1995, 138–139; *SNKBZ* 1994–2002, 16:284–286）。

18. 华盛顿特区弗利尔美术馆的一个折叠屏风上描绘了一位比丘尼向众人解释曼荼罗的场景，画中的比丘尼也是单膝朝天，见 Hagiwara 1983, 57–58，或见 Ruch 2002, 561。

19. 见 Yanagita 1970a, 140–141。阿部正信（Abe Masanobu，生卒年不详）所著的《骏国杂志》（出版于1843年）中的一个故事便是该类姥神的例子：一个乳母抱着主人的孩子经过一个池塘，孩子突然开始剧烈咳嗽，于是她把孩子放在地上，打算从池塘里取些水来缓解孩子的不适。就在她一个不留神之时，孩子翻滚掉进池塘里淹死了。乳母感到非常内疚，于是也自沉于池中（Yanagita 1970a, 141）。

20. 其中一个例子与传奇人物都蓝尼有关，她出现在关于禁止女性进入圣山的叙事（"女人禁制"）中。据大江匡房（Ōe no Masafusa, 1041—1111）所著的《本朝神仙传》（创作于十一世纪晚期），都蓝尼生于大和国，通过神秘的苦行活了几百年。"然而，遗憾的是，她的过度自信让她进入了神圣的金峰山，使得藏王权现（金峰山的守护神，从不让女性进入自己的领域）用闪电击中了她。都蓝尼的手杖变成了一棵树，大地塌陷形成了一个湖，她在岩石上留下了指甲印。"（上西郁美译）上西郁美写道："都蓝尼，一位敢于踏入金峰山的无畏尼姑，成为支持'女人禁制'（隔离女性）这一男权制度的象征，该禁制禁止所有妇女进入圣地的指定区域（结界），如金峰山……在这些山中，通往山顶路旁的石头或呈坐姿的老妇木雕（也被称为乳母神或夺衣婆）象征着都蓝尼的顽强精神。"

（Kaminishi 2016, 331）

21. 正如上述注释11，揭纱的妙多罗天女像头上的棉花也有治疗百日咳的神奇作用。

22. 荻原龙夫认为，与子安神（儿童和分娩的守护神）、姥神和山姥有关的民间传说之所以在近代广泛传播，很大程度上得益于云游尼姑。Hagiwara 1985, 63; 1983, 284–287。

23. 有许多姓茨木的家族自称是茨木童子的后裔（Tokuda 2001, 86–87）。谷川健一指出，茨木童子攻击渡边纲与弥三郎婆非常相似（Tanigawa 2005, 317）。此外，佐佐木雷太评论道，自现代早期开始，弥彦山作为酒吞童子诞生地的传说流传于弥彦山地区，这些传说也被广泛吸收进各种各样的昔话（Sasaki R. 2008, 204）。

24. 佐竹昭广解释道，《吾妻镜》中弥三郎婆的讨伐者佐佐木信纲之所以在《三国传记》中成为佐佐木备中守源赖纲（1244—1310），是因为"赖纲"音近于酒吞童子的讨伐者源赖光（948—1021），作为传说中拥有神力的邪恶的弥三郎婆的讨伐者，"赖纲"比"信纲"更容易为人们所接受。这也揭示了伊吹山版本酒吞童子出现的时间早于1407年出版的《三国传记》（Satake 1977, 39）。

25. 由于弥三郎婆传说中没有描述她逃到山里后是如何绑架并吃掉孩子的，因此人们只能想象她从山上下来吃掉孩子。它很可能类似著名的山姥昔话故事类型《老天爷的金锁链》（天道さん金の鎖）开篇：一个母亲和三个孩子住在山中的一所房子里，趁母亲不在的时候，山姥假扮成母亲来到家里，吃掉了最小的孩子，但两个哥哥爬上了从天国垂下的金链子而得以侥幸逃脱。山姥为了追上他们，爬上了另一根从天而降的绳子，但却滑了下来，掉进了一片荞麦地里。她的血把荞麦变成了红色（Seki 1957, 113–115; 1963, 54–57; *NMT*

1978–1980, 6:226–250）。虽然《老天爷的金锁链》中的山姥最终和其他食人山姥一样迎来了死亡，但弥三郎婆则因与宣传佛教教义的说话有关而最终被神化。

26. 顺带一提，在江户时代，《山姥》（或及其附诗句"柳青而花红"）的作者有时被认为是佛教禅宗临济宗的僧人一休宗纯（1394—1481），这一观点萌芽于中世纪末期（Sasaki R. 2008, 208–209），山冈元临也认同这一观点（Yamaoka 1993, 46）。

27. 另一个说话再创作的例子是《桃太郎》的变体，其情节模式包括：（1）鬼的手臂或身体的一部分被男人砍断；（2）鬼变成一个老妇人，取回她的手臂或身体的一部分；（3）鬼取回后迅速消失。这一叙事模式在日本非常流行。事实上，池田弘子（Ikeda Hiroko）将这种模式归类为"取回断手"（Ikeda–AaTh 971; 关敬吾没有相应的分类）。池田指出，这种分类基于歌舞伎《茨木》（Ikeda 1971, 216）的情节。"取回断手"这一模式被改编进许多其他传说，包括广为流传的讨伐鬼的民间故事《桃太郎》的变体之一。关于《桃太郎》的讨论，见 Namekawa 1981; Antoni 1991; Dower 1986, 250–258; Reider 2010, 141–145。这里我们再一次看到鬼和山姥的糅合。桃太郎诞生于顺着小溪漂流而下的桃子里，他也因此得名桃太郎。随着年龄的增长，他开始表现出不可思议的力量。当时，来自遥远岛屿的鬼常出没于首都，掠夺宝物，绑架人类，年轻的桃太郎决定前往讨伐恶鬼。他年迈的养父母给他做了糯米团子当作食粮，途中他还遇到了一只狗、一只猴子和一只雉鸡，它们为了吃到美味可口的团子，都成为桃太郎的仆从。桃太郎和他的三个仆从来到鬼的岛上，打败了鬼，带回了岛上所有的财宝。民间故事《桃太郎》起源于1550年至1630年，但桃太郎形象——善良、深情、孝顺的儿子，日本年轻人的完美典范——的形成却在更晚些的18世纪（Namekawa 1981,2–3, 206）。在石川县南部加贺地区发现的《桃太郎》变体则有些不同。山下久雄（Yamashita Hisao）在1935年首次讨论了该版本。该版本中，桃太郎从鬼那里得到的不是财富，而是鬼的尖牙。和主流的桃太郎一样，该版本的桃太郎（以下简称为"山下的桃太郎"）很聪明，打败了岛上的鬼。但当桃太郎取走了鬼牙作为战利品后，鬼又取回了自己的牙，就像渡边纲一条戾桥传说。"山下的桃太郎"中的鬼先将自己伪装成照顾过桃太郎的山姥（桃太郎从小由山姥抚养长大），然后要求桃太郎让她看一眼鬼牙。桃太郎把鬼牙放到山姥手里的瞬间，山姥就随着突然从磨盘吹来的风消失了（Yamashita 1975, 93–94）。值得注意的是，作者写的是鬼变成了山姥，而不是老妇人或桃太郎的母亲。此外，在同一地区，中岛杉（Nakajima Sugi，生于1897）于1972年（Matsumoto K. 2007, 93–97）讲述了一个几乎相同的桃太郎故事，但根据中岛的版本，桃太郎很淘气，而且另一个重要的区别是，为了取回鬼牙，鬼变成了养育桃太郎的老妇人，而不是山姥，这更接近于渡边纲的一条戾桥传说。当山姥随风消失时，她飞了起来。这些故事表明，无论老妇人变身成山姥、鬼婆还是鬼，都没有太大区别，而当她对人类有害时，则会被描述为三者中的任意一种。在《桃太郎》传说的变体中，没有关于鬼吃人的描述。

28. 关敬吾指出，在静冈县和新潟县，这种故事类型只有少数（*NMT* 1978–1980, 10:314）。

29. 山中的著名妖怪天狗的特点也是能够飞行，在中世纪时期影响很大。关于天狗的研究见 Wakabayashi 2012。

30. 这幅画被收藏在静冈县天龙区佐久间町的明光寺中。

第 5 章

1. 通常"つくもがみ"被写成汉字"九十九发",意思是"九十九(岁)的头发",即一个 99 岁的人的头发。小松和彦解释说,这个词也可以表示为"九十九神"(日语音节"かみ"也可以指神,它们是同音异义词),表示灵魂寄宿于极长寿的人或物中,当它要做某些神秘的事情时,就会变成老人或器物的妖怪(Komatsu K. 1994, 330)。另外,田中贵子(Tanaka Takako)写道,根据《冷泉家流伊势抄》(冷泉派对《伊势物语》的注释,约十三世纪)第 63 段,当狼、狐狸和狸活到 100 岁以上后,它们便会获得改变身形的能力,也会伤害人类,这些变形的动物被称为"九十九发"。田中注意到,将高龄且会变形的动物称为"九十九发",与把器物的变形妖怪称为"九十九发"异曲同工(Tanaka T. 1992, 206–208)。

2. 该评论开头的直译是"他们的母亲非常衰老,以至于变成了鬼",而不是"他们老年痴呆的母亲变成了鬼",但尤里(Ury)将其翻译成"老年痴呆"非常贴切。

3. 小松和彦引用了松本实(Matsumoto Minoru)的评论,当山姥影响人家(而非人)时,这种关系是积极的,因为山姥会为人家带来财富(Komatsu K. 1979, 347),如下述例子。村子里有一户姓中尾的人家非常贫穷,在年底的一个寒冷夜晚,一个中尾家从未见过的老妇人来到他们家,请求他们每年给她的丈夫做一次年糕来填饱他的肚子,作为交换,她会让这户人家富裕起来。这家人同意在每年的 12 月 28 日给老人做年糕,于是老妇人留给他们一株巨大的小米穗。到了约定的那天,老人来到中尾家,尽情地享用这家人为他准备的年糕。而在第二年,中尾家种下的谷物也大获丰收。年复一年的大丰收让中尾家变得富裕起来。老人仍然每年来吃一次年糕，但这家人开始将他视为麻烦。有一年，他们将一块烧得滚烫的石头塞在给老人的年糕里，为了咽下口中的年糕，老人请求这家人给他一杯茶，但这家人递给了老人一杯灯油。离开房子时，老人因为腹中灼热的灯油而融化了。从那以后，中尾一家再次变得家徒四壁，在 12 月 28 日也不再做年糕了。据物部村的村民说，老人和老妇人是山父和山姥，人们也相信这是真实发生的事情。因为中尾家心地善良，山姥让他们变得富裕；但当他们变得狂妄自大，不再好好对待山姥和山父，山姥便会离开或不再给予祝福。小松和彦发现，山姥对家庭的影响与村民遵守社会道德秩序之间存在一定的关系（Komatsu K. 1979, 347–348），这与第 1 章中讨论的山姥会选择性地施与奖励相一致。

4. 苏珊·汉利（Susan Hanley）研究称，根据第一份可靠的日本人预期寿命表（基于 1920 年至 1925 年进行的第一次现代人口普查），日本男性的预期寿命为 42.1 岁，女性为 43.2 岁，这与"1859 年以前西欧人民的预期寿命相当"（Hanley 1974, 141）。

5. FTD 的症状会"随着时间的推移逐渐恶化，大多数情况为经过若干年，患者最终会变得需要全天候护理"（Mayo Clinic n.d.）。

6. 额颞叶退行性病变协会在其网站上发布称，FTD 是"60 岁以下人群中最常见的失智症"（Association for Frontotemporal Degeneration n.d.）。

7. 柳田国男在 1945 年发表的文章《姨舍山》中首次提出这四种类型的划分。他指出，前两种类型源于国外，而后两种则源于日本本土。然而，在柳田国男于 1971 年出版的《日本昔话名汇》中，他将这些故事分为两类：第一类是关于"老人被遗弃之地，老人的智慧，（将老人）隐藏和照顾，问题的解决，老人变得幸福……第二类是将父母带到山上抛弃的孩子被父母的爱所感动，尝试再次与之一起生活"(Mayer 1986, 168)。许多学者采用了四分法。大岛建彦认为这四类是相互独立的（Ōshima 1979, 513），三原幸久（Mihara Yukihisa）称这四种类型为子类型（Mihara 1977, 110）。另见 Inada et al. 1977, 110–111; Yanagita 1971, 173–175。

8. 能剧的五种类型分别为神事物、修罗物、鬘物、狂物和鬼畜物。《姨舍》属于鬘物。

9. 另一方面，2016年日本女性的总和生育率（TFR, the total fertility rate）为1.44（Kōsei Rōdōshō 2018b）。日本出生率下降和老年人口增加所导致的人口失衡是一个重大的社会问题。

10. 根据世界卫生组织的定义，健康预期寿命是指"在考虑了疾病和/或受伤而导致的非健康状态的情况下，一个人在'完全健康'的状态下生存的平均年数"（World Health Organization 2017）。

11. 2017年，日本女性的平均预期寿命为87.26岁，男性为81.09岁。见 Kōsei Rōdōshō 2018c, 2。

第 6 章

1. 吉江真美指出，"日本黑妹"一词首次出现在杂志上的时间是1998年5月（Yoshie, 2010, 87）。

2. 《egg》杂志创刊于1995年，休刊于2014年。

3. 劳拉·米勒将"类辣妹"（Kogals）解释为"主流媒体用来描述14—22岁年轻女性的标签，她们展现了新的时尚、行为和语言"，她还说道，"在20世纪90年代，主流媒体煽动了一场针对类辣妹的道德恐慌，放大了其离经叛道的行为和语言"。见 Miller 2004,

225–226。

4. Buriteri（ブリテリ）这个名字源于日本菜照烧鲫鱼（ブリの照り焼き，buri no teriyaki），因为她的皮肤晒得很黑，颜色就像这道菜一样。

5. 根据人类学家小松和彦的说法，"异世界"可以从两个层面来理解：一个是从时间的角度（时间轴）看，另一个是从空间的角度（空间轴）看。从时间的角度来看，出生到死亡的时间是"这个世界"，而生前和死后的时间则是"另一个世界"。从空间的角度来看，日常生活的空间为"这个世界"，而日常生活之外的空间——元日常生活域（the meta-everyday-life realm）则是"另一个世界"。天堂、海洋、河流、地下、陌生的土地从空间的角度都被归为"另一个世界"。"另一空间世界"无法轻易到达，但与"另一时间世界"不同的是，如果满足特定条件，人类便能活着到达"另一空间世界"（Komatsu K. 1991, 57–58）。

6. 我非常感谢杰弗里·安格尔斯在2007年所写的这一部分，特别是关于女性主义的论述。

7. 《山椒大夫》一个广为流传的版本以说经节（一种叙事艺术形式）的形式于17世纪出版，该版本讲述了"一个年轻贵族家庭所经历的苦难，这位贵族从遥远的本州东北部被流放到远离家人的地方，而他的妻子带着两个孩子随他一起流亡时被土匪抓住，家庭也因此被拆散。最终妻子被迫留在佐渡岛上工作，而她的女儿安寿（有时也被称为安寿姬子）和儿子厨子王（有时也被称为厨子王丸）则被卖到丹后国残忍的地主山椒大夫的家里做苦力。厨子王逃跑后，山椒大夫及其一个特别残忍的儿子不断折磨他的姐姐安寿，想要知道他的下落，但安寿没有告诉他们，只是默默地忍受着痛苦。最后，安寿虚弱的身体经受不住他们的折磨，但她宁愿死去也不愿告诉他们弟弟的去向。剩下的故事大部分都集中在厨子王聚集四散的家人上。多亏了地藏菩萨的护身符，厨子王来到了京城，在那里，他的贵族地位得以受到承认，最终他平步青云，解放了丹后国的奴隶，尽管此时他的姐姐已经死去。经过不断的寻找，厨子王终于找到了他的父母。他的母亲哭瞎了眼睛，像稻草人一样在谷地里追逐麻雀。厨子王利用地藏菩萨的护身符，奇迹般地治愈了母亲的视力——这无疑是为了让听者相信菩萨的仁慈和伟大的力量"（Angles 2007, 54）。

8. 杰弗里·安格尔斯注意到，该版本的最后一节与灵媒师口传版本的《山椒大夫》大相径庭，"伊藤借鉴了日本神话，以探索心理康复问题，以及性——作为使安寿屈服的主要手段——在康复过程中可能发挥的重要作用"（Angles 2007, 64）。

9. 该作的翻译均由杰弗里·安格尔斯完成。

10. 丽贝卡·柯普兰也认为，仓桥由美子（Kurahashi Yumiko, 1935—2005）、大庭美奈子、津岛佑子等新一代作家都从原本可怜的山姥（女鬼）形象中汲取了新的积极的力量（Copeland 2016）。

结　语

1. 约翰·布林在他的文章中介绍了"自封为日本帝国遗产守护者的极端保守团体的强大影响力。如今，这些团体中呼声最高的是'日本会议'（Nippon Kaigi，以下称 NK）。NK 是一个势力强大的团体，其董事会成员中有许多神道教领袖，包括伊势神社、靖国神社和明治神社的宫司。但 NK 之所以如此重要，是因为前首相安倍晋三和他的大多数内阁成员都是 NK 的成员"（Breen 2019, 3）。

2. 素子·里奇写道:"根据规定了日本君主制继承顺序和大多数礼仪事项的《皇室典范》,当新天皇接受象征其合法继承世界上最古老君主制君权的神器和御玺时,皇室中的女性不允许出现在仪式会场中。"(M. Rich 2019)尽管如此,仍有一位女性出席了仪式,她就是地方创生担当大臣片山皋月(Katayama Satsuki)。

参考文献

Akihasan Hongū Akiha Jinja. n.d. "Homepage." Accessed July 17, 2016. http://www.akihasanhongujp/index html.

Akutio-Nakajo Office. 2011."Michi no eki Nakajō'Yamauba'densetsu." http://nakaiyo-actio.jp/yamanba/index.html.

Angles, Jeffrey. 2007."Reclaiming the Unwritten: The Work of Memory in Itō Hiromi's *Watashi wa Anjuhimeko de aru* (I Am Anjuhimeko)." *U.S.-Japan Women's Journal* 32:51-75.

Antoni, Klaus. 1991."Momotarō (The Peach Boy) and the Spirit of Japan: Concerning the Function of a Fairy Tale in Japanese Nationalism of the Early Shōwa Age." *Asian Folklore Studies* 50(1): 155-188.

Asahi shinbun degitaru. 2019. "Ninchishō fumei, saita 16,929-nin itai de mitsukatta hito, 508-nin sakunen." *Asahi shinbun degitaru*, June 21. https:/ /www.asahi.com/ articles/DA3S14064203.html?iref=pc_ss_date.

Association for Frontotemporal Degeneration. n.d. "AFTD." Accessed December 27, 2016. http:/ /www.theaftd.org/.

Aston, W. G., trans. 1956. *Nihongi: Chronicles of Japan from the Earliest Times to A.D. 697*. London: George Allen & Unwin. First published

1896.

Baba Akiko. 1988. *Oni no kenkyū*. Tokyo: Chikuma Shobō. First published 1971.

Baba Kazuo. 1990. "Tsuchigumo' no kenkyū (ge)." *Kikan hōgaku* 62 (3): 78-81.

Backus, Robert L., trans. 1985. *The Riverside Counselor's Stories: Vernacular Fiction of Late Heian Japan*. Introduction and notes by Robert L. Backus. Stanford, CA: Stanford University Press.

Bathgate, Michael. 2004. *The Fox's Craft in Japanese Religion and Folklore: Shapeshifters, Transformations, and Duplicities*. New York: Routledge.

Bethe, Monica, and Karen Brazell. 1978. *Nō as Performance: An Analysis of the Kuse Scene of Yamamba*. Ithaca, NY: Cornell University Press.

Bethe, Monica, and Karen Brazell, trans. 1998. "Yamamba." In *Traditional Japanese Theater: An Anthology of Plays*, edited by Karen Brazell, 207-225. New York: Columbia University Press.

Blacker, Carmen.1975. *The Catalpa Bow: A Study of Shamanistic Practices in Japan*. London: George Allen & Unwin.

Blumenthal, J. 1965. "*Macbeth* into *Throne of Blood*." *Sight and Sound* 34 (Autumn): 191-195.

Breen, John. 2019."Abdication, Succession and Japan's Imperial Future: An Emperor's Dilemma." *Japan Focus: The Asia-Pacific Journal* 17 9(3): 1-14.

Bussetsu Jizō bosatsu hosshin innen jūōkyō. 1998. Translated by Yabuki Keiki. In vol.5 of *Kokuyaku issaikyō: Indo senjutsubu daishūbu*, ed. Gotō Osamu, 299-312. Tokyo: Daitō Shuppansha.

Chikamatsu Monzaemon.1959. *Chikamatsu jōrurishū*. Vol.50 of *Nihon koten bungaku taikei*, edited by Shuzui Kenji and Ōkubo Tadakuni. Tokyo: Iwanami Shoten.

Como, Michael. 2009. *Weaving and Binding: Immigrant Gods and Female Immortals in Ancient Japan*. Honolulu: University of Hawai'i Press.

Copeland, Rebecca L. 2005. "Mythical Bad Girls: The Corpse, the Crone, and the Snake." In *Bad Girls of Japan*, edited by Laura Miller and Jan Bardsley, 15-31. New York: Palgrave.

Copeland, Rebecca L. 2016. "Demonizing the City: Saegusa Kazuko and the Passage to Hell." Paper presented at the 75th Annual Conference of the Association for Asian Studies, Seattle, Washington. April 1.

Cornell, Laurel L. 1991. "The Deaths of Old Women: Folklore and Differential Mortality in Nineteenth-Century Japan." In *Recreating Japanese Women, 1600-1945*, edited by Gail Lee Bernstein, 71-88. Berkeley: University of California Press.

Cornyetz, Nina. 1999. *Dangerous Women, Deadly Words: Phallic Fantasy and Modernity in Three Japanese Writers*. Stanford, CA: Stanford University Press.

Dai Nihonkoku Hokke genki. 1995. In *Ōjōden, Hokke genki*, annotated by Inoue Mitsusada and Ōsone Shōsuke, 43-219. Tokyo: Iwanami Shoten.

Dickerson, Bradford C. 2014. "Frontotemporal Dementia." In *Dementia: Comprehensive Principles and Practice*, edited by Bradford C. Dickerson and Alireza Atri, 176-197. Oxford: Oxford University Press.

Doi Tadao, Morita Takeshi, and Chōnan Minoru, eds. 1980. *Hōyaku Nippo jisho*. Tokyo: Iwanami Shoten.

Dower, John D. 1986. *War without Mercy: Race and Power in the Pacific War*. New York: Pantheon Books.

Drott, Edward R. 2016. *Buddhism and the Transformation of Old Age in Medieval Japan*. Honolulu: University of Hawai'i Press.

Eberhard, Wolfram. 1965. *Folktales of China*. Chicago: University of Chicago Press.

Ema Tsutomu. 1923. *Nihon yōkai henge-shi*. Kyoto: Chūgai Shuppan.

Eubanks, Charlotte. 2011. *Miracles of Book and Body: Buddhist Textual Culture and Medieval Japan*. Berkeley: University of California Press.

Fairchild, William P. 1962. "Shamanism in Japan." *Folklore Studies* 21:1-122.

Farrer, Claire R. 1975. *Women and Folklore*. Austin: University of Texas Press.

Farris, William Wayne. 2006. *Japan's Medieval Population: Famine, Fertility, and Warfare in a Transformative Age*. Honolulu: University of Hawai'i Press.

Figal, Gerald. 1999. *Civilization and Monsters: Spirits of Modernity in Meiji Japan*. Durham, NC: Duke University Press.

Fisher, Robert E. 1993. *Buddhist Art and Architecture*. New York: Thames & Hudson.

Foster, Michael Dylan. 2015. *The Book of Yōkai: Mysterious Creatures of Japanese Folklore*. Oakland: University of California Press.

Foster, Michael Dylan. 2016. "Introduction: The Challenge of the Folkloresque." In *The Folkloresque: Reframing Folklore in a Popular Culture World*, edited by Michael Dylan Foster and Jeffrey A. Tolbert,

3-33. Logan: Utah State University Press.

Franz, Marie-Louise von. 1974. *Shadow and Evil in Fairy Tales*. Zurich: Spring.

Frye, Northrop. 2006. *Anatomy of Criticism: Four Essays*. Vol. 22 of *Collected Works of Northrop Frye*, edited by Robert D. Denham. Toronto: University of Toronto Press.

Fujishiro Yumiko. 2015. "'Kuwazu nyōbō' to sesshoku no yamai." *Nihon bunka kenkyū*, edited by Komazawa Joshi Daigaku Nihon Bunka Kenkyūjo, 11 (3): 52-65.

Fujita Hiroko. 2008. *Folktales from the Japanese Countryside*. Edited by Fran Stallings with Harold Wright and Miki Sakurai. Westport, CT: Libraries Unlimited.

Fujiwara Akisuke. 1995. *A Collection of Verbal Blooms in Japanese Verse*. 2 vols. Translated by Donald M. Richardson. Winchester, VA: D. M. Richardson.

Fujiwara Tokihira, Sugawara Michizane, Ōkura Yoshiyuki, and Mimune Masahira, eds. 1941. *Nihon sandai jitsuroku*. Vol. 10 of *Rikkokushi*, edited by Saeki Ariyoshi. Tokyo: Asahi Shinbunsha.

Fukada Masatsugu.1999. *Owari-shi: Niwa-gun, Haguri-gun hen*. Vol. 4 of *Owari-shi*. Edited by Uematsu Shigeoka, Nakao Yoshine, and Okada Kei. Nagoya: Bukkushoppu MyTown. First published 1892.

Fukazawa Shichirō. 1981. "Narayama bushikō." In *Narayama bushikō, Fuefukigawa*, 245-277. Tokyo: Shinchōsha. First published 1956.

Fukuda Akira. 1984. "Mukashibanashi no keitai." In vol. 4 of *Nihon mukashibanashi kenkyū shūsei*, edited by Fukuda Akira, 2-18. Tokyo:

Meicho Shuppan.

Fukuda Mitsuko.1995. "*Ie to kon'in no kisō o saguru—dai nibu no hajime ni.*" In *Ranjukusuru onna to otoko: Kinsei*, edited by Fukuda Mitsuko, 255-275. Vol.4 of *Onna to otoko no jikū: Nihon josei-shi saikō*. Tokyo: Fujiwara Shoten.

Fusō Daiton. 1976. *Fusō saigin*. Edited by Komazawa Daigaku Bungakubu Kokubungaku Kenkyūshitsu. Tokyo: Kyūko Shoin.

Glassman, Hank. 2008. "At the Crossroads of Birth and Death: The Blood Pool Hell and Postmortem Fetal Extraction." In *Death and the Afterlife in Japanese Buddhism*, edited by Jacqueline I. Stone and Mariko Namba Walter, 175-206. Honolulu: University of Hawai'i Press.

Gōda Hirofumi and Yokomichi Mario. 1972. "Yamauba." In vol. 30 of *Sekai daihyakka jiten*, edited by Shimonaka Kunihiko, 475. Tokyo: Heibonsha.

Goodwin, James.1994. *Akira Kurosawa and Intertextual Cinema*. Baltimore, MD: Johns Hopkins University Press.

Gorai Shigeru. 1984. *Oni mukashi: Mukashibanashi no sekai*. Tokyo: Kadokawa Shoten.

Gorai Shigeru. 2000. "Yoshino Shugendō no seiritsu." In *Yoshino Kumano shinkō no kenkyū*, edited by Gorai Shigeru, 47-75. Tokyo: Meicho Shuppan.

Hagiwara Tatsuo.1983. *Miko to bukkyō-shi: Kumano bikuni no shimei to tenkai*. Tokyo: Yoshikawa Kōbunkan.

Hagiwara Tatsuo.1985. "Kumano bikuni to etoki." In vol. 3 of *Nihon no koten*, edited by Issatsu no Kōza Henshūbu, 57-67. Tokyo: Yūseidō Shuppan.

Hamaguchi Kazuo.1959. "Nomi ni baketa Yamanba." In *Sado no minwa*, edited by Hamaguchi Kazuo, 175-182. Tokyo: Miraisha.

Hanawa Hokinoichi, ed. 1959. *Hōki no kuni Daisenji engi*. In *Zoku gunsho ruijū*, part 1 of vol.28, 197-216. Tokyo: Zoku Gunsho Ruijū Kanseikai.

Hanley, Susan. 1974. "Fertility, Mortality, and Life Expectancy in Pre-modern Japan." *Population Studies* 28 (1): 127-142.

Hansen, Kelly. 2014. "Deviance and Decay in the Body of a Modern Mountain Witch: Ōba Minako's 'Yamanba no bishō'." *Japanese Language and Literature* 48 (1): 151-172.

Hara Yukie. 1997. "Heianchō ni okeru'obasute' no denshō to tenkai." *Nihon bungaku fūdo gakkai kiji* 22:18-28.

Hara Yukie. 2004. "Obasute'kō—yōkyoku to kago no aida." *Geinō* 10:23-34.

Hashimoto Shūji. 2016. "Kenkō jumyō no shihyōka ni kansuru kenkyū: Kenkō Nihon 21 (dai 2 ji) nado no kenkō jumyō no kentō." *Kenkyō jumyō no pēji*. http://toukei.umin.jp/kenkoujyumyou/.

Hayami Yukiko. 2000. "Yamanba-gyaru ga dekiru made." *Queer Japan* 3:52-56.

Hayashi Reiko. 1982. *Henshū kōki to Kinsei*. In vol. 3 of *Nihon joseishi*, edited by Joseishi Sōgō Kenkyūkai, 325-334. Tokyo: Tokyo Daigaku Shuppankai.

Hayashi Shizuyo. 2012. "'Oni' no seibetsu ni tsuite no ichikōsatsu: Yomigatari ni tōjōsuru 'oni' no hanashi kara." *Kyōiku sōgō kenkyū sōsho* 5(3): 69-88.

Hayashi Yasuhiro. 2002. "Tōshōji nezumi monogatari' kaidai." In *Tamamo no mae, Tenjin goengi, Tōshōji nezumi monogatari*, vol. 5 of *Kyōto Daigaku zō Muromachi monogatari*, edited by Kyōto Daigaku Bungakubu

Kokugogaku Kokubungaku Kenkyūshitsu, 399-417. Kyoto: Rinsen Shoten.

Hayek, Matthias, and Hayashi Makoto, eds. 2013. "Editors' Introduction: Onmyōdō in Japanese History." *Japanese Journal of Religious Studies* 40(1): 1-18.

Hirakawa Akira. 1972. "Ubai." In vol. 3 of *Sekai daihyakka jiten*, edited by Shimonaka Kunihiko, 244. Tokyo: Heibonsha.

Hirasawa, Caroline. 2013. *Hell-Bent for Heaven in Tateyama Mandara: Painting and Religious Practice at a Japanese Mountain*. Boston: Brill.

Honma Saori. 2018. "Heisei kazoku: 'Sengyō-shufu mo kagayakeru' josei katsuyaku e no gimon 'kazoku o sasaeteiru no wa watashi'." Yahoo! Japan News, January 5. https:// news.yahoo.co.jp/story/856.

Hori Ichirō. 1968. *Folk Religion in Japan: Continuity and Change*. Chicago: University of Chicago Press.

Hori Takehiko. 2018. "Kyokuana kara kigyōka e, kosodate no kurō o bijinesu ni: Popinzu Nakamura Noriko kaichō." *Nikkei Style*, April 7. https://style.nikkei.com/ article/DGXMZO28886590S8A400C1000000?channel=DF 180320167075&n_cid=L MNST011.

Hudson, Mark J. 1999. *Ruins of Identity: Ethnogenesis in the Japanese Islands*. Honolulu: University of Hawai'i Press.

Hulvey, Yumiko S. 2000. "Myths and Monsters: The Female Body as the Site for Political Agendas." In *Body Politics and the Fictional Double*, edited by Debra Walker King, 71-88. Bloomington: Indiana University Press.

Ichiko Teiji, ed. 1958. *Otogizōshi*. Vol 38 of *Nihon koten bungaku taikei*. Tokyo: Iwanami Shoten.

Ihara Saikaku. 1996. *Saikaku shokokubanashi*. In vol. 67 of *Shinpen Nihon koten bungaku zenshū*, edited by Munemasa Isoo, Teruoka Yasutaka, and Matsuda Osamu, 15-147. Tokyo: Shōgakukan.

Ikeda Hiroko. 1971. *A Type and Motif Index of Japanese Folk-Literature*. Helsinki: Suomalainen Tiedeakatemia.

Ima Ichiko. 1995-. *Hyakkiyakō shō*. 28 vols. Tokyo: Asahi Sonorama.

Inada Koji, Ōshima Tatehiko, Kawabata Toyohiko, Fukuda Akira, and Miyara Yukihisa, eds.1977. *Nihon mukashibanashi jiten*. Tokyo: Kōbundō.

Inoue Yasushi. 1974. "Obasute." In vol. 11 of *Inoue Yasushi shōsetsu zenshū*, 7-20. Tokyo: Shinchōsha. First published 1955.

Inoue Yasushi. 2000. "Obasute." In *The Counterfeiter and Other Stories*, translated by Leon Picon, 73-96. North Clarendon, VT: Tuttle.

Isao Toshihiko. 2001. *Kaisetsu to Yoshitoshi yōkai hyakkei*. Edited by Toshihiko Isao. Tokyo: Tosho Kankōkai.

Ishibashi Gaha. 1998. "Oni." In vol. 1 of *Shomin shūkyō minzokugaku sōsho*, edited by Shimura Kunihiro, 1-160. Tokyo: Bensei Shuppan. First published 1909.

Ishikawa Matsutarō, ed. 1977. *Onna daigaku-shū*. Tokyo: Heibonsha.

Ishinabe Hitomi. 2014. "Josei to ryūkōgo no 45 nen-shi: An'non zoku kara rikejo made." *Nikkei Style*, December 27. Accessed October 13, 2018. https://style.nikkei.com/ article/DGXMZO81317950V21C14A2TY5000.

Isshiki Tadatomo. 2008. *Getsuan suiseiki*, vol. 2. Edited by Hattori Kōzō, Minobe Shigekatsu, and Yuge Shigeru. Tokyo: Miyai Shoten.

Itagaki Shunichi, ed. 1988. *Zen-Taiheiki*, vol. 1. Tokyo: Tosho Kankōkai.

Itō Hiromi. 1993. *Watashi wa Anjuhime-ko de aru: Itō Hiromi shishū*. Tokyo:

Shinchōsha.

Itō Hiromi. 2007. "I Am Anjuhimeko." Translated by Jeffrey Angles. *U.S.-Japan Women's Journal* 32:76-91.

Iwatagun Kyōikukai, ed. 1971. *Shizuoka-ken Iwatagun-shi*, vol. 2. Tokyo: Meicho Shuppan. First published 1921.

Izumi Asato. 1999. "Yamanba." *Asahi shinbun*, November 27. Evening edition.

Izumi Kyōka. 1996. *Japanese Gothic Tales*. Translated by Charles Shirō Inoue. Honolulu: University of Hawai'i Press.

Izumi Kyōka. 2002. *Izumi Kyōka shū*. Vol. 2 of *Shin Nihon koten bungaku taikei Meiji hen*, edited by Tōgō Katsumi and Yoshida Masashi. Tokyo: Iwanami Shoten.

Jacoby, Mario, Verena Kast, and Ingrid Diedel. 1992. *Witches, Ogres, and the Devil's Daughter: Encounters with Evil in Fairy Tales*. Translated by Michael H. Kohn. Boston: Shambhala.

Jones, Stanleigh H., Jr. 1963. "The Nō Plays: Obasute and Kanehira." *Monumenta Nipponica* 18(1-4): 261-285.

Kamata Teruo. 2002. "Adachigahara no kijo densetsu: Yōkyoku 'Kurozuka' no shitezō o motomete." *Sōgō geijutsu to shite no nō* 8:18-32.

Kaminishi, Ikumi. 2006. *Explaining Pictures: Buddhist Propaganda and Etoki Storytelling in Japan*. Honolulu: University of Hawai'i Press.

Kaminishi, Ikumi. 2016. "Women Who Cross the Cordon." In *Women, Gender and Art in Asia, c.1500-1900*, edited by Melia Belli Bose, 321-342. London: Routledge.

Kanzawa Toshiko.1967. *Nashitori kyōdai*. Illustrations by Endō Teruyo.

Tokyo: Popurasha.

Karatani Kōjin. 2014. *Yūdōmin: Yanagita Kunio to yamabito*. Tokyo: Bungei Shunjū.

Kawai Hayao. 1975. "Jiga, shūchi, kyōfu—taijin kyōfu-shō no sekai kara." *Shisō* 611(May): 76-91.

Kawai Hayao. 1996. *The Japanese Psyche: Major Motifs in the Fairy Tales of Japan*. Thompson, CT: Spring.

Kawamura Kunimitsu. 1994. "Datsueba/Ubagami kō." In *Nihon shūkyō e no shikaku*, edited by Okada Shigekiyo, 367-385. Tokyo: Tōhō Shuppan.

Kawamura Kunimitsu.1996. "Onna no jigoku to sukui." In vol.3 of *Onna to otoko no jikū: Nihon joseishi saikō*, edited by Okano Haruko, 31-80. Tokyo: Fujiwara Shoten.

Keene, Donald. 1955. *Anthology of Japanese Literature: From the Earliest Era to the Mid-Nineteenth Century*. New York: Grove.

Keene, Donald. 1961. *The Old Woman, the Wife and the Archer: Three Modern Japanese Short Novels*. New York: Viking.

Keisei. 1993. *Kankyo no tomo. In Hōbutsu shū; Kankyo no tomo; Hirasan kojin reitaku* vol. 40 of *Shin Nihon koten bungaku taikei*, edited by Hiroshi Koizumi, 355-453. Tokyo: Iwanami Shoten.

Kenshō. 1990. *Shūchūshō*. Vol. 5 of *Karon kagaku shūsei*, edited by Kawamura Teruo. Tokyo: Miyai Shoten.

Kinoshita Junji. 1958. *Nihon minwa sen*. Tokyo: Iwanami Shoten.

Kitayama Osamu.1993. *Miruna no kinshi*. Vol. 1 of *Kitayama Osamu chosakushū, Nihongo rinshō no shinsō*. Tokyo: Iwasaki Gakujutsu Shuppansha.

Knecht, Peter. 2010. Foreword to *Japanese Demon Lore: Oni, from Ancient Times to the Present*, by Noriko Reider, xi-xxvi. Logan: Utah State University Press.

Knecht, Peter, Hasegawa Masao, Minobe Shigekatsu, and Tsujimoto Hiroshige. 2012. *"Hara no mushi" no kenkyū: Nihon no shinshinkan o saguru*. Nagoya: Nagoya Daigaku Shuppankai.

Knecht, Peter, Hasegawa Masao, and Tsujimoto Hiroshige. 2018. "Oni'no motarasu yamai Chūgoku oyobi Nihon no koigaku ni okeru byōinkan to sono igi (jō): Diseases Caused by' 鬼 '(Chin. 'gui', Jap. 'ki'/'oni')." *Academia: Humanities and Natural Science* 16 (June): 1-28. Offprint.

Kobayashi Fukuko. 2016. "Nichibei josei sakka ni okeru 'yamaubateki sōzōryoku' to ekorojī—Tsushima Yūko, Shirukō, Ozeki, Itō Hiromi nado o chūshin ni." *Ecocriticism Review* 9:1-14.

Kobayashi Fumihiko. 2015. *Japanese Animal-Wife Tales: Narrating Gender Reality in Japanese Folktale Tradition*. New York: Peter Lang.

Kodama Kōta. 2006. Kinsei nōmin seikatsushi. Tokyo: Yoshikawa Kōbunkan. First published 1957.

Kōen.1897. *Fusō ryakki*. Edited by Keizai Zasshisha. Vol. 6 of *Kokushi taikei*. Tokyo: Keizai Zasshisha.

Kōjien. 1978. 5th ed. Edited by Shinmura Izuru. Tokyo: Iwanami Shoten.

Kokonoe Sakon. 1998. *Edo kinsei buyō-shi*. Vol. 32 of *Kinsei bungei kenkyūsho: Dai ni ki geinō-hen*, edited by Kinsei Bungei Kenkyūsho Kankūkai. Tokyo: Kuresu Shuppan. First published 1919.

Komatsu Kazuhiko. 1979. "Yōkai." In *Kami kannen to minzoku*, vol. 3 of *Kōza Nihon no minzoku shūkyō*, edited by Gorai Shigeru, Sakurai

Tokutarō, Ōshima Tatehiko, and Miyata Noboru, 330-355. Tokyo: Kōbundō.

Komatsu Kazuhiko. 1991. *Shinpen oni no tamatebako*. Tokyo: Fukutake Shoten.

Komatsu Kazuhiko. 1994. *Hyōrei shinkō ron*. Tokyo: Kōdansha.

Komatsu Kazuhiko. 1995. "Ijinron—'ijin' kara 'tasha' e." In *Tasha, Kankei, Komyunikēshon*, vol.3 of *Iwanami kōza gendai shakaigaku*, edited by Inoue Shun, 175-200. Tokyo: Iwanami Shoten.

Komatsu Kazuhiko.1999. "Supernatural Apparitions and Domestic Life in Japan." *Japan Foundation Newsletter* 27 (1): 3.

Komatsu Kazuhiko. 2000. "Kaisetsu: *Tengu to yamauba*." In *Kaii no minzokugaku*, vol. 5, edited by Komatsu Kazuhiko, 417-434. Tokyo: Kawade Shobō Shinsha.

Komatsu Kazuhiko. 2004. "Nō no naka no ikai (15) Adachigahara no kurozuka: Adachigahara." *Kanze* 71 (10): 46-51.

Komatsu Kazuhiko. 2016. *An Introduction to Yōkai Culture: Monsters, Ghosts, and Outsiders in Japanese History*. Translated by Hiroko Yoda and Matt Alt. Tokyo: Japan Publishing Industry Foundation for Culture.

Komatsu Kazuhiko and Naitō Masatoshi. 1990. *Oni ga tsukutta kuni Nihon*. Tokyo: Kōbunsha.

Komatsu Sakyō. 2015. *Uenakatta otoko; Ore no shitai o sagase; Nemuri to tabi to yume: Tanpen shōsetsushū*. Chiba: Jōsai Kokusai Daigaku Shuppankai.

Komatsu Shigemi and Akiyama Ken, eds. 1977. *Gaki sōshi; Jigoku sōshi; Yamai no sōshi; Kusōshi emaki*. Vol. 7 of *Nihon emaki taisei*. Tokyo:

Chūō Kōronsha.

Komatsuzaki Susumu and Komatsuzaki Tatsuko. 1967. "Kodomo to minwa: *Yamanba no nishiki*." In *Yamanba no nishiki*, by Matsutani Miyoko. Tokyo: Popurasha.

Komatsuzaki Susumu, Komatsuzaki Tatsuko, and Sakamoto Hideo. 1967. "Kodomo to minwa: *Nashitori kyōdai*." In *Nashitori kyōdai*, by Kanzawa Toshiko. Tokyo: Popurasha.

Komine Kazuaki. 2003. *"Yaba taishi" no nazo: Rekishi jojutsu to shite no miraiki*. Tokyo: Iwanami Shoten.

Kondō Yoshihiro and Miyachi Takakuni, eds. 1971. *Daisenji engimaki*. In *Chūsei shinbutsu setsuwa zoku zoku*, 129-229. Tokyo: Koten Bunko.

Konno Ensuke. 1981. *Nihon kaidanshū: Yōkai hen*. Tokyo: Shakai Shisōsha.

Kōsei Kagaku Shingikai Chiiki Hoken Kenkō Zōshin Eiyōbukai and jiki Kokumin Kenkōzukuri Undō Puran Sakusei Senmon Iinkai. 2012. *Kenkō Nihon 21 (dai 2 ji) no suishin mi kansuru sankō shiryō*. Tokyo: Kōsei Rōdōshō.

Kōsei Rōdōshō. 2018a. "Dai jūikkai kenkō Nihon 21 (dai niji) suishin senmon iinkai shiryō: Shirō 1-2." *Kenkō jumyō no enshin · kenkōkakusa no shukushō*, 6. March 9. https://www.mhlw.go.jp/file/05-Shingikai-10601000-Daijinkanboukouseikagakuka-Kouseikagakuka/0000166297_5.pdf.

Kōsei Rōdōshō. 2018b. "Kekka no gaiyō." *Heisei 28 nen jinkō dōtai tōkei geppō nenkei (gaisū) no gaikyō*, 6. June 1. https://www.mhlw.go.jp/toukei/ saikin/ hw/ jinkou/ geppo/nengai16/index.html.

Kōsei Rōdōshō. 2018c. "Omona nenrei no heikin yomei." *Heisei 29 nen kan'eki seimeihyō no gaikyō*, 2. July 20. https://www.mhlw.go.ip/toukei/saikin/hw/life/life17/d1/life17-15.pdf.

Kosugi Kazuo. 1986. *Chūgoku bijutsushi: Nihon bijutsu no genryū*. Tokyo: Nan'undō.

Koyama Naotsugu, ed. 1996. *Niigata-ken densetsu shūsei: Kaetsu*. Tokyo: Kōbunsha.

Kubota Osamu. 1975. "Ryōbu shintō seiritsu no ichi kōsatsu." *Geirin* 26 (1): 2-20.

Kumasegawa Kyōko. 1989. "Oni no imi to sono hensen." *Kikan jinruigaku* 20 (4): 182-219.

Kuraishi Tadahiko. 2002. "Toshi minzokugaku: Toshi seikatsu kara minkan denshō o miidasu kokoromi." *Risen* 71:54-65.

Kurosawa Akira, dir. 2003. *Throne of Blood*. DVD. Criterion Collection.

Kyōgoku Natsuhiko and Tada Katsumi, eds. 2008. *Yōkai gahon . Kyōka hyakumonogatari*. Tokyo: Kokusho Kankōkai.

Leavy, Barbara Fass. 1994. *In Search of the Swan Maiden: A Narrative on Folklore and Gender*. New York: New York University Press.

Li, Michelle Osterfeld. 2009. *Ambiguous Bodies: Reading the Grotesque in Japanese Setsuwa Tales*. Stanford, CA: Stanford University Press.

Li, Michelle Osterfeld. 2012. "Human of the Heart: Pitiful Oni in Medieval Japan. In *Ashgate Research Companion to Monsters and the Monstrous*, edited by Asa Simon Mittman and Peter Dendle, 173-196. Surrey, UK: Ashgate.

Makita Shigeru. 1972. "Toshi no ichi." In vol. 22 of *Sekai daihyakka jiten*, edited by Shimonaka Kunihiko, 443. Tokyo: Heibonsha.

Manvell, Roger.1971. *Shakespeare and the Film*. New York: Praeger.

Matsumoto Kōzō. 2007. *Minkan setsuwa "denshō" no kenkyū*. Tokyo: Miyai Shoten.

Matsumoto Ryūshin. 1963. "Otogizōshi no honbun ni tsuite." *Shidō bunko ronshū* 2 (March): 171-242.

Matsuoka Shinpei. 1998. "Adachigahara no kijo." *Kokubungaku kaishaku to kyōzai no kenkyū* 43 (5): 83-89.

Matsutani Miyoko.1967. *Yamanba no nishiki*. Tokyo: Popurasha.

Matsutani Miyoko.1969. *The Witch's Magic Cloth*. New York: Parents' Magazine.

Matsutani Miyoko.1979. "Saiwa no hōhō." In vol.12 of *Nihon mukashibanashi taisei*, edited by Seki Keigo, 247-261. Tokyo: Kadokawa Shoten.

Mayer, Fanny Hagin, ed. and trans. 1986. *The Yanagita Kunio Guide to Japanese Folk Tales*. Bloomington: University of Indiana Press.

Mayo Clinic. n.d. "Frontotemporal Dementia." Accessed September 17, 2018. https:// www.mayoclinic.org/diseases-conditions/frontotemporal-dementia/symptoms-causes/syc-20354737.

McCullough, Helen Craig, trans. 1968. *Tales of Ise*. Stanford, CA: Stanford University Press.

McCullough, Helen Craig. 1990. *Classical Japanese Prose: An Anthology*. Stanford, CA: Stanford University Press.

McCurry, Justin. 2016. "Japan's Dementia Crisis Hits Record Levels as Thousands Go Missing." *Guardian*, June 16. https://www.theguardian.com/world/2016/jun/16/record-12208-people-with-dementia-reportedmissing-in-japan.

McDonald, Keiko I. 1994. *Japanese Classical Theater in Films*. Cranbury, NJ: Associated University Presses.

Mihara Yukihisa. 1977. "Ubasute-yama." In *Nihon mukashibanashi jiten*, edited by Inada Kōji, Ōshima Tatehiko, Kawabata Toyohiko, Fukuda Akira, and Miyara Yukihisa, 110-111. Tokyo: Kōbundō.

Miller, Laura. 2004. "Those Naughty Teenage Girls: Japanese Kogals, Slang, and Media Assessments." *Journal of Linguistic Anthropology* 14 (2): 225-247.

"Mimitabu-sogi yamanba-gyaru no gyōjō: Ibaragi, 17 sai futarigumi rinchi no zenbō." 2000. *Shūkan asahi* (June): 22.

Minamiashigara City. 2014. "Kintarō densetsu." https://www.city.minamiashigara.kanagawa.jp/kankou/kintaro/kintarodensetsu.html.

Mitani Eiichi. 1952. *Monogatari bungakushiron*. Tokyo: Yūseidō Shuppan.

Miyake Hitoshi. 1978. *Shugendō: Yamabushi no rekishi to shisō*. Tokyo: Hanbai Kyōikusha Shuppan Sābisu.

Miyake Hitoshi. 2001. *Shugendō: Essays on the Structure of Japanese Folk Religion*. Ann Arbor: Center for Japanese Studies, University of Michigan.

Miyata Noboru. 1997. "Nihonjin no rōjinkan: Ubasute, happyaku bikuni densetsu." *Rekishi hyōron* 565 (June): 17-26.

Miyata Noboru. 2000. *Hime no minzokugaku*. Tokyo: Chikuma Shobō. First published 1987.

Miyazaki Kazue, ed. 1969. *Kunisaki hantō no mukashibanashi*. Tokyo: Miyai Shoten.

Mizuki Shigeru. 2002. *Yōkai gadan*. Tokyo: Iwanami Shoten.

Mizuta Noriko. 2002. "Yamauba no yume: Joron to shite." In *Yamaubatachi no monogatari: Josei no genkei to katarinaoshi*, edited by Mizuta Noriko and Kitada Sachie, 7-37. Tokyo: Gakugei Shorin.

Mizuta Noriko and Ōba Minako. 1995. *Taidan "yamauba" no iru fūkei*. Tokyo: Tabata Shoten.

MJMT (*Muromachi jidai monogatari taisei*). 1987-1988. 13 vols., plus 2 supp. vols. Edited by Yokoyama Shigeru and Matsumoto Ryūshin; supp. vols. edited by Matsumoto Ryūshin. Tokyo: Kadokawa Shoten.

Moeman, David Leo. 2000. *Localizing Paradise: Kumano Pilgrimage in Medieval Japan*. Ann Arbor, MI: ProQuest.

Moes, Robert. 1973. *Rosetsu*. Denver, CO: Denver Museum of Art.

Morson, Gary Saul, and Caryl Emerson. 1990. *Mikhail Bakhtin: Creation of a Prosaics*. Stanford, CA: Stanford University Press.

Motai Kyōko. 1972. "Kishimojin." In vol. 7 of *Sekai daihyakka jiten*, edited by Shimonaka Kunihiko, 127. Tokyo: Heibonsha.

Murakami Kenji. 2000. *Yōkai jiten*. Tokyo: Mainichi Shinbunsha.

Murasaki Shikibu. 2001. *The Tale of Genji*. Translated by Royall Tyler. New York: Penguin Books.

Murayama Shūichi. 1970. *Yamabushi no rekishi*. Tokyo: Hanawa Shobō.

Muroki Yatarō, ed. 1966. *Kinpira tanjō-ki*. In vol. 1 of *Kinpira jōruri shōhon shū*, 192-211. Tokyo: Kadokawa Shoten.

Muroki Yatarō, ed. 1969. *Kinpira nyūdō yamameguri*. In vol. 3 of *Kinpira jōruri shōhon shū*, 144-162. Tokyo: Kadokawa Shoten.

Mushikurayama no Yamanba Henshū Iinkai, ed. 2007. *Mushikurayama no yamanba*. Nagano: Saijō Insatsujo.

Nagoya Sangoku Denki Kenkyūkai, ed. 1983. *Sangoku denki*, vol. 2. Tokyo: Koten Bunko.

Naikaku-fu. 2017. "Kōreisha no kenkō to fukushi." In *Heisei 29 nenban kōrei shakai hakusho (gaiyōban)* (PDF ban). http://www8.cao.go.jp/kourei/whitepaper/w-2017/gaiyou/29pdf_indexg.html.

Nakada Kaoru. 1956. *Tokugawa jidai no bungaku ni mietaru shihō*. Tokyo: Sōbunsha.

Nakamura, Kyoko Motomochi. 1997. *Miraculous Stories from the Japanese Buddhist Tradition: The "Nihon ryōiki" of the Monk Kyōkai*. Surrey, UK: Curzon. First published 1973.

Namekawa Michio. 1981. *Momotarō-zō no hen'yō*. Tokyo: Tokyo Shoseki.

Napier, Susan. 1996. *The Fantastic in Modern Japanese Literature: The Subversion of Modernity*. New York: Routledge.

National Eating Disorders Association. 2017. "Bulimia: Overview and Statistics." https:// www.nationaleatingdisorders.org/bulimia-nervosa.

NDT (Nihon densetsu taikei). 1982-1990. 17 vols. Edited by Araki Hiroyuki, Nomura Jun'ichi, Fukuda Akira, Miyata Noboru, and Watanabe Shōgo. Tokyo: Mizūmi Shobō.

Nihon kokugo daijiten. 2004. Edited by Nihon Kokugo Daijiten Dainihan Henshū Iinkai. 2nd ed. Tokyo: Shōgakukan.

Niigata Prefectural Government. n.d. "Niigata no fūdo no naka de hagukumareta yōkaitachi." *Niigata bunka monogatari*. Accessed July 5, 2019. https://n-story.ip/topic/41/page1.php.

Nishizawa Shigejirō. 1973. *Obasuteyama: Kojitsu to bungaku*. Nagano:

Shinanoji.

NKBT (Nihon koten bungaku taikei). 1957-1967. 102 vols. Tokyo: Iwanami Shoten.

NMT (Nihon mukashibanashi taisei). 1978-1980. 12 vols. Edited by Seki Keigo. Tokyo: Kadokawa Shoten.

The-Noh.com. n.d. "Kurozuka." Accessed May 23, 2016. http://www.the-noh.com/jp/plays/data/ program_035.html.

Nose Asaji.1938. *Nōgaku genryū kō*. Tokyo: Iwanami Shoten.

Ōba Minako. 1991. "The Smile of a Mountain Witch." Translated by Noriko Mizuta Lippit. In *Japanese Women Writers: Twentieth Century Short Fiction*, edited by Noriko Mizuta Lippit and Kyoko Iriye Selden, 194-206. New York: M. E. Sharpe.

Ōba Minako. 2009. "Yamanba no bishō." In vol. 5 of *Ōba Minako zenshū*, 461-477. Tokyo: Nihon Keizai Shinbun Shuppansha.

Ōba Minako. 2010a. "Majo ni atta yamanba." In vol. 14 of *Ōba Minako zenshū*, 434-439. Tokyo: Nihon Keizai Shinbun Shuppansha.

Ōba Minako. 2010b. "Zoku onna no danseiron." In vol.18 of *Ōba Minako zenshū*, 305-345. Tokyo: Nihon Keizai Shinbun Shuppansha.

Oda Sachiko. 1986. "Nō no kata, nō no shōzoku—kijo idetachi no hensen." *Kokubungaku kaishaku to kyōzai no kenkyū* 31(10): 76-82.

Oda Shoko and Isabel Reynolds. 2018. "What Is Womenomics, and Is It Working for Japan?" *Bloomberg*, September 20. https://www.bloomberg.com/news/articles/2018-09-19/what-is-womenomics-and-is-it-working-for-japan-quicktake.

Ogita Ansei. 1989. *Tonoigusa*. In vol.1 of *Edo kaidanshū*, edited by Takada

Mamoru, 13-176. Tokyo: Iwanami Shoten.

Ogurisu Kenji. 2014. *Jigokuezu Kumano kanshin jikkai mandara etoki daihon*. Kyoto: Hōjōdō Shuppan.

Okada Keisuke. 1976. "Otogizōshi no bukkyō shisō to minkan denshō—'Hachi kazuki', 'Hanayo no hime', 'Ubakawa'ni tsuite." *Kokugo kokubungaku ronkyū* 8:145-164.

Okada Keisuke. 1977. "'Hanayo no hime' to minkan denshō." *Nihon bungaku* 26(2): 63-71.

Okamoto Makiko. 2012. *Ragyō to chakusō no ningyō-shi*. Kyoto: Tankōsha.

Orikuchi Shinobu. 1995. *Orikuchi Shinobu zenshū*, vol. 2. Edited by Orikuchi Shinobu Zenshū Kankōkai. Tokyo: Chūō Kōronsha.

Orikuchi Shinobu. 2000. "Usokae shinji to yamauba." In *Tengu to yamauba*, vol. 5 of *Kaii no minzokugaku*, edited by Komatsu Kazuhiko, 295-304. Tokyo: Kawade Shobō. First published 1929.

Ōshima Tatehiko. 1979. "Ubasute-yama no mukashibanashi to densetsu." In *Ronsan setsuwa to setsuwa bungaku*, edited by Mitani Eiichi, Kunisaki Fumimaro, and Kubota Jun, 479-522. Tokyo: Kazama Shoin.

Ōshima Tatehiko. 2001a. "Obasute no denshō." *Nihon bungaku bunka* 1:2-18.

Ōshima Tatehiko. 2001b. "Ubagami." In *Nihon no shinbutsu no jiten*, edited by Ōshima Tatehiko, Sonoda Minoru, Tamamuro Fumio, and Yamamoto Takashi, 179. Tokyo: Taishūkan.

Ōwa Iwao. 1996. *Majo wa naze hito o kūka*. Tokyo: Daiwa Shobō.

Ozawa Toshio.1979. *Sekai no minwa: Hito to dōbutsu to no kon'in-tan*. Tokyo: Chūō Kōronsha.

Philippi, Donald D., trans. 1969. *Kojiki*. Princeton, NJ: Princeton University

Press.

Rambelli, Fabio. 2007. *Buddhist Materiality: A Cultural History of Objects in Japanese Buddhism*. Stanford, CA: Stanford University Press.

Reider, Noriko T. 2005. "*Spirited Away*: Film of the Fantastic and Evolving Japanese Folk Symbols." *Film Criticism* 29 (3): 4-27.

Reider, Noriko T. 2010. *Japanese Demon Lore: Oni, from Ancient Times to the Present*. Logan: Utah State University Press.

Reider, Noriko T. 2016. *Seven Demon Stories from Medieval Japan*. Logan: Utah State University Press.

Reider, Noriko T. 2019. "Yamauba(zō) ni tsuite no ichikōsatsu." Paper delivered at Kokusai Nihon Bunka Kenkyū Sentā Kikan Kyotengata Kikan Kenkyū Purojekuto: Taishū Bunka no Tsūjiteki, Kokusaiteki Kenkyū ni yoru Atarashii Nihonzō no Sōshutsu. Kyoto: International Research Center for Japanese Studies, July 13.

Rich, Adrienne. 1972. "When We Dead Awaken: Writing as Re-Vision." *College English* 34:18-30.

Rich, Motoko. 2019. "As a New Emperor Is Enthroned in Japan, His Wife Won't Be Allowed to Watch." *New York Times*, April 29. https://www.nytimes.com/2019/04/29/world/asia/japan-emperor-women.html.

Robinson, Nina. 2009. "Japan's Fashion Rebellion Goes West." BBC World Service, July 3. http:// news.bbc.co.uk/2/hi/asia-pacific/8132726.stm.

Robinson, Richard H., and Willard L. Johnson. 1997. *The Buddhist Religion*. 4th ed. Belmont, CA: Wadsworth.

Rodd, Laurel Rasplica, trans. 1984. *Kokinshū: A Collection of Poems Ancient and Modern*. Princeton, NJ: Princeton University Press.

Ruch, Barbara. 1991. *Mō hitotsu no chūseizō: Bikuni, otogizōshi, raisei.* Kyoto: Shibunkaku.

Ruch, Barbara. 2002. "Woman to Woman: Kumano Bikuni Proselytizers in Medieval and Early Modern Japan." In *Engendering Faith: Women and Buddhism in Premodern Japan*, edited by Barbara Ruch, 537-580. Ann Arbor: University of Michigan Press.

Saitō Shunsuke. 2010. "Nihon bunka to yamamba—minzoku shakai ni okeru yōkai no yakuwari." *Teikyō Nihon bunka ronshū* 17(10): 273-290.

Saka Chihiko. 2017. "Bridging the Realms of Underworld and Pure Land: An Examination of Datsueba's Roles in the Zenkōji Pilgrimage Mandala." *Japanese Journal of Religions Studies* 44(2): 191-223.

Sasaki Kizen. 1964. *Kikimimi no sōshi.* Tokyo: Chikuma Shobō.

Sasaki Raita. 2008. "Hochū." In vol. 2 of *Getsuan suiseiki*, by Isshiki Tadatomo, edited by Hattori Kōzō, Minobe Shigekatsu, and Yuge Shigeru, 203-210. Tokyo: Miyai Shoten.

Satake Akihiro. 1977. *Shuten Dōji ibun.* Tokyo: Heibonsha.

Seki Keigo. 1957. *Nihon no mukashibanashi*, vol. 3. Tokyo: Iwanami Shoten.

Seki Keigo. 1962. *Folk Legends of Japan.* Rutland, VT: Tuttle.

Seki Keigo. 1963. *Folktales of Japan.* Chicago: University of Chicago Press.

Seki Keigo. 1966. "Types of Japanese Folktales." *Asian Folklore Studies* 25(2): 1-220.

Setouchi Jakuchō. 2009. "Yamanba." *Shinchō* 106(1): 220-231.

Shakespeare, William. 1978. "Macbeth." In *The Annotated Shakespeare III: The Tragedies and Romances*, edited by A. L. Rowse, 412-465. New York: Clarkson N. Potter.

Shakespeare, William. 2004. *Makubesu*. Translated by Tsubouchi Shōyō. Vol. 24 of *Sekai meisaku hon'yaku zenshū*. Tokyo: Shun'yōdō Shoten. First published 1932.

Shibuya Keizai Shinbun Henshūbu. 2002. "Kenshō! 'Yamanba' no tōjō to suitai: Kokugakuin Daigaku kōza 'Shibuyagaku' rendō kikaku." *Shibuya Keizai shinbun*, November 15. http://www.shibukei.com/special/118/.

Shikama Hiroji. 2013. *Datsueba: Yamagata no ubagami*. Tsuruoka: Tōhoku Shuppan Kikaku.

Shimazaki Chifumi and Stephen Comee, trans. 2012. *Supernatural Beings: From Japanese Noh Plays of the Fifth Group*. Ithaca, NY: East Asia Program, Cornell University.

Shimazaki Satoko. 2016. *Edo Kabuki in Transition: From the Worlds of the Samurai to the Vengeful Female Ghost*. New York: Columbia University Press.

Shimizu, Christine. 1990. "Kintaro to Yamauba." In vol. 7 of *Ukiyo-e Masterpieces in European Collections*, edited by Narazaki Muneshige and Musée Guiment, 231. Tokyo: Kodansha.

Shinjuku-ku Kyōiku Iinkai. 1997. "Shōjuin no *Datsueba zō*." Tokyo: Shinjuku-ku Kyōiku Iinkai.

Shiono Nanami. 1992. *Rōmajin no monogatari I: Rōma wa ichinichi ni shite narazu*. Tokyo: Shinchōsha.

Shirane, Haruo. 2012. *Japan and the Culture of the Four Seasons: Nature, Literature, and the Arts*. New York: Columbia University Press.

Shizuoka-ken Joshi Shihan Gakkō Kyōdo Kenkyūkai, ed. 1934. *Shizuoka-ken densetsu mukashibanashishū*. Shizuoka: Shizuoka Yashimaya Shoten.

Shūeisha kokugojiten. 1993. Edited by Morioka Kenji, Tokugawa Munemasa, Kawabata Yoshiaki, Nakamura Akira, and Hoshino Kōichi. Tokyo: Shūeisha.

SNKBT (Shin Nihon koten bungaku taikei). 1989-2005. 100 vols., plus 5 separate volumes and index. Tokyo: Iwanami Shoten.

SNKBZ (Shinpen Nihon koten bungaku zenshū). 1994-2002. 88 vols. Tokyo: Shōgakukan.

Snowden, Julie S., David Neary, and David M. A. Mann. 2002. "Frontotemporal Dementia." *British Journal of Psychiatry* 180:140-143.

Spiegel, David R. 2012. "Protection for Abused Seniors: Cause or Afterthought?" *Family Law Quarterly* 46(1): 169-175.

Sudō Maki. 2002. "'Tsuchigumo sōshi' seiritsu no haikei o megutte." *Setsuwa bungaku kenkyū* 37(June): 62-80.

Sugawara no Takasue no musume. 1971. *As I Crossed a Bridge of Dreams: Recollections of a Woman in Eleventh-Century Japan.* Translated by Ivan Morris. New York: Dial.

Sugimoto Yoshio. 2014. *An Introduction to Japanese Society.* 4th ed. Port Melbourne, AU: Cambridge University Press.

Suzuki, Daisetz T. 1959. *Zen and Japanese Culture.* Princeton, NJ: Princeton University Press.

Tahara, Mildred M., trans. 1980. *Tales of Yamato: A Tenth-Century Poem-Tale.* Honolulu: University of Hawai'i Press.

Takagi Tadashi. 2006. "Kekkon, rikon." In *Edo e no shinshiten*, edited by Takahashi Shūji and Tanaka Yūko, 97-115. Tokyo: Shin Shokan.

Takahashi Mariko. 1975. "Otogizōshi 'Hanayo no hime' to minkan shinkō—

ubakawa, hachi, yamauba o chūshin ni." *Kokubun* 42(March): 22-32.

Takahashi Masaaki. 1992. *Shuten Dōji no tanjō: Mō hitotsu no Nihon bunka.* Tokyo: Chūō Kōronsha.

Takahashi Yoshito. 2011. *Majo to yōroppa.* Tokyo: Iwanami Shoten. First published 1995.

Takashima Yōko. 2014. "Minkan setsuwa, denshō ni okeru yamanba, yōsei, majo." *Jinbun kenkyū* 65:115-135.

Takehara Shunsensai. 1997. *Ehon hyaku monogatari: Tōsanjin yawa.* Edited by Tada Katsumi. Tokyo: Kokusho Kankōkai.

Takei Masahiro. 1983. "Enshū Akihayama honji Shōkanzeon Sanjakubō Daigongen ryaku engi." In *Shugendō shiryōshū higashi Nihon hen*, vol. 17 of *Sangaku shūkyōshi kenkyū sōsho*, edited by Gorai Shigeru, 423-425, 698-699. Tokyo: Meicho Shuppan.

Takemoto Mikio. 2000. *Adachigahara Kurozuka: Taiyaku de tanoshimu.* Tokyo: Hinoki Shoten.

Taki Kiyoshi. 1986. *Yamanba monogatari to sono shiteki haikei.* Nagoya: Bukku Shoppu Mai Taun.

Tamura Sadao. 2014. *Akiba shinkō no shinkenkyū.* Tokyo: Iwata Shoin.

Tanaka Takako. 1992. *Akujo-ron.* Tokyo: Kinokuniya Shoten.

Tanigawa Ken'ichi. 2005. *Kajiya no haha.* Tokyo: Kawade Shobō Shinsha.

Taniguchi Kōkyō. 1919. *Ikō gashū.* Edited by Taniguchi Ikō Iboku Tenrankai. Tokyo: Geijutsudō.

Tenkai. 1998. *Nikkō Tenkaizō: Jikidan innenshū, honkoku to sakuin.* Edited by Hirota Tetsumichi, Abe Yasuo, Tanaka Takako, Kobayashi Naoki, and Chikamoto Kensuke. Osaka: Izumi Shoin.

Thomas, Roger K. 2012. "A Land Blessed by Word Spirit: Kamochi Masazumi and Early Modern Constructs of *Kotodama*." *Early Modern Japan: An Interdisciplinary Journal* 29:6-32.

Toida Michizō.1964. *Nō: Kami to kojiki no geijutsu*. Tokyo: Mainichi Shinbunsha.

Tokieda Tsutomu. 1986. "Chūsei Tōgoku ni okeru *Ketsubonkyō* shinkō no yōsō: Kusatsu Shiraneyama o chūshin to shite." *Shinano* 36(8): 586-603.

Tokuda Kazuo. 2001. "Echigo no Shuten Dōji." *Denshōbungaku kenkyū* 51:84-90.

Tokuda Kazuo. 2016a. "Nō to setsuwa・denshō *Yamanba* o megutte: Zeami jidai no yamauba denshō (1)." *Kanze* 83(6): 36-41.

Tokuda Kazuo. 2016b. "Nō to setsuwa・denshō *Yamanba* o megutte: Zeami jidai no yamauba denshō (2)." *Kanze* 83 (8): 42-48.

Tokuda Kazuo. 2016c. "Nō to setsuwa・denshō *Yamanba* o megutte: Zeami jidai no yamauba denshō (3)." *Kanze* 83(10): 42-47.

Tokudome Shinkan, Hashimoto Shuji, and Igata Akihiro. 2016. "Life Expectancy and Healthy Life Expectancy of Japan: The Fastest Graying Society in the World." BMC Research Notes, October 28. https://www.ncbi.nlm.nih.gov/pmc/articles/PMC5084424/.

Tokunaga Seiko. 2015. "Shugendō no seiritsu." In *Shugendōshi nyūmon*, edited by Okieda Susumu, Hasegawa Kenji, and Hayashi Makoto, 77-92. Tokyo: Iwata Shoin.

Tokyo Daigaku Shiryō Hensanjo, ed. 1961. *Dainihon kokiroku: Gaun nikkenroku batsuyū*. Tokyo: Iwanami Shoten.

Topelius, Zacharias. 1927. "Star Eye." In *Canute Whistlewinks and Other*

Stories, translated by William C. Foss, edited by Frances Jenkins Olcott, and illustrations by Frank McIntosh, 144-163. New York: Longmans, Green.

Torii Fumiko. 1993. *Dentō to geinō: Kojōruri sekai no tenkai*. Tokyo: Musashino Shoin.

Torii Fumiko. 2002. *Kintarō no tanjō*. Tokyo: Bensei Shuppan.

Toriyama Sekien. 1992. "Konjaku gazu zoku hyakki." In *Toriyama Sekien gazu hyakki yagyō*, edited by Inada Atsunobu, 97-173. Tokyo: Kokusho Kankōkai.

Tsuda Sōkichi. 1963. *Nihon koten no kenkyū*. Vol. 1 of *Tsuda Sōkichi zenshū*. Tokyo: Iwanami Shoten.

Tsuruya Nanboku. 1975. "Hakone Ashigarayama no ba." *Modoribashi sena ni go-hiiki*. Kokuritsu gekijō kabuki kōen jōen daihon, edited by Toshikura Kōichi, 59-75. Tokyo: Kokuritsu Gekijō.

Tyler, Royall. 1987. *Japanese Tales*. New York: Pantheon Books.

Tyler, Royall. 1992. *Japanese Nō Dramas*. London: Penguin Books.

Uchiyama Matatsu. 1969. *Tōtōmi no kuni fudokiden*. Translated by Katō Sugane and Minagawa Gōroku. Tokyo: Rekishi Toshosha.

Ueno Kenji. 1984. "'Tsuchigumo zōshi' ni tsuite." In *Tsuchigumo zōshi; Tengu zōshi; Ōeyama ekotoba*, vol. 19 of *Zoku Nihon emaki taisei*, edited by Komatsu Shigemi et al., 106-113. Tokyo: Chūō Kōronsha.

Urabe Kanekata. 1965. *Shaku Nihongi*. Vol. 8 of *Shintei zōho kokushi taikei*, edited by Kuroita Katsumi. Tokyo: Yoshikawa Kōbunkan.

Ury Marian. 1979. *Tales of Times Now Past: Sixty-Two Stories from a Medieval Japanese Collection*. Berkeley: University of California Press.

Viswanathan, Meera. 1996. "In Pursuit of the Yamamba: The Question of Female Resistance." In *The Woman's Hand: Gender and Theory in Japanese Women's Writing*, edited by Paul G. Schalow and Janet A. Walker, 239-261. Stanford, CA: Stanford University Press.

Wakabayashi Haruko. 2012. *The Seven Tengu Scrolls: Evil and the Rhetoric of Legitimacy in Medieval Japanese Buddhism*. Honolulu: University of Hawai'i Press.

Wakamori Tarō. 1958. "Rekishigaku to no kankei kara." In vol.2 of *Nihon minzokugaku taikei*, edited by Ōmachi Tokuzō, Oka Masao, Sakurada Katsunori, Seki Keigo, and Mogami Takayoshi, 213-232. Tokyo: Heibonsha.

Wakita Haruko. 2002. "Yamauba no mai: Nōgaku 'Yamanba' ni miru onnatachi no geinō no dentō." In *Yamauba tachi no monogatari: Josei no genkei to katarinaoshi*, edited by Mizuta Noriko and Kitada Sachie, 41-54. Tokyo: Gakugei Shorin.

Walthall, Anne. 1998. *The Weak Body of a Useless Woman: Matsuo Taseko and the Meiji Restoration*. Chicago: University of Chicago Press.

Watanabe Kazuko. 2012. *Okareta basho de sakinasai*. Tokyo: Gentōsha.

Web Shūkan Nagano. 2017. "Seichō mimamoru yamauba 'kosodate no kami' Mushikura jinja." http://weekly-nagano.main.jp/2010/06/02-6.html.

Wilson, Michiko N. 2013. "Ōba Minako the Raconteur: Refashioning a Yamauba Tale." *Marvels & Tales* 27(2): 218-233.

World Economic Forum. 2019. *The Global Gender Gap Report 2020*. Geneva: World Economic Forum. http://www.weforum.org/docs/WEF_GGGR_2020.pdf.

World Health Organization. 2017. "Healthy Status Statistics: Mortalty." http://www.who.int/healthinfo/statistics/indhale/en/.

Yahikoson Kyōiku Iinkai, ed. 2009. "Myōtara Ten'nyo to Baba-sugi." In *Yahikoson-shi jiten*, 384. Niigata-ken: Yahikoson Kyōiku Iinkai.

Yamada Shōji. 2002. *Nihon bunka no mohō to sōzō: Orijinariti to wa nani ka*. Tokyo: Kadokawa Shoten.

Yamagami Izumo. 2000. "Reizan no kirō to yōrō." In *Tengu to yamauba*, vol. 5 of *Kaii no minzokugaku*, edited by Komatsu Kazuhiko, 367-387. Tokyo: Kawade Shobō. First published 1990.

Yamaguchi Motoko. 2009. *Yamauba, yama o oriru: Gendai ni sumau mukashibanashi*. Tokyo: Shin'yōsha.

Yamamoto Naoyuki, ed. 2003. *Akiha jinja*. Vol. 48 of *Shūkan jinja kikō*, edited by Kurakami Minoru. Tokyo: Gakushū Kenkyūsha.

Yamaoka Genrin. 1993. *Kokon hyakumonogatari hyōban*. In *Zoku hyakumonogatari kaidan shūsei*, vol. 27 of *Sōsho Edo bunko*, edited by Tachikawa Kiyoshi, 5-77. Tokyo: Tosho Kankōkai.

Yamashita Hisao. 1975. *Zenkoku mukashibanashi shiryō shūsei 19: Kaga mukashibanashi-shū*. Tokyo: Iwasaki Bijutsusha.

"Yamauba katabiraki." 2001. In vol. 16 of *Shokoku sōsho*, edited by Matsuzaki Kenzō, 119-121. Tokyo: Seijō Daigaku Minzokugaku Kenkyūjo.

Yanagita Kunio. 1933. *Mukashibanashi saishū no shiori*. Tokyo: Azusa Shobō.

Yanagita Kunio. 1960. *Nippon no mukashibanashi kaiteiban*. Tokyo: Kadokawa Shoten.

Yanagita Kunio. 1966. *Japanese Folk Tales: A Revised Selection*. Translated by Fanny Hagin Mayer. Tokyo: Tokyo News Service.

Yanagita Kunio. 1968. *Teihon Yanagita Kunio shū*, vol.4. Tokyo: Chikuma Shobō.

Yanagita Kunio. 1969. *Teihon Yanagita Kunio shū*, vol.8. Tokyo: Chikuma Shobō.

Yanagita Kunio. 1970a. "Nihon no densetsu". In vol. 26 of *Teihon Yanagita Kunio shū*, 131-261. Tokyo: Chikuma Shobō.

Yanagita Kunio. 1970b. "Oyasute-yama." In vol. 21 of *Teihon Yanagita Kunio shū*, 294-305. Tokyo: Chikuma Shobō.

Yanagita Kunio. 1971. *Nihon mukashibanashi meii*. Tokyo: Nihon Hōsōkyōkai Shuppan.

Yanagita Kunio. 1978-1979. *Shinpen Yanagita Kunio shū*. 12 vols. Tokyo: Chikuma Shobō.

Yanagita Kunio. 1988. *About Our Ancestors: The Japanese Family System*. Translated by Fanny Hagin Mayer and Ishikawa Yasuyo. New York: Greenwood.

Yanagita Kunio. 2008. *The Legends of Tono*. Translated by Ronald A. Morse. Lanham, MD: Lexington Books.

Yanagita Kunio. 2014. *Nihon no mukashibanashi to densetsu: Minkan denshō no minzokugaku*. Tokyo: Kawade Shobō Shinsha.

Yanagita Kunio. 2015. "Miko kō." In *Miko*, edited by Tanigawa Ken'ichi and Ōwa Iwao, 207-291. Tokyo: Daiwa Shobō.

Yanagita Kunio and Suzuki Tōzō. 2004. *Tōno monogatari shū*. In *Tōno monogatari: Fu Tōno monogatari shū*, 75-212. Tokyo: Kadokawa

Shoten.

Yasui Manami. 2013. *Shussan kankyō no minzokugaku: "Dai san ji osan kakumei" ni mukete.* Kyoto: Shōwadō.

Yasui Manami. 2014. *Kaii to shintai no minzokugaku: Ikai kara shussan to kosodate o toinaosu.* Tokyo: Serika Shobō.

Yasui Manami. 2019. "Where *Yōkai* Enter and Exit the Human Body: From Medieval Picture Scrolls to Modern Folktales in Japan." Translated by Kristopher Reeves. *Studies in Japanese Literature and Culture* 2(March): 61-72.

Yoshida Atsuhiko. 1992. *Mukashibanashi no kōkogaku: Yamauba to Jōmon no megami.* Tokyo: Chūō Kōronsha.

Yoshie Mami. 2010. "Shibuya no yamanba—sono tanjō to tenkai." In *Shibuya o kurasu: Shibuya minzokushi no kokoromi*, edited by Kuraishi Tadahiko, 63-99. Tokyo: Yūzankaku.

Yoshikawa Yūko. 1998. "Umare kiyomari no minkan setsuwa—kirō tan no shūkyō minzoku." *Setsuwa denshōgaku* 6(April): 117-136.

Zoku Gunsho Ruijū Kanseikai, ed. 1995. *Tōdaiki sunpuki.* Tokyo: Zoku Gunsho Ruiju Kanseikai.

致　谢

山姥和鬼是我研究中的重要主题，令我心驰神往。多年来，我致力于描写文学领域中的超自然存在，在这个过程中，许多优秀的人为我提供了宝贵的指导。在此，我想要特别感谢彼得·奈契特、雪莱·芬诺·奎因（Shelley Fenno Quinn）、理查德·托伦斯（Richard Torrance）、马克·班德（Mark Bender），他们的真知灼见让我受益匪浅。我还要感谢来自国际日本文化研究中心（日文研）【International Research Center for Japanese Studies（Nichibunken）】的小松和彦、山田奖治、约翰·布林、安井真奈美（Yasui Manami）、木羽隆敏（Kiba Takatoshi）、荒木浩（Araki Hiroshi）、稻贺繁美（Inaga Shigemi）、楠绫子（Kusunoki Ayako）、白石惠理（Shiraishi Eri）、吴座勇一（Goza Yūichi）、坂知寻（Saka Chihiro）给予我的帮助与鼓励。此外，我还想对众多学者和研究者表达感激之情，他们是德田和夫、饭仓义之（Iikura Yoshiyuki）、香川雅信（Kagawa Masanobu）、佐佐木孝浩（Sasaki Takahiro）、德永誓子、永原顺子（Nagahara Junko）、松村熏子（Matsumura Kaoruko）、迈克尔·迪伦·福斯特，丽贝卡·柯普兰、安·谢里夫（Ann Sherif）、凯勒·金布罗（Keller Kimbrough）、科迪·波尔顿（Cody Poulton）、毛利西奥·马丁内斯（Mauricio Martinez）、铃木由利子（Yuriko Suzuki）、费莉西亚·卡茨－哈里斯（Felicia Katz-Harris）和本杰明·多尔曼（Ben Dorman）。

我还要感谢两位耐心友好的匿名审稿人，他们给予了我宝贵的意见。此外，中西部日本研讨会【Midwest Japan Seminar（MJS）】的许多成员，特别是伊森·西格尔（Ethan Segal）、迈克尔·巴斯盖特（Michael Bathgate）、路易斯·佩雷斯（Louis Perez）、劳拉·米勒、伊丽莎白·卢布林（Elizabeth Lublin）、罗伊·花城（Roy Hanashiro）、托马斯·罗杰斯（Thomas Rogers）也给予了我宝贵的评论、关爱和鼓励，我非常感谢他们。中西部日本研讨会举办的讨论会对本书的出版也功不可没。我在迈阿密大学教授的课程"日本传说中的超自然现象"的学生们也总能为我带来启发，让我产生新的想法，发现新的视角。

犹他州立大学出版社的策划编辑蕾切尔·里维（Rachael Levay）、主编达林·普拉特（Darrin Pratt）、副主编和执行主编劳拉·弗尼（Laura Furney）、产品经理丹尼尔·普拉特（Daniel Pratt）也不断地给予我帮助和鼓励。我的邻居好友安妮·莫里斯·胡克（Anne Morris Hooke）、专业编审苏西·辛科恩（Suzy Cincone）和罗宾·杜布朗（Robin DuBlanc）在编校本书时既耐心又专业。我还要感谢日本和美国的博物馆以及历史遗迹处的工作人员提供的帮助。迈阿密大学图书馆馆际互借办公室和国际日本文化研究中心的工作人员为我取得用于研究的诸多书籍和文章提供了宝贵的帮助。我还要感谢国际日本文化研究中心、西尾市岩濑文库图书馆、立命馆大学艺术研究中心、广岛大学图书馆、日本国立国会数字图书馆、严岛神社、波士顿美术博物馆和代顿艺术博物馆为本书提供的帮助。

我在迈阿密大学德语、俄语、亚洲和中东语言与文化系（GRAMELAC）的同事们，特别是玛格丽特·齐奥尔科夫斯基（Margaret Ziolkowski）、约翰·吉普（John Jeep）、史亮[①]（Shi Liang）和原田和惠（Harada Kazue），以及互动语言资源中心主任丹尼尔·迈耶斯（Daniel

---

[①] 未查到中文资料，音译。——译者注

Meyers）和东亚研究项目的斯坦·图普斯（Stan Toops）及安·威克斯（Ann Wicks）一直给予我支持，他们树立了学院合作的典范。

本书的研究得到了迈阿密大学（2018—2019学年的师资改善休假）、教师研究委员会（Committee of Faculty Research）、日美友好委员会（Japan–United States Friendship Commission）、亚洲研究协会东北亚理事会（Northeast Asia Council of the Association for Asian Studies）和国际日本文化研究中心的资助。2019年1月到7月，我在国际日本文化研究中心学习交流，那里的环境（教师、员工、资源、设施、位置）非常优越，为我完成本书提供了必不可少的资源。

第1章是《山姥与女鬼：食人山姥与助人山姥实为一体两面》("Yamauba versus Oni–Women: Devouring and Helping Yamauba Are Two Sides of One Coin")【《亚洲民族学》(*Asian Ethnology*),2019,78(2)】一文的修订和延伸版本，我要感谢期刊编辑本杰明·多尔曼允许我使用这篇文章的修订版。第4章是我在2018年投递于《日本评论》(*Japan Review*)的一篇文章的延伸版本，《日本评论》的编辑约翰·布林和两位匿名审稿人为我提供了宝贵的意见，让我能够以更通俗易懂的文字将该文章呈现在读者面前。由于本书的出版日期提前使得文章被撤回，但我会铭记他们给予我的指导。

最后，我要感谢我的家人——我的丈夫布伦特（Brent）、女儿玛丽艾伦（MaryEllen）和儿子沃里克（Warwick）——他们给予我无比珍贵的爱和鼓励。布伦特于2020年末确诊癌症，时值新冠疫情肆虐，但家人们始终不离不弃，和布伦特一同与病魔抗争。因此，我将这本书献给我的家人。